初恋の義父侯爵は悪役でした

小中大豆

幻冬舎ルチル文庫

CONTENTS ✦目次✦

初恋の義父侯爵は悪役でした

初恋の義父侯爵は悪役でした……5
ブラッドフィールド家の夕べ……339
あとがき……349

✦カバーデザイン＝久保宏夏（omochi design）
✦ブックデザイン＝まるか工房

イラスト・亀井高秀✦

初恋の義父侯爵は悪役でした

序章

その日、セシル・ブラッドフィールドは、はりきってお茶の準備をしていた。

麗《うら》らかな春の日の午後、青々とした芝生《しばふ》の草いきれと、庭園に咲き乱れる花の香りに包まれながら、テーブルクロスに皺《しわ》は寄っていないか、砂糖とミルク、それに蜂蜜《はちみつ》は揃《そろ》っているか、その他にも細々とした確認を何度も繰り返していた。

（軽食は、これくらいでいいかな。小さい子にはお菓子の方がいいよね。あの人は、こういう席ではあまり食べないだろうし）

今日、新しく迎える家族が少しでもリラックスできるように、できればこの家を気に入ってくれるように、もう何日も前から準備をしてきたのだ。

正直なことを言えば、セシルはほんの少し、新しい家族を迎えるのが憂鬱《ゆううつ》だった。

大好きな養父が、自分以外の養子を取る。

それも、セシルみたいに辛《かろ》うじて貴族の端っこに引っかかっているような出自ではなく、名門貴族の子供だという。

セシルは無理やり養子にしてもらったが、その子は養父が自ら迎えたいと言い出した。

自分は「いらない子」なんだ……などと、そろそろ十八歳になるのにひねたことを考えるのはどうかと思うけど、自分の居場所を取られるようで不安だ。

でも、それで新しい養子によそよそしい態度を取ったりしたら、逆にこの屋敷でのセシルの立場が悪くなってしまう。

養父に疎《うと》まれたらどうしよう、という思いが何をするにも付きまとっている。

(あー、やだやだ。俺ってば、ほんとに打算的だな。嫌になっちゃう)

新しい養子は、まだ五歳になるかならないかだという。身一つで連れて来られる彼の方が、よっぽど不安だろうに。

セシルはその子の境遇を思い出し、両手で自分の頬をパシパシ叩いた。

頭を切り替えよう。今日、新しく弟ができるのだ。家族が増える。この家もにぎやかになるだろう。喜ぶべきことではないか。

「セシル様」

自分に言い聞かせ、気持ちを上向かせていると、執事のローガンが現れて、養父と新しい弟の登場を告げた。

屋敷がある方角を振り返ると、両脇に花壇のある曲がり小道を、プラチナブロンドの男性が幼い子供を連れて歩いてくるところだった。

男性はセシルの養父にして、ブラッドフィールド家当主、サディアス・ブラッドフィールド侯爵《こうしゃく》である。

常に厳《いか》めしい表情をしているが、顔立ちはたいへん整っていた。セシルはいつも、この養父の美貌《びぼう》に見とれてしまう。

切れ長で灰色の瞳は鋭く、視線を向けられるとひやりとする。

堅物で冷淡、巷《ちまた》では恐ろしい人物のように言われているが、実は優しいことをセシルは知っていた。

そのサディアスは、三十歳で独身のまま、二人目の養子を迎えることになった。

「義父《とう》さま」

声をかけると、小道の向こうからギロッと恐ろしい目で睨《にら》みつけられた。

養父は、セシルが「義父さま」と呼ぶのを嫌う。「義父上《ちちうえ》」でも「お義父様」でもだめだ。わかっていたけど、弟が来る今日くらいは許してくれてもいいのに。

「サディアス」

仕方なく呼び直す。いつもはこれで返事をしてくれるのだが、今日はまだ眉間《みけん》に皺が寄ったままだった。

「タッド」

愛称で呼ぶと、ようやく小さくうなずいてくれた。養父はひどく気難しい。それはもうどうしようもないことなので、こちらから歩み寄るしかない。

「その子が？」

セシルは、サディアスの長身の陰からちらりと見えた黒髪を示す。サディアスがうなずき、道を開けた。

「前に出なさい。お前の義兄《あに》だ」

抑揚のない低い声で言われて、後ろにいた子供はビクッと肩を震わせた。

サディアスは別に、怒っているわけではない。いつもこんなふうなのだ。でも、今日この家に来たばかりの小さな子には、とても恐ろしく感じただろう。

やれやれ、とセシルは嘆息しながら二人に近づいた。

「その態度は、めちゃくちゃ怖いよ、お義父様」

わざと「お義父様」と呼ぶと、サディアスがジロリとこちらを睨む。セシルは動じず、腰に手を当ててため息をついて見せた。

「小さい子の前だよ？　もうちょっと優しく言えないのかな、このおじさんは」

「おじ……」

目を剝《む》いて絶句するサディアスを無視して、セシルは子供の前に立つ。

子供は胸のあたりで両手を強く握りしめ、うつむいていた。黒く艶《つや》やかな髪は少し伸びすぎていて、目元が隠れている。

セシルも同じ黒髪だ。この国で特別珍しいわけではないが、同じ黒髪を見るたびに何となく懐かしさを覚えるのは、かつて、うんと昔、セシルがセシルとして生まれる以前の人生で、黒い髪の人たちに囲まれていたからかもしれない。

セシルは膝を折り、子供の顔を覗《のぞ》き込むようにして笑顔を作った。

「こんにちは。初めまして。俺の名前はセシル。君と同じ、このおじさんの養子だ。名前を教えてくれるかな。この仏頂面《ぶっちょうづら》のおじさんは、いろいろ言葉足らずでね。俺はいまだに、兄弟になるっていう子の名前を教えてもらってないんだよ」

途中、サディアスが何か言いかけたが無視した。たぶん、おじさんと呼ぶなとか、そんなところだろう。

セシルの軽口が功を奏したようで、子供はおずおずと顔を上げた。

「あ、ぼ、ぼく……」

緊張しているのか、なかなか言葉が出ない。セシルは大丈夫、というように笑顔を向けた。

男の子が、正面からセシルを見つめる。その時、風が吹いて男の子の前髪を揺らし、隠れていた瞳が露《あら》わになった。

彼は真紅の瞳をしていた。

ぱっちりとしたその瞳は陽《ひ》の光を受け、ルビーのように煌《きら》めく。

セシルは驚愕《きょうがく》に息を呑《の》んだ。その瞳が、稀有《けう》な色をしていたからではない。

この子供が何者なのか、唐突に理解したからだ。

会うのは初めてなのにもかかわらず、自分は彼が何者なのか知っている。ずっと以前から

彼を、彼の何もかもを……未来さえも知っていた。

「……アーサー」

そうだ、この子供はアーサーの幼少期の姿だ。

「アーサー・ブラッドフィールド」

名前を呼ばれた男の子は、驚きと戸惑いの表情で、「は、はい」と返事をした。

「ぼくは、アーサーといいます」

セシルは呆然《ぼうぜん》としたまま、隣にいる養父に視線を移す。

「……サディアス・ブラッドフィールド」

声が震える。サディアスが、怪訝《けげん》そうに眉根を寄せた。

──五歳でブラッドフィールド侯爵の養子となったアーサーは、冷淡な養父の元で孤独な少年時代を過ごし、養父との確執を抱えたまま成人する。やがてその養父が両親を殺した仇《かたき》だと知ったアーサーは復讐を誓い……。

頭の中で、かつて読んだ小説の文字が浮かび上がる。

「そうだ、小説だったんだ。この世界は……」

ずっと既視感があった。自分が住むこの世界が、何かの物語の世界だとはわかっていたが、何だったか思い出せなかった。

これはセシルがまだセシルでなかった頃に読んだ、小説の世界だ。

目の前の子供、アーサー・ブラッドフィールドと、彼が少年時代に出会う少女を主人公にした、恋愛ファンタジー。

そして冷ややかな美貌の養父、サディアスは、アーサーの実の父親の仇であり、私欲のために国政をも歪《ゆが》める悪の存在だった。

最後にはすべての罪を暴かれ、養子であるアーサーの剣に貫かれて死亡する。つまり——

「サディアス……」

いずれサディアスは、セシルの大好きな人は、目の前の子供に殺される。

忘れていた前世の記憶が、怒濤《どとう》のように流れてきた。頭の中がいっぱいになり、処理しきれなくなる。

情報が許容量を超え、頭が真っ白に、続いて視界も白くなった。

「セシル！」

薄れる意識の中、サディアスの悲痛な叫びが聞こえた。

一

セシルには、物心ついた時から前世の記憶があった。

かつて自分は、ここではないどこか別の世界に生きていた。日本という国で、ごく平凡だがそれなりに幸せな人生を送っていた。

男性で、中小企業の会社員。記憶にある限り、ずっと独身だった。

周りにはテレビに漫画、ゲームや小説、娯楽が溢《あふ》れていて、特に漫画と小説はよく読んでいたことを覚えている。

前世の記憶は、一部は鮮明で、一部は曖昧《あいまい》だった。

自分の名前さえ覚えていないのに、学校で習った歴史の年号だの、子供の頃に観たアニメの主題歌だのはよく覚えていたりする。

幼い頃、前世の記憶があることを自覚して、

（異世界転生、懐かしいな。昔、流行《はや》ってたんだよな）

なんてことを思っていた。たぶん、前世はオタクだったのだろう。

こうした突飛《とっぴ》な話を、セシルの両親は信じてくれた。いや、本当は半信半疑だったかもしれないが、幼い息子が打ち明ける荒唐無稽な話を、決して否定することなく聞いてくれた。

「不思議なこともあるものねえ」

「セシルが年のわりに賢いのは、前の人生の記憶があるせいかもしれないね」

優しい両親だった。父が当主を務めるスペンサー家は、領地を持たない下級貴族で、そこそこ裕福な家だった。

セシルは父に似た黒髪と、母に似た琥珀色《こはくいろ》の瞳をした、どこにでもいるごく普通の男の子だった。

前世の記憶があるので、年のわりには知恵が回ったけれど、特別に秀でた能力があったわけではない。

それでも将来は、この前世の記憶を生かして新しい商売をするとか、発明王になってやろう、などと野心を持っていた。

（いわゆるチートってやつだな）

なんてことを考えていた時もあった。今考えると、大変な驕《おご》りである。

セシルはこの世界が、何かの物語の世界だということにも早々に気づいていた。

自分が暮らすエオルゼ王国や、ここトウィルアレイという土地、そしてトウィルアレイを治める領主のブラッドフィールドという名前に、覚えがあったのである。

ただ、何の物語だったかは思い出せなかった。小説かゲームか、漫画かアニメか。

何しろセシルの前の人生では、異世界転生と異世界転移を扱った作品がゴロゴロしていたのだ。セシルはそれらを浴びるように読んだり観たりプレイしたりしていたから、たくさんありすぎて見当がつかなかった。

でも別に、それで支障はなかった。そのうち思い出せばいいいし、ずっと思い出せなくても構わない。

セシルは今の人生に満足していた。

両親は優しいいし、友達もいる。食べ物も美味《おい》しい。前世ほどではないが、生活はそこそこ便利で、娯楽もある。

何の不自由もなかった。六歳の冬までは。

六歳の冬、両親が事故で死んで、人生は一変した。

葬儀が終わってすぐ、父の弟だという人物が現れた。父の生前は会ったこともない、父の口からその名を聞くこともなかった相手である。

古い使用人によれば、叔父《おじ》は若い頃、素行不良で祖父から勘当され、家を追い出されたということだった。しかしその祖父も、とうの昔に亡くなっている。

祖父も父も死んで、これ幸いと戻ってきたのかもしれない。叔父は幼いセシルの後見人になると言い、妻と三人の子供と共に、スペンサー家に勝手に住み始めた。

そして、今までいた使用人をすべて辞めさせてしまった。

新しい使用人たちが来る頃には、セシルの部屋は従兄《いとこ》のものになり、セシルは屋根裏の荷物置き場に追いやられた。

持ち物はすべて取り上げられ、使用人と一緒に働くことを強要された。

こんなのは間違っている。前世の記憶があるセシルは、お家乗っ取りだと周囲に訴えた。

けれど、六歳の子供の言うことだ。真剣に耳を傾けてくれる大人はいなかった。

叔父は血の繋《つな》がった父の弟だったし、この国で家督を継ぐのは直系男子が原則だとはいえ、幼いセシルに後見人が必要なのも確かである。

周りに理不尽《りふじん》を訴えてみたものの、誰も助けてはくれず、叔父夫婦はセシルを小賢《こざか》しく油断ならない子供だと、いっそう冷遇するようになった。

家の主人がそんなふうだから、使用人たちもセシルに冷たく当たる。

朝は誰よりも早く起きて働かされ、夜遅くまで用事を言いつけられた。食べ物は最低限しか与えられない。

何か失敗があれば、セシルのせいにされる。おまけに叔父一家は、憂さ晴らしにセシルに暴力を振るった。

最初の一年は、絶望に打ちひしがれて過ごした。

両親の死を受け入れる暇もなく、過酷な環境に追いやられたのである。まともに考えることもできなかったが、一年も経《た》つと理不尽にも少しずつ慣れてきた。

(このままじゃだめだ)

ここで耐え忍ぶ生活を続けていたら、いずれ死んでしまう。

叔父たちは、きっとそれを望んでいるのだろう。セシルが弱って死ぬか、耐えきれずに家を出ることを。

セシルがいなくなれば、叔父は家督を継げる。

叔父たちは、セシルが成人する前に追い出すか、最悪の場合は死に至らしめようとするだろう。そういう非道な真似も、彼らならやりかねない。

このまま耐え続けていても事態は好転しない。悪化するばかりだ。それはわかっているのだが、解決策を思いつかなかった。

前世の記憶が思っていたほど役には立たないことを、すでにセシルは理解していた。

セシルでもぱっと思いつくような知識は、すでにこの世界にもある。

上下水道も発達しているし、印刷技術はすでに歴史が古い。石鹸《せっけん》も化粧品も良品が出回っている。自転車だって普及していて、セシルは見たことがないが、汽車も動いているそうだ。

逆にインターネットだとか化学繊維の生産技術などは、前世でも専門的な構造を知らなかった。

そして、ファンタジーにお約束の魔法は、この世界には存在しない。

懸命に前世の記憶を辿《たど》ってみたが、役に立ちそうなものは何も思い出せなかった。

その間も、叔父一家や使用人たちに虐《しいた》げられる暮らしは続く。食事も満足に与えられず、子供には過酷な労働を課せられた。

身体《からだ》はどんどんやせ細り、弱っていく。爪は割れ、指先には血が滲《にじ》み、身体にはいつも殴られた痣《あざ》があった。

このままでは死んでしまう。でも、どうすればいいのかわからない。焦燥だけが募る。

そんな時だった。サディアス・ブラッドフィールド侯爵の噂《うわさ》を耳にしたのは。


両親が亡くなって二年が経ち、セシルは八歳になっていた。

その頃になるともう、セシルはちょっとしたことで風邪をひいたり、体調を崩すようになっていた。

「あいつももう、長くないな」

ある夏のことだった。

叔父が笑いを含んだ声で満足そうに妻に言うのを、セシルは庭先で聞いた。

セシルはその時、庭で使用人たちの服や下着を洗濯していた。労働者である使用人たちの衣服は、汚れがひどいものが多く、生地が硬いから力もいる。

手荒れがしみて痛み、涙をこらえて仕事をするのに、叔父夫婦はそんなセシルを部屋の中から見下ろし、優雅にお茶を飲んだりしていた。

「そういえばこの夏、侯爵様が戻られるそうだ」

部屋の窓が開け放たれていて、叔父の声がよく聞こえる。

叔父夫婦はもはや、セシルが自分と同じ人間だという認識もないようだった。耳があることも忘れているのかもしれない。

セシルは洗濯をしながら、二人の会話を聞くともなしに聞いていた。

「ブラッドフィールド侯爵、領主様の噂は聞いてるわ。親が早くに死んで、若くして爵位を継いだって」

その話は、セシルも知っていた。セシルたちがいるこのトウィルアレイは代々、ブラッドフィールド家が治める領都である。

このブラッドフィールドという名前を、前世で聞いた覚えがあった。この世界が何かの物語だと気づいた、きっかけになった名前だ。

セシルの両親が亡くなったのとちょうど同じ頃、先代領主が亡くなったことも、耳にしていた。王都の学院にいる嫡男が、後に遺《のこ》されたという。

その嫡男は当時、十八歳の学生で、本来ならまだ家督は継げないはずだった。

このエオルゼ王国の貴族典範において、家督を継ぐ資格があるのは成人男性だけだ。

成人についての定義は、何歳からと決まっているわけではなく、成人の儀式を経た者が成人と見なされる。日本でいうところの、元服のようなものだ。

ただ、上級貴族の場合は王都の名門校、王立学院に通うことが多いので、彼らはその学院の卒業資格をもって成人とみなされた。

学院は七歳になる年から入学資格があり、順当に行けば二十歳《はたち》で卒業となる。

しかし、ブラッドフィールド家の後継者は学年を飛び級し、十八歳で卒業資格を取得、同時に家督を継いだそうだ。

王立学院の卒業試験はかなり難しいとも聞いたから、相当に優秀なのだろう。

「その侯爵様が、二年ぶりにこの領都に戻ってくる、という話だ」

叔父の声が聞こえた。

「家督を継いで二年の間は、領地を部下に任せて王都にいたらしい。王都の雑事が片付いたので、ようやくご自分の領地に戻ってくるのだ」

「だから何だっていうのよ」

妻の声音は、私たちには関係ないでしょう、と言いたげだ。叔父は「この間抜けが」と、忌々《いまいま》し気に罵《ののし》った。

「家督を継いで初めて、領地に戻られるのだぞ。ご自身のお披露目があるだろう。パーティーや茶会が催されるに違いない」

「まあ！　侯爵様のパーティーなら、さぞ豪華でしょうね。ドレスを作らないと」

「当然だ。着飾るのはお前だけじゃないぞ。子供たちも連れて行くんだ。当主が新しくなって、領地の人事も変わるかもしれん。それに侯爵様は独身だ。年は……二十歳だったかな」

「二十歳！　うちのメリンダが十五歳だから、ぴったりだわ。挨拶状でも送った方がいいかしら。その侯爵様はなんていうお名前なの？」

「サディアス・ブラッドフィールド侯爵だ。手紙はいいから、パーティーに着ていく衣装を新調しろ。もうあと、十日もしないうちに戻ってくると言うんだからな」

叔父夫婦の会話はまだ続いていたが、もはやセシルの耳には入っていなかった。

――サディアス・ブラッドフィールド。

その名前を聞いた時、彼の容姿と、彼に対するイメージが記憶の底から湧き上がった。

サディアスは、プラチナブロンドと灰色の瞳を持つ、「イケおじ」だった。

いつも怒っているような、冷たく厳めしい美貌、酷薄な侯爵。

――でも、可哀《かわい》そう。

そんなイメージが、瞬時に蘇《よみがえ》ったのだ。

やはりこの世界は、何かの物語世界だ。そしてサディアスという侯爵は、その物語の登場人物なのだ。

土地名や人名には以前から聞き覚えはあったが、登場人物の存在に行き当たったのは、これが初めてだった。

セシルは洗濯を済ませると、屋根裏部屋に戻った。他にも言いつけられている仕事はあるが、今はそれどころではない。

屋根裏の、誰にも見つからないようにと隠しておいた手帳を引っ張り出し、ちびた鉛筆で思い出したばかりの記憶を記述した。

書き残した事項がないか確認し、それを終えると手帳の一番はじめのページをめくる。

手帳には、前世の記憶が書き綴《つづ》ってあった。前世の記憶は唐突に思い出したり、忘れてしまったりする。あるいは、今世の記憶とごっちゃになってしまったり。

だから記憶が鮮明なうちにと、物心ついた頃から手帳に記述していた。

手帳の中身はとりとめがなかった。何しろ、思い出した端から書き出していくのだ。

野球選手の名前、前世で営業職だったこと、本能寺の変、有名俳優の不倫の話、料理のレシピ……。

物語の記載が一番多かった。そのうちいつか、今世のこの世界が何の物語なのか、思い出せるかもしれないと思ったからだ。

これもとりとめがない。日本昔話にグリム童話、映画に漫画、小説、ゲーム。

それらの物語のあらすじや登場人物の特徴を、セシルはもう一度、丹念に読み返した。

サディアスについて記載した事項がないか、確認するためだ。

「これか……？」

やがて、「プラチナブロンド・イケおじ」という記載を見つけて、セシルはページをめくる手を止めた。

「イケおじ……『いまさら・かわいそう・番外編』……さっぱりわからないな」

なんとなく、このプラチナブロンドのイケおじというのが、サディアスについての記憶だという気がするのだが、これを書いた時の記憶はすでに曖昧になっている。

「『男主人公・イケおじの養子→確執　かわいそう！』『男主人公・黒髪イケメン』」

二度も「かわいそう」と、書かれていた。誰が、どのように可哀そうなのかわからなかったが、先ほどの記憶からして、可哀そうなのはイケおじのサディアスだろう。

そしてサディアスは、男主人公の養父でもある。

「男主人公は、黒髪のイケメンかあ」

セシルは、部屋にある割れた鏡を覗き込んだ。ゴミ箱から拝借してきたものだ。

セシルの髪も、黒髪だった。父と同じ色。瞳は母に似た琥珀色だが、手帳には男主人公の瞳の色は書かれていなかった。

「俺が男主人公だったりして」

いわゆる「異世界転生」したのだから、セオリー通りに行けば、その可能性は大いにある。いずれ自分は、侯爵家の養子になる運命なのかもしれない。

そうして鏡を覗くと、自分のこの顔立ちも主人公らしい気がしてくる。

今は栄養不足でやせ細り、目ばかりギョロギョロしているが、両親とも美形だったし、素材は悪くないはずなのだ。

健康になってちゃんと身なりを整えれば、紅顔の美少年になるような気がする、たぶん。

「なんてね」

湧き上がった妄想を、慌てて打ち消す。これ以上、絶望するのが怖かったからだ。

手がかりは、サディアスとその養子が男主人公ということだけ。あとはいくら記憶を掘り返しても、何も出てこない。

（でも、情報はゼロじゃない。何もないよりましだ）

手帳には、イケおじだと書いてある。今のサディアスは二十歳で、おじさんとは形容できない。

それはつまり、現在は物語の本筋が始まるだいぶ前の時間軸、ということだ。

そして、この先の未来でサディアスが年を重ねた時、「可哀そう」と形容される境遇に陥る。

未来を知っていると言うには、すべてがあまりに曖昧だが、しかしこれをきっかけにして、どうにかサディアスと繋がりを持てないだろうか。

養子とまではいかないまでも、ブラッドフィールド家で雇ってもらうとか。あるいは叔父一家の所業を告発し、セシルの置かれている現状を打開してもらうか。

もうじきサディアスは領地であるこの、トウィルアレイにやってくる。

また王都に戻ってしまうかもしれない。セシルの身体が衰弱していることを考えると、この機会を逃したら次はない気がする。

セシルは、サディアスに近づくための案を必死に考えた。

仕事をサボっていたことが叔父に知られ、顔が腫れ上がるほど殴られたが、それはむしろ、セシルの反骨精神を刺激することになった。

絶対にチャンスを摑《つか》んでやる。叔父一家の思惑通りになどさせない。

痛みに耐えながら、セシルは決意するのだった。


セシルが八歳で、けれど成人した前世の記憶、発達した情緒を持っているというのは、優位なことのはずだ。

必死に思考を巡らせた結果、セシルはサディアスのいるブラッドフィールド邸に手紙を送ることにした。

サディアスの名前を聞いたその日の夜、家の者がみんな寝静まったのを確認し、書斎に忍び込むと、手紙を書くための用具を一式、拝借した。

屋根裏部屋に戻り、一晩かけて手紙を書き上げる。

子供のセシルではなく、亡くなった父の名前を借り、現状をありのまま綴った。

父はすでに死んでいるから、幽霊が手紙を書いている、という設定である。

自分の死後、絶縁したはずの弟一家がやってきて、家を乗っ取ったこと。自分の正統な後継者である息子のセシルは、まだ八つだというのに使用人以下の生活をさせられ、虐げられていること。

このままではセシルが死んでしまう。どうか助けてほしい。

もしも息子を助けてくれたなら、サディアス・ブラッドフィールド閣下と、閣下の黒髪の後継者とが、数十年後の未来で必ず見舞われるであろう災厄から守って差し上げる――。

というような内容を、できるだけ大人びた厳めしい文章、丁寧な文字で書き上げた。

文字は両親がまだ生きていた頃、ペンが握れるようになった歳《とし》から練習しているから、そこらの大人より綺麗《きれい》に書けているはずだ。この国での手紙の流儀や、堅い言い回しも同様である。

これを、八歳の子供が書いたとは思わないはずだ。それなりに教養のある大人の手によるものと、考えるのが妥当だろう。

では誰が書いたのか。読んだ人は気になるはずだ。

サディアスが親切な領主なら、男爵家の跡取りである子供が虐げられていると聞いて、動いてくれるかもしれない。

けれど打算的だったり、冷たい人物だったりする可能性もある。だから、未来に起こる災厄の話を付け加えた。

本当は、不運が起こるかどうかなどわからないし、どんな不運なのか想像もつかない。でも手紙には、未来を正しく予見しているかのように綴った。幽霊からの手紙で、自分と自分の跡取りに災厄が降りかかると言われたら、気になるだろう。

事実を確認するために、セシルと接触してくるはずだ。

サディアス本人でなくても構わない。侯爵家の使いでもいい。とにかく、八歳のセシルがサディアスと交渉するためのきっかけがほしかった。

仕上げに蜜蠟とスペンサー男爵家の印璽《いんじ》で、封印を施す。夜明け前、拝借した物をこっそり書斎に戻した。

翌日は寝不足と、殴られた顔の痛みでふらふらだったが、一筋の希望がセシルを奮《ふる》い立たせていた。

仕事を済ませ、昼になると手紙を服の下に忍ばせて家を抜け出した。後でまた殴られるだろうが、構わない。

セシルは道行く人に尋ねながら、侯爵家の屋敷に辿り着いた。

ブラッドフィールド家は、想像以上に大きかった。

入り口には門番がいて、そこで追い払われそうになり、セシルが食い下がってすったもんだしたが、最終的には中から従僕だという男性がやってきて、手紙を受け取ってもらえた。

目的を果たして家に戻ると、叔父に抜け出したことがバレていて、またしこたま殴られたが、行き先は絶対に言わなかった。

できるだけのことはやった。あとは待つだけだ。

もし、サディアスに相手にされなかったら。サディアスとの交渉に失敗したら、と考えると不安でたまらない。

どうか、彼が来てくれますように。

祈るような気持ちで、サディアスが領地に戻るのを待った。


一週間ほど経って、サディアスが領地入りしたとの噂を聞いた。

叔父一家はパーティーが開かれることを期待していて、その前から衣装選びに忙しかった。

しかし、それからさらに一週間経っても、侯爵家からパーティーの招待状が届くことはなかったし、セシルの元に使いがやってくることもなかった。

考えが甘かっただろうか。あんな手紙一つでは、サディアスの興味は引けなかったか。

侯爵家にとっては下級貴族のお家事情など、どうでもいいことだ。頼めば助けてくれるなんて、浅慮だったかもしれない。

セシルは待ち続けて不安になり、やがて絶望に駆られた。

ただでさえ身体が弱っていたところに、気持ちが落ち込んだせいだろうか。風邪をこじらせて体調を崩してしまった。

熱が下がらないまま労働を強《し》いられ、ついには立っているのもままならなくなった。

屋根裏で寝込んでしまったが、当然ながら食事を運んでくれる者などいない。

最初の数日は這《は》いずるようにして階下に降り、水と食べ物をもらっていたが、そのうち起き上がることもできなくなった。

もう今度こそ駄目かもしれない。寝ていてもいっこうに容態は良くならず、セシルは死を覚悟した。

せっかく前世の記憶があったのに、生かせなかった。優しい両親のもとに生まれたのに、八歳で死んでしまうなんて。神様がいるとしたら、なんて意地悪なんだろう。

粗末な寝具の中で、セシルは泣きながら運命を呪った。熱に浮かされ、ただ時間だけが過ぎていく。

屋根裏部屋には時計もないから、寝込んでどれくらいの時間が経ったのかわからない。

ある時ふと目を覚ますと、外が騒がしかった。屋根裏部屋の窓は南と北に二つずつあって、騒がしいのは玄関のある南側だ。

何か予感がして、セシルは身を起こす。もうすでに、起き上がるのも困難だったが、どうにか窓まで這っていった。

様子を見ようと首を伸ばした時、聞こえてきた声に思わず目を瞠《みは》った。

「この家の嫡男、セシル・スペンサーはまだ、八歳だそうだな。一人で遠出するとは思えないが」

聞き覚えのない男の声だった。若いのに厳めしく、威圧的な声音だ。続いて叔父の、媚《こ》びるような声音が聞こえた。

「ええ。ですから、甥《おい》はとんでもないわんぱく坊主でして。目を離すとすぐ、どこかに飛んで行ってしまうのです」

窓を覗くと、玄関の門の前に立派な馬車が停《と》まっていた。その門と玄関の中ほどに、三名の男性が立っている。真ん中にいる男性は、一番身なりがよく、髪はプラチナブロンドだった。

セシルは確信した。頭のてっぺんしか見えないが、彼がサディアスだ。手紙を読んで、そしてわざわざ、セシルの家まで来てくれた。

すぐさま玄関へ行こうとした。立ち上がって、屋根裏のはしごを下りなくては。

でも、足に力が入らない。壁を伝ってどうにか立ち上がったが、自力で歩くことができず、その場にへたりこんでしまった。

「ならば、戻ってくるまで待たせてもらおう」

「いえ、それには及びません」

「及ばない、とは？」

空気がピリッとするような鋭い声で、プラチナブロンドの男が言った。

「ですからあの、話なら私が聞……」

「私はセシル・スペンサーに話があると言っている。なぜ貴様が私の行動を決めるのだ。不愉快極まりないな」

叔父は言葉に詰まったようだった。それでも、客を中に入れようとはしない。相手が侯爵ならば無礼な対応だが、セシルへの仕打ちを隠したくて必死なのだろう。

プラチナブロンドの男は埒《らち》が明かないと思ったのか、両脇にいる男たちに何やら囁《ささや》いた。

二人が前に出る。よく見ると、彼らは帯剣していた。

「どうも後ろめたいことがあるようだな。中を改めさせてもらおう」

男の声の後、女の金切り声が聞こえた。叔父の隣に、妻がいたらしい。

「何の権利があるの！」

「領主の権限だ」

男は冷たく言い放つ。やはり、彼がサディアスなのだ。セシルは力を振り絞り、屋根裏の窓を開けて顔を出した。

「サディアス……サディアス様！」

喉がさついて大きな声が出ない。必死で何度も叫んだ。

「サディアス様！　ブラッドフィールド侯爵閣下！」

プラチナブロンドの男が、弾《はじ》かれたようにこちらを見上げた。

記憶の中の面影《おもかげ》と重なるように、美しい男だった。けれど、まだ若い。

本当に存在した。前世の記憶は正しかった。その事実に、泣きたくなるほどの安堵《あんど》を覚える。セシルはなおも叫んだ。

「俺がセシルです。セシル・スペンサー。助けてください！」

サディアスは答える代わりに、両脇の男たちに「屋根裏だ」と短く命じた。男たちがうなずいて中に入っていく。叔父夫婦が何か喚《わめ》いていた。

セシルはホッとした。力が抜けてその場に倒れ込む。

そのまま、意識を失った。


泥のような眠りから覚めた時、セシルは見知らぬ場所にいた。

スペンサー家にはない、凝った造りの天井が視界に映る。周りを見渡そうと首を動かすと、頭痛がして呻いた。

「お目覚めになりましたか」

柔らかな声と共に、メイド服の女性が覗き込んでくる。誰かから優しい声をかけられたのは数年ぶりで、泣きそうになった。

「お水を飲みましょうね。一日眠りっぱなしだったから、喉が渇いているはずですよ」

水差しの吸い口を近づけられ、セシルは素直に水を飲んだ。久しぶりに飲む新鮮な水は、身体中に染みわたるようだった。

女性が部屋を出て行き、年配の男性と一緒に戻ってくる。男性は医者のようだった。

熱を測り、脈を見て喉の奥を覗いたりした後、「うん」と、大きくうなずいた。

「もう大丈夫でしょう。熱もだいぶ下がっている」

医者の言葉に、女性が「良かった」と、安堵の声で言う。

「目が覚めないから、どうなることかと思いました」

「もともとの身体が丈夫だったんでしょう。そうでなければ、あんな生活を何年も続けていられませんよ。あとは、栄養と休息をたっぷり取ることですね」

医者は薬包をいくつか女性に渡し、部屋を出て行った。

それからセシルは、女性が運んできたドロドロに煮込んだお粥《かゆ》を少し食べ、薬を飲み、お手洗いを済ませ、またベッドに寝かされた。

寝具は柔らかく、ふかふかだった。

「何かあったら、この鈴で呼んでくださいね」

女性が優しく言って、ベッドの枕元に呼び鈴を置いて行った。

ここは侯爵の屋敷なのか、サディアスはどうしているのか、聞きたいことが山ほどあったが、お腹が満たされると眠くなった。

意識を失うように眠り、再び目を覚ます。眠る前とは別のメイドがすぐそばにいて、やっぱり優しくセシルに水を飲ませたり、食事を運んだりしてくれた。

食べて、薬を飲んで短い眠りにつき、目を覚ますたびに身体が元気になっているのがわかる。

「あの、ここは侯爵様のお屋敷でしょうか」

何度目かに目覚めた後、そばにいたメイドに尋ねてみた。

「ええ。旦那様は今、お出かけになられています。戻られたら、お話しされますか」

「閣下とお話しできるんですか」

「はい。旦那様も、セシル様が回復されたら一度、お話がしたいと仰《おつしや》っておられました」

セシルはサディアスとの面会をお願いして、また床についた。

次に目を覚ました時、近くにメイドの姿はなかった。ぐるりと部屋を見回し、窓際の椅子《いす》にサディアスがいるのを見て、びっくりする。

「サ……」

サディアス様、と呼びかけて口をつぐむ。苗字《みょうじ》ではなく、いきなり名前を呼ぶのは失礼かもしれない。

「閣下」

掠れた声でそっと呼ぶと、本を読んでいたサディアスが、片眉を引き上げてこちらを見た。

「目が覚めたか」

深く落ち着いた声だった。優しくはない。感情のわからない声音だ。

わからないと言えば、表情がなくて、内面も読めなかった。

でも、やっぱり顔がいい。手帳には「イケおじ」と書いてあったが、二十歳のサディアスは美青年だ。

顔立ちだけでなく、身体つきも逞《たくま》しいのにむさ苦しさがなく、手足の先までカッコいい。

それに、結構な長身ではないだろうか。

彼が男主人公と言われても、納得する。そんな完璧《かんぺき》な容姿だった。

「あの」

「先代スペンサー家当主の名で、私に手紙を書いたのはお前か」

どういう挨拶をするべきか困っていると、抑揚のない声でサディアスが尋ねた。

一瞬、しらを切るべきか迷った。セシルはこれから彼と交渉し、身柄を保護してもらわなくてはならない。

手の内を晒《さら》すべきではないと考えたのだが、すでに表情に出てしまっていたらしい。

「やはりお前か」

こちらが答える前に、サディアスは一人で結論づける。セシルは唇を噛《か》み、それから頭を切り替えた。

躊躇《ちゅうちょ》している暇はない。多忙な領主が自分と向き合ってくれている間に、交渉を始めなければ。

セシルは、自分が横たわったままだということに気づき、ベッドから起き上がった。まだ身体に力が入りきらず、手をつこうとしてがくりと肘《ひじ》が折れる。

目の端で、サディアスが一瞬、椅子から腰を浮かせたように見えたが、どうにか起き上がって再びそちらを見た時には、彼は先ほどと変わらない姿勢で座ったままだった。見間違いかもしれない。

上体を起こし、サディアスに向き直ると、セシルはまず深々と頭を下げた。ベッドに入ったままなのは、目をつぶってもらおう。

「父の名を騙《かた》ったことは謝罪します。わざわざスペンサー家までお越しくださり、ありがとうございました。あのままあの家にいたら、私は死んでいるところでした」

できるだけ、聡明《そうめい》なところを見せたい。小賢しいかもしれないが、自分にあるのは、大人だった前世の自我と記憶だけだ。

八歳の子供だけど、大人並みの知恵と分別があるという、今だけ使える小技で、何とか現状を乗り切らねばならない。叔父たちのいるあの家に戻されるのだけは、避けたかった。

「領主として、男爵家から嘆願を受けたのだ。動くのは当然だろう。あの書状は完璧だった。送り主が幽霊であることを除けばな」

無表情のままだったので、褒められているのかどうか判断がつかなかった。いちおう、「ありがとうございます」と、神妙に礼を言っておく。

「手紙には、息子を助けてほしいと書いてあった。すなわちお前自身のことだな」

「はい。子供の私が送り主では相手にされないと思い、父が書いたふうを装いました。そうすれば、興味を持っていただけるかと」

「賢《さか》しいな」

小賢しい、とまでは言われなかったが、あまりいい意味で言ったのではなさそうだ。今度は「すみません」と謝っておく。

今さら子供ぶるつもりはないが、八歳の子供に向けるには、彼の態度はいささか冷たすぎる気がする。

(怒ってるのかな)

侯爵を顎《あご》で使ったのだ。迷惑には思っているだろう。ちらりと相手の顔を窺《うかが》ったが、無表情すぎて読めない。

「それで？」

サディアスは、相変わらず冷たい声で尋ねた。

「お前があまりに衰弱していたので、緊急に保護し、私の屋敷に連れてきた。この後、お前がどうしたいのか知りたい。お前を救えとあったが、具体的にはどうなるのが望みだ」

意外な言葉だった。こうして看病してもらっただけでもありがたいし、これ以上のことをする義理は、サディアスにはない。

でも彼はこうして、八歳の子供に意見を聞いてくれる。冷たく見えるし態度も威圧感があって怖いが、少なくとも冷酷な人間ではなさそうだ。

「叔父一家のいるあの家には、戻りたくありません。叔父は私が死んで、自分が家督を継ぐことを望んでいるので、戻ったら今度こそ殺されてしまいます」

サディアスはそれに対して口を開かず、続きを促すように軽く片眉を引き上げただけだった。セシルは意を決し、サディアスに訴えかけた。

「あの、こんなことをお願いするのは、おこがましいとわかっています。でもどうか、私をこのお屋敷で雇っていただけないでしょうか。両親が亡くなってから、使用人がする仕事はすべてやらされていたので、勝手はわかっているつもりです。何でもやりますので」

できれば養子に……と願い出る話は、もう諦《あきら》めていた。あまりに厚かましい願いだ。

それでもひょっとして、と彼に会うまでは考えていたけれど、いざサディアスと顔を突き合わせて、怖気《おじけ》づいた。

サディアスと自分とでは、格が違いすぎる。人生二周目の自分が同じ二十歳になったとしても、彼と肩を並べられる気がしない。

養子にしてくれなんて、口にするのもおこがましいと彼を見て感じた。

「この屋敷の使用人にしてくれと？」

けれどサディアスはそこで、意外そうな顔をした。これも厚かましかったかと、セシルは小さくなってうなだれ、「はい、できれば」とつぶやく。

「てっきり、養子にしてくれという話かと思っていた」

セシルは驚いて顔を上げた。

「ど、どうして、それを」

「手紙に、黒髪の後継者と書いてあった。お前も黒髪だから、そういう話かと思っただけだ。違ったのならいい。気にするな」

「違いません！」

話が終わりそうな気配を感じて、セシルは思わず叫んだ。途端、サディアスがうるさそうに眉根を寄せたので、ひやりとする。口の中でもごもごご謝罪した。

「も、申し訳ありません。あまりに厚かましい望みだとわかっていたので、口にできませんでした。あの、でも、将来、ブラッドフィールド閣下が黒髪のご養子を後継者に取られるのは本当です。それで……俺も同じ黒髪だから、自分がその養子だったらいいなと思って」

セシルが話をすればするほど、サディアスの眉間の皺が深くなっていく。

「手紙でも、未来がどうとか書いてあったな。お前は、占いでもするのか？　未来が見えるとでも？」

声音が不機嫌そうだったので、自分が言ったことを後悔した。サディアスは、この手の話が嫌いらしい。

そりゃあそうだよな、とセシルも思う。この世界もだいぶ科学が進んでいて、病気が悪魔の仕業だとか、占いで未来を予言するなんて話はたいてい、胡散臭《うさんくさ》がられる。

サディアスも現実的な人間なのだろう。焦燥に駆られるあまり、余計なことを言ってしまった。

「私は予言者でも、何か特別な力があるわけでもありません。ただ、閣下が将来……中年男性と言えるくらいの年齢になった時に、黒髪の後継者がいて、閣下が気の毒な運命に晒される、というのがわかるだけです。他のことはわかりません。実は、その気の毒な運命とやらが何なのかも存じ上げません。ただ閣下のご興味を引きたい一心で書きました」

「どうにもはっきりしないな。私が将来、気の毒な境遇になるのは嘘ではないと言うのか」

セシルはうなずいた。

「信じていただけないのは、わかっています。自分で言っても胡散臭いと思うので」

言いながら、落ち込んだ。自分はあまり、地頭が良くないらしい。口もうまくない。サディアスに会う前は、もっと上手に交渉するつもりだったのに、予想していた会話の流れとはぜんぜん違っていた。

「すみません。今の話は忘れてください。私はただ、あの家を出られて、何がしか生きる手段があれば幸いです」

欲張るのはやめて、最低限の望みだけを口にした。そう、危うく死ぬところだったのだ。救い出してもらっただけでも、ありがたいと思わなくては。

人生、一発逆転なんてことはないのだ。

サディアスが深いため息をついたので、セシルは身をすくめて相手の処断を待った。けれど、次にサディアスの口から出たのは、予想外の言葉だった。

「それで結局のところ、お前は本心で何を望んでいるのだ。くだらん御託や遠慮はいいから、はっきり言え」

この期《ご》に及んで、その質問をされるとは思わなかった。セシルはおずおずと相手を見る。

「言えば、叶《かな》えてくださるのですか」

「とりあえず聞くだけだ。私は神ではない。何でもかんでも、他人の望みを叶えられるわけじゃない」

それはその通りだ。口調は突き放すようだが、彼の言っていることはまともだし、冷たくもなかった。セシルの本当の望みは何なのか、耳を傾けてくれる。

セシルはもう一度、勇気を奮い起こした。顔を上げてサディアスを見る。本音を取り繕ったり、自分を大きく見せようとするのはやめよう。

「私……俺の望みは、ブラッドフィールド侯爵閣下の養子にしていただくことです。ただ、俺を養子にしても閣下に利益はありません。まだこれから奥様をもらわれるでしょうから、そうなると俺は邪魔になります。勝手な言い分だとはわかっているので、せめてここで使用人として雇っていただけないか、お願いしようと思っていました」

一息に言って、相手の言葉を待った。サディアスは、セシルから視線を移し、窓の外を見る。しばし考え込んだ後、視線を戻して椅子から立ち上がった。

「わかった」

それから、ベッドの前を素通りして、部屋を出て行こうとする。

え、それだけ？　と、セシルは焦った。

「あのっ」

結局のところ、どうなのだろう。セシルを養子にしてくれるのか、使用人として雇ってくれるのか。それとも、叔父のところに戻されるのか。

サディアスは思い出したように、戸口でぴたりと足を止め、振り返った。

「お前の望みはわかった。検討する」

それだけ言うと、部屋を出て行ってしまった。

「検討……かあ」

一人になると気が抜けて、そのままベッドに倒れ込んだ。

その場で突っぱねられることもなかったが、こちらの提案がどの程度、受け入れられたのかもよくわからない。

「どうなるんだろう」

つぶやいたが、今はともかく、寝心地のいいベッドと温かい食事にありつけることに感謝して、出て行けと言われるまで身体を休めることにした。


サディアス・ブラッドフィールドという人物は、とても面倒見のいい人らしい。

彼が顔を見せたのは最初の一度きりだったが、その後も何人かのメイドが代わる代わる世話をしてくれて、一日に一度、医者が診察に来てくれた。

一週間ほど経つと、医者の診察は一日おきになり、食事は粥ではなく普通の料理になった。

セシルはその間、ほとんどをベッドの上で過ごした。

三日目くらいから、そろそろ起きなくちゃと焦りを覚え始めたのだが、身体は自分が思っていた以上に衰弱していたらしい。

起き上がってもふらついて、手洗いに行くのが精いっぱいだった。

「お医者様から、当分は安静にしているようにと言われています。今は何も考えずに、身体を治すことを考えてください。何しろこちらに運ばれた時には、セシル様は死にかけていたのですからね」

年配のメイドに、優しくも強い口調で言われた。

「旦那様も、お医者様の指示に従うようにと仰っていましたよ」

その言葉を聞いて、セシルはほんの少しだけ安堵した。少なくとも、治療の途中で放り出されるということはなさそうだ。

メイドの言うとおり、身体を回復させることに専念した。

よく食べて、よく眠る。ほんの少し前まで、家中の人間にいじめられながら屋根裏で生活していたことを考えると、天国のようだ。

時々、幸せな夢かもしれないと考えて怖くなる。あるいは、この後にまた不幸が待っているのではないか。この二年間の悲惨な生活が、セシルを怯《おび》えさせていた。

「すっかり良くなりましたね。もう薬もいいでしょう。あまり無茶なことをしなければ、自由に動いて大丈夫ですよ」

ある日、医者からそう言われた時には、サディアスの屋敷に来てひと月近くが経っていた。

その頃にはもう、身体もすっかり回復して、ベッドの上の生活が退屈になっていたくらいだった。

床《とこ》払いの許可が出たのはありがたい。でも、これからどうすればいいのかは、まだ聞いていなかった。

サディアスは目覚めてすぐに会って以来、一度も姿を見ていない。

屋敷のどこかにはいるようだが、何しろ侯爵家は広大なようで、セシルは気配すら感じたことがなかった。

医者から回復のお墨付きをもらったその日、セシルは夕方の早い時間から、風呂に入れられた。

身体がある程度回復してからは、毎日風呂に入っている。でも大抵は寝る前だった。何かあるのだろうか。

不安になったが、口にすると嫌な想像が現実になりそうで、黙ってメイドの案内に従った。

セシルが寝起きしている部屋は贅沢な客間で、手洗いも風呂場も付いていた。

優雅な猫足の浴槽にメイドがお湯を張ってくれていて、セシルは身体中を隈《くま》なく洗った。

風呂から出ると、新しい服が用意されていた。シャツとズボン、それに上着とタイ、靴まで新品だ。しかも、セシルのサイズにちゃんと合っている。

いつの間に測ったのだろう。どれも質のいいもので、タグが付いていないところを見ると、既製品ではなく仕立服らしい。

「旦那様が、夕食をご一緒なさりたいそうです」

メイドに身なりを整えてもらっていると、従僕がセシルを呼びに来た。

改まって食事に呼ばれたのだから、何がしか話があるのは明白だ。緊張して胃が痛くなる。

この先に起こる出来事をあれこれ想像しながら、従僕の後に付いて食堂に向かった。長い長い廊下を歩き、階段を上ったり下りたりして、ようやくたどり着く。

十人は座れそうな長いテーブルの奥に、すでにサディアスの姿があった。

「お……お招きありがとうございます」

入り口でぺこりと挨拶をすると、サディアスは相変わらずの厳めしい顔でうなずき、顎で席を示す。

テーブルにはいくつも椅子が並んでいたが、食器がセットされているのは、最奥のサディアスの前と、そのすぐ斜め向かいの席だけだ。

セシルはぎくしゃくしながら席についた。立派な椅子とテーブルは、セシルにはちょっと位置が高い。

すると従僕がすぐに気づいて、クッションを持ってきてくれた。メイドといい、この屋敷の使用人はみんな優秀で親切だ。

「体調はどうだ」

セシルの腰が落ち着くと、サディアスがおもむろに口を開いた。

「おかげさまで、すっかり良くなりました。ありがとうございます」

セシルは頭を下げる。サディアスはうなずくだけだ。話が続かないので、もっとお礼を言うべきかと迷っていたところに、料理が運ばれてきた。

ワゴンの上の大皿を、給仕係が取り分ける形式だ。カトラリーが両脇にいくつもあるから、この後に何品も料理が出てくるのだろう。

二人きりの食事にしては、かなり豪華である。

セシルの侯爵邸での食事は、お粥から普通食になり、それも結構なご馳走《ちそう》だった。しかし目の前のこれは、まるで客をもてなすようだ。それとも侯爵家当主は、日常的にこうした食事をしているのだろうか。

「足りないようなら、給仕係に言うように」

取り分けられた皿を前に、サディアスが言った。

「ありがとうございます」

へどもどしながら礼を返す。サディアスが黙って料理を食べ始めたので、セシルもそれに倣《なら》った。

いちおう、貴族の食事作法は勉強している。まだ両親が健在だった頃、異世界転生で無双できないことがわかって、いろいろ地道に勉強することにしたのだ。

両親から基本的な作法を教わり、礼儀作法に関する本もたくさん読んだ。だから、ある程度の心得はあるつもりだ。

しかし、いざ実践となると緊張した。しかもすぐ間近に侯爵閣下がいる。

この食べ方で合っているか、無作法ではないか、サディアスを窺いながら食事をするので、ろくに料理の味がわからない。

そして会話がない。会話をしてはならない、という作法はないはずだが、サディアスは最初を除いて一言もしゃべらず、黙々と料理を口に運ぶ。

料理はどんどん出てくる。お腹がはちきれそうになったが、食べられないと言えなくて、苦しくなりながらもせっせと詰め込んだ。

最後にデザートが出てきた時には、ようやくこれで終わるとホッとしたものだ。

「スペンサー家のことだが」

デザートと一緒に運ばれてきたお茶を飲みながら、サディアスが唐突に口を開いた。気を抜いていたセシルは、驚いてビクッとしてしまう。

サディアスは、そんなセシルをじっと見つめていた。

「お前の叔父は後見人には不適格として、その資格をはく奪した。その上で、児童虐待の罪、横領による後見者背任の罪で起訴している。妻と上の息子も同罪、使用人のうち数名も暴行罪で逮捕した。下の二人の子供たちはまだ未成年なのもあって、保護観察処分となった」

つらつらと語られる事実に、セシルはただただ驚くばかりだった。てっきり、叔父一家は今もあの家で、のうのうと暮らしていると思っていた。もしまた元に戻されたらどうしようと、恐ろしくてたまらなかった。

でももう、そんな心配はしなくていいのだ。

サディアスが、叔父たちを断罪してくれた。不正を正し、セシルを救ってくれた。

涙が出そうになって、慌てて瞬《まばた》きする。それから、その場で深く頭を下げた。

「まさか、そこまでしてくださっていたなんて。本当にありがとうございます。閣下は命の恩人です」

大袈裟《おおげさ》ではなく感激した。ここまでしてもらえるなんて、思っていなかった。

セシルが目を潤《うる》ませて見上げると、サディアスはわずかに目を見開き、片眉を引き上げた。

胡乱《うろん》そうにも見えるその表情は、どういう感情を表しているのかよくわからない。

でも構わなかった。あのごうつくばりで残酷な叔父たちを、退治してくれたのだから。

興奮するセシルとは対照的に、サディアスは落ち着いた様子でお茶を一口飲み、再び口を開いた。

「私も普段ならば、こうした問題は人に任せて直接関わることはない。死にかけた他人の子供を、屋敷に運び入れることもしなかっただろう」

突き放すような口調だった。鼻先で扉を閉められたような気がした。言葉を失っていると、

サディアスはそんなセシルを横目で一瞥《いちべつ》した。

「たまたまだ。お前の手紙を読んで興味を持ち、直接話をしてみて、使えるかもしれないと思った」

だから、セシルを助けたのだという。セシルはごくりと息を呑み、膝の上に置いた手を握り込んだ。

「何か、俺にできることがあるのでしょうか」

サディアスの親切に感激していたけれど、無条件の善意だとは限らない。

急に不安がこみ上げる。無理難題を吹っ掛けられたらどうしよう。助けられたと思っていたけど、これがさらなる地獄への入り口だったら。

逃げるべきかと、咄嗟《とっさ》に退路を探した。行く当てもないけれど、利用されて死ぬよりつらい目に遭うのは嫌だ。

「そう怯えなくてもいい」

給仕係が食堂の扉を開けて出て行くのを見て、セシルが腰を浮かせかけた時、サディアスが言った。

「この場から逃げ出すのは、賢い選択ではないぞ」

見透かされていた。下手な言い訳は無駄だと思い、セシルは黙って浮かせかけた腰を下ろした。

「最後まで聞きなさい。お前にとっても、損になる話ではない」

冷たい声に、セシルは「申し訳ありません」と、口の中でつぶやく。ちらりと相手を窺う。小賢しいセシルにきっと呆《あき》れているか、軽蔑しているだろうと思っていた。

けれど予想に反して、こちらを見るサディアスの目は穏やかだった。セシルに興味を覚えたような、そんな眼差《まなざ》しをしている。

「安心しなさい。奴隷《どれい》になれ、などと言うつもりはない」

セシルはうなずいたが、すっかり気を許したわけではなかった。それでは、どういうつもりで助けたのだろう。

「お前は素直なのか疑《うたぐ》り深いのか、わからないな。もっとも、今まで置かれていた境遇を考えれば、無理もないか」

サディアスはそんなセシルの様子を見て、ちょっと呆れた顔をする。けれどこれ以上の前置きは怯えさせるだけだと思ったのか、すぐさま本題を切り出した。

「私は、お前を養子に迎えるつもりだ。今後、どうしても生家で暮らしたい、というのでなければ、これからもこの屋敷にいるといい。貴族の子供に相応《ふさわ》しい教育と生活環境を与えると約束しよう」

「あ……ありがとうございます」

セシルの一番の希望を叶えてくれるという。ありがたい話のはずなのに、冷たい牽制があった後なので、喜びより驚きの方が勝っていた。

「ただし、養子になったからといって、私の後継者になれるとは限らない。それは理解できるな？」

「もちろんです」

セシルは何度も大きくうなずいた。別に、侯爵家の家督がほしいわけではない。むしろ重荷だ。自分はただ、あのひどい境遇から脱出できればよかった。

「将来、私の後継者になってもならなくても、スペンサー男爵家はお前のものだ。私が養父かつ後見人になり、お前は成人と同時に、男爵家を継ぐことになる」

叔父がいなくなって、実家を乗っ取られる心配はなくなった。セシルはスペンサー家の嫡男として、今後はサディアスの養育を受けつつ、成人と同時に家を継げることになった。

「ありがとうございます！　あの、俺、それなら無理に養子にならなくても……」

言いかけると、サディアスは軽く手を上げ、セシルの言葉を制した。

「いいから、最後まで聞きなさい。お前がどう考えようと、養子にはなってもらう。それこそがお前に手を貸した理由だ」

「どういうことでしょう」

「私の年齢は知っているな。独身であることも？」

セシルは黙ってうなずいた。

「そう。以前は婚約者もいたが、先方の都合で破談になった。以来、あちこちから縁談が舞い込んでくる。それはもう、苛烈な勢いでな」

サディアスはそこで、うんざりした顔をした。

彼がはっきり感情を露わにしたのは初めてだったので、セシルはつい、くすっと笑ってしまう。軽く睨まれ、慌てて居住まいを正した。

若き美貌の侯爵。縁談が舞い込むのは当然だ。うるさい舅《しゅうと》姑《しゅうとめ》もいないし、まだ若い当主だから、娘をやる親にとっては御しやすいと思われているかもしれない。

何と言ってもサディアスは今、まだ二十歳なのだ。

(俺が前世で二十歳の時なんか……何やってたかな)

ぼんやりとしか覚えていないが、こんなに大人びてはいなかったはずだ。

大人びている、というより老成している。顔立ちは若いのに、中身はうんと年寄りのように見えた。

侯爵という肩書と重責がそうさせているのだろうか。だとしたら、上級貴族というのは想像以上に大変なんだなと、セシルは内心で独りごちた。

「知っての通り、私は家督を継いでまだ二年だ。正直を言えば、今は妻を迎えるどころではない。実家が有力な家ならなおさらだ。家庭内でまで駆け引きをしている余裕はない」

「た……大変なんですね」

サディアスが言うのだから、よくよく余裕がないのだろう。セシルは何と慰めの言葉をかけてよいのかわからず、いかにも他人事《ひとごと》みたいな相槌《あいづち》を打ってしまった。

サディアスはそれに、ふっと小さく笑った。

「ああ。なかなかに苦労をしている。お前という養子を迎えれば、後継者問題も一旦《いったん》はかわすことができるのだ。むろん、すべてをかわせるわけではないが。その子供が孤児で男爵家の嫡男というのは、私にとって都合がいい」

セシルは「両親のいない気の毒な子供」だし、おまけに叔父一家に虐げられ、家を乗っ取られかけていた。

それを助けて引き取ったとなれば、サディアスの株が上がるし、男爵家の嫡男だから家柄としてはさほど、悪いものではない。孤児院から子供を引き取るより、貴族たちを納得させられるだろう。

ひどく打算的で差別的でもあるが、それはセシルも同じだ。それに、「お前を助けてやったんだ」などと親切ごかしに言って恩に着せないのは、逆に親切に思える。

まるでセシルに気を遣わせないためだ、などと考えるのは、楽観的すぎるだろうか。

サディアスが反応を窺うようにこちらを見るので、セシルは「安心しました」と答えた。

「こんな子供の俺でも、何かのお役に立てるなら嬉《うれ》しいです。あの、養子役、頑張ります」

「役ではなくて、養子の身分は本物だ」

セシルの反応に、サディアスは呆れたような、どこか戸惑うような表情を浮かべた。

「先ほども言った通り、お前を後継者とするかどうかは、また別の話だ。お前は八歳だったな。我が家の嫡男ならば、慣例として王都の王立学院に通う年齢だが、お前を学院にはやらない。少なくとも数年はこの領地に留《とど》まり、家庭教師をつけることになる」

それでもいいか、と念を押す口調だった。

「ありがとうございます。家庭教師をつけていただけるなんて、思っていませんでした」

教育を受けられるだけで嬉しいし、王都の学院に通いたいとも思わない。

「もちろん、王立学院がどれほどの名門かは存じています。そこの卒業生というだけで箔がつくと聞きますし。でも俺は、そこまでの野心はありません。叔父一家の虐待から生き延びて、なおかつこうして侯爵家で養育していただけるだけでじゅうぶん幸せです。どのみち成人したら男爵になれますし、そうしたら家禄ももらえるんですよね。侯爵家を継ぐのは正直、俺には荷が重いっていうか、向いているとは思えませんし……なんですか」

後継者を狙っているわけではなく、今のままでじゅうぶんだ、ということを言いたくて言葉を重ねたのだが、途中でサディアスが、ククッと喉を鳴らして笑い出した。

そばに控えていた執事が、驚いた顔で主人を見ている。サディアスがこうして笑うのが、よほど珍しいらしい。

「俺、おかしなことを言いましたでしょうか」

「そうだな」

ズバリ返されて、二の句が継げない。どこがおかしかったのか、自分ではわからなかった。

「最初から、年のわりに大人びていると思った。といって、飛び抜けた英知がある、というわけでもなさそうだ」

「まあ……その通りですけど」

別に知能が高いわけではない。たぶん普通だ。ただ前世の記憶があるだけで。

「お前と話をしていると、出入りの御用商人と相対している気になるな」

サディアスの鋭い指摘に、ぎくりとした。前世は営業だったのだ。

まさか、異世界転生を見抜いていたりして、とも考えたが、そこまで突飛な発想はないようだ。

「何がお前をそうさせているのか、過酷な生育環境か……。ともかくも、お前はこれからセシル・スペンサー・ブラッドフィールドになる。お前は野心がないと言いたいようだが、そのつもりがなくとも周りはお前を後継者候補と見なす。たとえ領地にいても、いろいろあるだろう。お前を排除したいと考える連中も出てくるかもしれない。王都の学院に行かせられないのは、身の危険があるからだ」

身の危険、と言われてゾッとした。そこまでは考えなかった。

だが、サディアスの言うとおりなのだろう。

サディアス自身もまだ若くて、家を継いだばかりだ。利用してやろうとか、足を引っ張ろうという連中が大勢いるに違いない。

そんな若き侯爵が、何の後ろ盾もない子供を養子に迎えた。邪魔に思う者がいてもおかしくない。

「そんな顔をするな。お前の身の安全は保証する。私も助けた子供に何かあっては、寝覚めが悪いからな。お前自身がよほど無茶な行動をしない限り、危険にさらされる心配はない」

セシル自身は気づかなかったが、不安げな顔をしていたらしい。

サディアスの声音がいくらか柔らかくなった。ほんのわずかな変化だったが、それまで硬くて冷たい声だったから、とても優しく聞こえる。

いや、本当に優しい人なのかもしれない。交換条件のように養子にしてくれたけれど、結局はセシルばかり得している気がする。

「いろいろとお気遣いいただいて、ありがとうございます、閣下。閣下の仰ることはわかりました。いろいろしがらみはあるかもしれませんが、それでもこの家に引き取っていただけて、嬉しいです。ブラッドフィールド家の恥にならないよう、頑張りますので、成人までどうぞよろしくお願いします」

前世の感覚を懸命に思い出し、今後の抱負など述べてみた。ぺこりとお辞儀をする。

セシルなりに頑張ったのだが、サディアスにはまた、ふっ、と小さく笑われた。

「お前の頑張りとやらを、楽しみにしている。が、閣下とはいささか他人行儀だな」

「確かにそうですね。サディアス様、とお呼びしても？」

サディアスは目顔で不満を表す。そういえば、曲がりなりにも親子になるのだった。様付けは、閣下と同じくらい他人行儀かもしれない。

「えっとじゃあ……パパ？」

他にもいろいろ呼び名はあるのに、なぜかツルッと出てきたのが、そんな言葉だった。自分でもびっくりする。

しかし、サディアスはもっと微妙な顔をしていた。眉を大きく引き上げ、口をへの字に曲げて何とも言えない表情でセシルを見る。

「あ、その、すみません……父上とかにすればよかったですね」

父上、と言った途端にぎゅっと眉間に皺が寄ったので、ちょっと怖くなる。

「えっと、お父様、とか？」

さらにぎゅっと眉根が寄った。やっぱりパパの方がいいのだろうか。

困惑していると、サディアスは視線を伏せて深いため息をついた。

「呼び方については検討しよう。ともかく、そういうことだ」

どういうことなのかわからない。けれど話は終わりらしい。

「先に失礼する。お前……セシルはゆっくりしていなさい」

サディアスは言うと、食堂を去っていった。

ぽつんとその場に残されたセシルに、給仕係が気を利かせて、お茶のお替わりはいかがですかと聞いてくれる。

それを辞退して、セシルも席を立った。

初めてサディアスから名前を呼ばれたことに気づいたのは、自分の部屋に戻ってからのことだった。

二

こうしてセシルはサディアスの養子になり、ブラッドフィールド家での生活が始まった。

体調がすっかり回復すると、客間から部屋を移された。

客間とは別の棟にある、大きな部屋だ。サディアスの部屋も同じ棟にある。

広大なブラッドフィールドの屋敷は、棟が三つに分かれて渡り廊下で繋がっている。

棟の一つは、大きな広間やいくつもの客室を有する、いわば迎賓館で、外から客を招く時に使う。セシルも最初、この棟で療養していた。

その迎賓館の東が本棟、代々当主とその家族が暮らす居住棟だ。西棟は離れで、隠居した先代当主だとか、当主の未婚の兄弟姉妹などが暮らせるようになっている。

サディアスは一人息子だったし、両親も祖父母も他界しているから、離れには今は誰も住んでいない。

父方に叔父がいたそうだが、分家して子爵《ししゃく》位を得た叔父夫婦も今はなく、その息子、つまりサディアスの従兄が子爵を継いでいるそうだ。先代子爵はだいぶ結婚が早かったとかで、従兄はサディアスより五歳ばかり年上なのだとか。

サディアスの母は、由緒はあるものの今はほとんど名前しか残っていない家門の出身で、こちらの親戚は年老いた大叔母《おおおば》がいるだけだそうだ。

「遠縁の方々はあちこちにおられますが、近くに住んでおられて、今も比較的交流があるのは、従兄のマッギル子爵様だけです」

執事のローガンが教えてくれた。

彼はそろそろ五十に手が届くかという、中年男性である。こちらも「イケおじ」と形容にたえ得る端正な顔立ちをしている。

黒い三つ揃えをいつもびしっと決めていて、白髪交じりの髪も口ひげも、いつ何時会っても隙なく手入れされていた。

ローガンの祖父の代からこの家に仕えているそうで、彼の亡くなった妻はサディアスの母の侍女をしていたし、息子は王都の侯爵邸の執事をしている。結婚して辞めてしまったが、ローガンの妹はサディアスの子守りをしていたそうだ。

そのサディアスとは同じ屋根の下にいるとはいえ、直接話す機会は滅多になく、夕食に招かれて以降はもっぱらこのローガンがセシルの世話をしてくれた。

セシルは本棟の二階の端にある大きな部屋をもらい、新しい服や靴、他にもこまごまと身の回りのものを揃えてもらった。

実家にあったものも、いくらか運び込んだ。

金目のものはほとんど、叔父一家が売ってしまったけれど、父が集めた書物だとか、母が大事にしていた裁縫道具などは無事だった。セシルが幼い頃に好きだった絵本も残っていて、それを手にした時にはちょっと泣いてしまった。

ローガンをはじめ、ブラッドフィールド家の人たちは親切だった。叔父一家に虐待を受けていた子供、ということで、気の毒がってあれこれ慰めてくれる人もいた。

健康を取り戻して新しい生活に慣れると、家庭教師がついて勉強も始まった。これがなかなか忙しい。

両親が生きていた頃の男爵家では、「そのうち家庭教師をつけるか、地元の学校に通えばいいか」なんて言っていた。平民とそれほど大差ないし、裕福な商人の子供の方が、よほど貴族のようだった。

しかし侯爵家ともなると、教育水準が違う。教科ごとに違う先生がやってきて、座学以外にも武術や乗馬、礼儀作法の授業まであった。

ローガンによれば、サディアスは五歳の頃からこうした家庭教師による教育を受けていたという。七歳になる年王都の全寮制学院に行くので、その時に困らないよう、幼いうちから家庭でもみっちり教育を施されるのだとか。

それを聞いた時、セシルは「貴族の子供って大変なんだな」と、遠い目をしてしまった。

実際、毎日毎日、朝から晩まで勉強三昧《ざんまい》という生活は、充実はしているが大変だ。宿題も出る。

しかも座学の教科はどれも、かなり高度で進みも速かった。前世で八歳の時、三平方の定理なんてやったっけ？　と首を傾《かし》げてしまう。

サディアスは子供の頃から神童と呼ばれ、最難関と言われる王立学院の卒業試験を飛び級で通過したらしいが、セシルの頭は並みである。

こんな時は前世の知識も大して役には立たず、コツコツと積み重ねるしかなかった。

それでもセシルは頑張った。せっかくサディアスが教育環境を整えてくれたのだ。恩に報いるためにも、また自分の将来のためにも、毎日夜遅くまで必死に勉強した。

そうして気づくと、ブラッドフィールド家に来て半年が経っていた。

ある夜、サディアスの書斎に呼ばれた。

「お前がここに来て、半年か。早いものだな」

学校の教室くらいはありそうな広い書斎の一角、応接用のソファにサディアスと対面で座らされて、セシルはガチガチに緊張していた。

何しろサディアスとまともに話をするのは、最初の夕食以来なのだ。あとはごくごくたまに、屋敷の中で顔を合わせて挨拶するくらいである。

セシルも最初のうちは、たまにサディアスと食事をするか、それができないまでも、家族なのだから朝晩の挨拶くらいはするべきだろうと考えていた。

しかし、ことごとく時間が合わない。セシルは勉強に忙しかったが、サディアスはもっと多忙だった。

二年ぶりに領地に戻ってからこっち、休む間もなく飛び回っている。家にいる時も、早朝から夜遅くまで、書斎にこもりきりだという。

かと思えば、取引相手の商人と商談したり、領内のどこぞの町長が嘆願に来たというので、面談したりしていた。

ローガンによれば、さらに早朝から武術の練習をして身体を鍛えたり、馬に乗ったりしているそうだから、超人的だ。

そんなわけで、サディアスとまともに会話をするのもほぼ半年ぶりだった。

なぜ急に呼ばれたのかわからず、不安になる。目の前のテーブルには使用人が運んできたお茶が置かれていたが、手を付ける気になれなかった。

もしかして、セシルの出来の悪さに失望したとか。勉強はそこそこ食いついているものの、武術はからっきしだ。馬には乗れるようになったが、まだおっかなびっくりである。

セシルの成績では、後継者は論外、ブラッドフィールド家に置いておくのもはばかられるとか。

目の前の、冷たく美しい顔が侮蔑に歪むのを想像して、今から悲しくなる。

「ここでの生活はどうだ」

長い足を組み、優雅な仕草でお茶を飲みながら、サディアスは尋ねた。ゆったりとしたシャツとズボンという軽装だから、今日はもうこれで執務は終わりなのかもしれない。

「ようやく慣れてきました。ローガンをはじめ、ここの人たちはみんなよくしてくれます」

セシルはへどもどしながら答えた。サディアスは「うん」とも「ん」ともつかない相槌を打ちつつ、セシルの前のティーカップをちらりと見る。

お茶を飲め、ということかなと思い、慌ててティーカップを手に取った。緊張して手が震えてしまう。

「何を怯えている？」

冷たい声で言われたので、余計に身が強張《こわば》った。久しぶりに間近で会うと、サディアスの迫力に気圧《けお》される。

サディアスは表情は厳めしいが、強面《こわもて》ではないし、威嚇《いかく》しているわけでもない。でもとにかく、そこにいるだけで怖い。その存在そのものが威圧的なのだ。

ちょっとでも粗相をしたら怒られるのではないか。そんな恐ろしさを感じてしまう。

「あの、急に呼び出されたから。何かしたのかと思って」

「――ああ」

そういうことか、とサディアスはつぶやいた。

「ずっと会っていなかったから、様子を聞くために呼んだだけだ。怯える必要はない」

それを聞いて、セシルはホッと安堵した。

「よ、よかった。俺、てっきり追い出されるのかと」

ポロリと本音が出てしまい、慌てて口をつぐむ。サディアスが片方の眉を引き上げて、怪訝そうな顔を作った。

「なぜそんな発想になるのか、わからんな」

「すみません。被害妄想かもしれません。成績が悪くて呆れられてるのかも……とか、いろいろ考えちゃって」

サディアスがますます怪訝そうな顔になる。

「勉強は、かなりの速度で先に進んでいると聞いた。家庭教師たちは皆、お前を褒めていたぞ。飲み込みも早く勤勉だと」

「本当ですか」

教師たちはみんな飄々《ひょうひょう》としていて、セシルを大袈裟に持ち上げたり、逆に叱《しか》ったりもしない。学校と違って他に生徒もいないので、彼らがセシルをどう思っているのか、よくわからなかった。

「武術は人並みだが、それ以外はたいへん優秀だそうだ。座学は王立学院でいう九年生まで進んでいるとか」

「えっ」

驚いたら、「知らなかったのか？」と聞き返されてしまった。

九年生と言えば、十五歳くらいの学年だ。中学生である。そんなに先に進んでいたとは。教師たちが「じゃあもうちょっと、先に進んでみましょうか」と言うから、素直に頑張っていたのに。

「どうりで進むのが速いと思った」

もしかして、あんなに頑張ることはなかったのだろうか。いやでも、勉強は自分のためでもあるし。

「お前が素直に付いてくるので、教師たちも教えがいがあったようだ。ただ、毎夜遅くまで根《こん》を詰めていると、ローガンが心配していた。あまり屋外で遊ぶこともないと」

セシルが子供らしく遊ばないのを、執事は密かに案じていたらしい。

そういえば、お茶の時間になるとたまに、お庭で過ごされませんかと提案された。芝生でお昼寝も気持ち良さそうですよ、なんて言われたこともある。

「俺、せっかく機会を与えてもらったから、勉強を頑張らなきゃって、そればっかりで。心配をかけていたんですね」

サディアスは、そうだとも違うとも言わなかった。何か考え事をするように、しばし黙ってお茶を飲んでいた。

「ということは、この屋敷に来てから外出したこともないのだな」

やがて、独り言のようにつぶやく。

「外出……そう言われれば、敷地の外には出ていませんが。でも身の回りのものはみんな、用意していただきましたし」

この半年間、侯爵邸から外に出たことがないのだが、侯爵邸の敷地が小さな村くらいあるので、引きこもっているという感覚はない。

服も食べ物も、みんな十二分に用意されているから、出かける必要がなかった。

週に二度は、乗馬で近くの森を散策し、湖まで行ったりしている。これも侯爵邸の敷地内である。

実家で働かされていた二年間は、ほとんどの時間を庭先か地下、あるいは屋根裏で過ごした。外出を制限されていたし、朝から晩まで働かされて外に出る気力もなかった。

あの頃から比べれば、今は天国にいる。

「外出しなくても特に不自由はないですし、本当に、じゅうぶん良くしていただいています」

改めて現状の豊かさを思い、セシルは言った。

それに対し、サディアスはやはりすぐには答えない。また何事か考えるように、セシルを見つめる。

こちらとしては、会話が途切れるたびにドキドキ落ち着かなくなるのだが、サディアスはあまり、人に合わせるということをしないようだ。自分のペースで話を進める。

「現状はわかった」

やがて、彼は口を開いた。

「今日はもうさがっていい。今夜は遅くまで勉強せず、よく休みなさい」

追い払うような素っ気ない口調で言われ、拍子抜けする。本当に、近況を聞くためだけに呼んだらしい。

セシルは言葉に従って席を立った。失礼しますと去りかけて、立ち止まる。何か言い忘れたような気がしたからだ。

「あの、おやすみなさい」

思い出して挨拶をすると、サディアスが一瞬、固まった。けれどこちらが怪訝に思う前に、速やかに動き出す。

「――おやすみ」

やっぱり素っ気ない声だったが、それでも挨拶を返してくれたのが嬉しかった。

その夜はサディアスの言うことを素直に聞いて、勉強をせず早めに床につき、朝までぐっすり眠った。


翌朝、いつも通りの時刻に目覚めると、ローガンがやってきて、

「本日は、旦那様がセシル様とご一緒に、街に出かけたいと仰っております」

いかがですか、と言う。今までにないことで、驚いた。

「嬉しいですけど、家庭教師の先生が……」

「旦那様のご命令で、本日はお休みにしてもらいました。セシル様の勉強が、詰め込みすぎだとのことで」

昨晩、近況を聞かれたが、あれから早速、手を回したらしい。

それでも戸惑っていると、ローガンは苦み走った端正な顔に微笑を浮かべて見せた。

「セシル様はこのお屋敷に来てからまだ、どこにも外出されたことがないでしょう。旦那様も心配されておいででした。それで、ご一緒にお出かけすることを思いつかれたようです」

「俺のために……？」

ローガンは、にっこり笑って「はい」とうなずいた。

サディアスがこんなにも、自分のことを気にかけてくれていたなんて。驚いたけど、嬉しかった。

お昼前に出発するというので、朝食をとって身支度を済ませた後、空いた時間に少しだけ勉強をした。

サディアスは朝のうちに済ませる仕事があるとかで、まだ姿を見ていない。

「忙しいんだろうな」

なのに、セシルのために時間を作ってくれた。威圧感があって怖いけれど、実はとんでもなくいい人なのではないだろうか。

予定の時間になって玄関に出ると、すでにサディアスが待っていた。公務に出る時より少しくだけた格好で、シャツの上に地味だが仕立てのいい、モスグリーンのジャケットを羽織っている。

セシルもいつもはベストと半ズボンだけだが、今日はジャケットも着せてもらい、それがサディアスの上着と同じ色だった。

ローガンが合わせたのだろう。サディアスはセシルの装いを見て、わずかに目を瞠った。側《そば》に控えるローガンをちらりと見たが、何も言わずに踵《きびす》を返した。

そのまま玄関を出て行くので、セシルは慌てて追いかける。

（追いかけて、いいんだよね？）

ローガンを見ると、うなずいてくれた。玄関を出ると、前の車寄せに馬車が停まっていて、サディアスが乗り込むところだった。

後に付いて乗っていいものかどうか、迷う。サディアスが何も言ってくれないので、判断に困ってしまう。

「何をぐずぐずしている。早く乗りなさい」

迷っていると、中から言われた。慌てて乗り込もうとしたが、セシルは背が低いので、高さがあるステップを上るのに苦労した。

ドアを開けて待っていた御者《ぎょしゃ》が気づいて手伝ってくれようとしたが、それより早く、中からサディアスの手が伸びて引き上げられた。

大きくて温かな手に、どきっとする。セシルの父はもっと華奢《きゃしゃ》だったから、片手でぐんと引っ張り上げる力強さが新鮮だった。

「ありがとうございます」

「軽いな。もう少し太りなさい」

相変わらず態度は素っ気ない。でも、それは上辺だけだろう。仕事で忙しい中、セシルのために時間を作ってくれたのだ。

「今日は外出に誘ってくださって、ありがとうございます」

改めて礼を言ったのだが、やっぱり相手は素っ気ない。うっかり見逃しそうなくらい、軽くうなずいただけだった。

「どこか、行きたいところはあるか」

それでも、そんなふうにセシルの意見を聞いてくれる。

「いえ、特には。俺、あまり街は詳しくなくて」

答えると、また軽くうなずかれる。わかったともわからないとも言わないが、あらかじめ予定が決まっているのか、馬車は走り続けた。

侯爵邸のある小高い丘陵を降り、森やら貴族のものらしいお屋敷の前をいくつか通り過ぎると、レンガ造りの建物が並ぶ街並みが見えてきた。

セシルたちは「街」と端的に呼ぶが、領都である。前世の日本で言う、県庁所在地みたいなものだろうか。

ブラッドフィールド領の中心で、南の端は海に面しており、大きな港を有している。北と東にそれぞれ他領へ延びる街道があり、王都との間には鉄道が通っていた。街の中心は下町で、庶民が暮らしているのだとか。

もっとも、これらは書物で得た知識で、セシルは領都の西側しか知らない。ブラッドフィールド邸がある領都の西側は、いわゆるお屋敷町だ。中心部から西へ向かって、下級貴族の家々が建ち、セシルの実家もそこにあった。

西に行くにつれて大きな屋敷が増えていき、西端に侯爵邸がそびえている。

馬車はお屋敷町を抜け、貴族向けの高級商店が居並ぶ界隈も通り過ぎて、街の中心部へ向かっていった。

「下町ですか?」

車窓を見て気づき、セシルが振り返ると、サディアスも窓の外を眺めていた。

「行ったことがあるのか?」

「いいえ、初めてです」

「王都からも客が来るという、人気の茶寮があるそうだ。バタークリームを使ったケーキが売りらしい」

「バタークリームがお好きなんですか」

言ってから、相手が微妙な顔をしているのを見て、失言をしたことに気づいた。サディアスが好きなのではない、セシルのために連れて行ってくれるのだ。

「なんて、俺のためですよね。ありがとうございます」

「甘い物は嫌いか」

「いえ、好きです。大好きです。俺、生クリームよりむしろバタークリームの方が好き……だと思います」

言葉の途中で、そういえば、今世ではまだ、バタークリームを食べたことがなかったと気がついた。おかげで、語尾が曖昧になってしまった。

「おかしな言い回しをする」

ふっ、と笑い声が聞こえ、見るとサディアスの口角が軽く上がっていた。サディアスの笑顔は貴重だ。じっと見ていたら、睨み返されてしまった。

それから会話らしい会話もなく、馬車は下町の茶寮に辿り着いた。

バタークリームは、記憶にあるままの味だった。どこか懐かしい風味だ。

茶寮はサディアスの言った通り、大変な人気のようで、馬車を降りた時には店の前に長い行列ができていた。

馬車の御者台に乗って一緒にやってきたサディアスのお付きの人が、行列の客を通り越して店の中に入ると、ほどなくしてサディアスとセシルは店の奥へ通された。

横入りしていいんだろうかと不安になったが、あらかじめ席を予約していたらしい。

二階の個室に通され、席に着くとすぐ、店の一番人気だというバターケーキとハーブティーが出てきた。

サディアスの前にもケーキが置かれたが、彼は手を付けなかった。黙ってハーブティーを飲んでいる。

会話もない。セシルは「美味しいです」とか、「個室だと落ち着きますね」とか、気を遣って話をするのだが、サディアスは軽くうなずくだけだ。

話しかけられるのが鬱陶《うっとう》しいのかと思い、途中からはセシルも黙り込んだ。

セシルがケーキを食べ終えるとすぐ、サディアスは戸口に立つ店員にお替わりを持ってこさせた。

出されるまま二個目のケーキを食べると、またすぐ「お替わりは」と聞かれる。さすがに

お腹がいっぱいなので、「もうじゅうぶんです」と答えたのだが、

「これも食べなさい」

と、自分の分のケーキを差し出された。

「でもこれ、サディアス様のでは」

「私は甘い物は好かない。特にバタークリームは」

にべもない答えが返ってきた。

「じゃ、じゃあ、遠慮なくいただきます」

笑顔でもらったが、三つも食べると、さすがに胸焼けがする。ハーブティーのお替わりをもらったので、お腹もタプタプになった。

食べ終えるなり、サディアスは何も言わずに席を立つ。どうやら出発らしい。

店を出ると馬車は消えていて、お付きの人が待っていた。サディアスはそれを一瞥もせず、さっさと先を歩いていく。

どこに行くのかもわからない。セシルはお付きの人を窺ったが、彼は困ったように微苦笑して、「追いかけましょう」とサディアスを示した。

サディアスは足が速かった。さして急いでいる風もなく優雅な足取りなのに、すごい速度で歩いて行く。

セシルは、小走りにならないとそれに追いつけない。満腹で身体が重いのもあって、息が

切れた。

サディアスはこちらを一度も振り返ることもなく、したがってセシルの様子に気づいていないようだった。

曲がり角でさらに速度を上げるので、見失いそうになる。

「待っ……」

急ごうとして、足がもつれて転んだ。べしゃっとお腹を打った拍子に、胃からバターケーキが出そうになって慌てて息を詰めた。

「サディアス様、お待ちください。セシル様が」

お付きの人が見かねて声をかけ、そこでようやく、サディアスは振り返った。

地べたに這いつくばっているセシルを見て、怪訝そうに眉を引き上げる。

「何をやっているんだ?」

鈍くさい、と言わんばかりの口調だ。必死で痛みと吐き気をこらえていたセシルは、恨めしい気持ちになった。

「サディアス様の足が速すぎるんです。俺とは足の長さが違うんだから、ちょっとくらい考えてくれたっていいのに……ふぐ」

バタークリームがせり上がり、思わず口を押さえた。それから、感情に任せて文句を言ったことを後悔する。

相手が不機嫌になるのを想像し、ひやりとしたが、サディアスは軽くため息をついただけだった。

「いつもそれくらい、はっきりものを言えるといいんだがな」

言いながら身を屈《かが》め、ひょいとセシルを抱えて立ち上がらせた。

「あ、ありがとうございます」

「気分が悪いのか」

口を押さえたままのセシルを覗き込む。灰色の瞳の奥に、わずかに心配そうな色が見えた。

「少しだけ。たくさん食べてすぐ走ったので。でも、ゆっくり歩けば大丈夫です」

サディアスはうなずき、それからは歩調を合わせてくれた。時々、「これくらいか？」というように、セシルを見てくれる。

おかげで、「これから、どこに行くんですか」という問いかけもできた。

「特に決めていない。適当に歩いて、お前が興味を惹《ひ》かれる店があったら、そこに入ろうと思っていた」

それを聞いて、今日の外出はすべてセシルを楽しませるためだったと気がついた。

先ほどの茶寮だってそうだ。甘い物が、特にバタークリームは好きではないのに、人気の店だからとセシルを連れて行ってくれた。

そのくせ、会話らしい会話がなかったり、子供の歩調に合わせず先を歩いたりと、なんともちぐはぐである。

だがそう、そもそも彼には、他人に合わせるという発想がないのかもしれない。

ただ思いつかないというだけで、聞く耳を持たないわけではない。セシルがはっきりものを言えば、怒らず聞いてくれる。

セシルは今まで、サディアスに対して何となく威圧感を覚えていたし、恩義もあって遠慮ばかりしていた。

でも先ほどサディアスが言った通り、もう少しはっきりものを言ってもいいのかもしれない。

（そういえば、サディアス様は俺に怒ったことはないもんな）

感情的になることがそもそもないが、セシルに対して生意気だとか、無礼だとかいうことはなかった。

そのことに気づき、セシルは立ち止まった。サディアスも今度はすぐに気づき、足を止めてくれる。

「サディアス様」

呼ぶと、不機嫌そうに眉根が寄った。やっぱりちょっと怖い。でもこれは、決して怒っているわけではないと、セシルは自身に言い聞かせる。

そういえば、様付けは他人行儀だと言われたのだっけ。あれから、呼び方を決めていなかった。

「俺は子供で身体も小さいので、サディアス様ほど速く歩けません。それとサディアス様は、何も言わずにさっさと行ってしまうので、こちらは戸惑います。なので、あらかじめ何をするのか、どこに行くのか、口に出して伝えてくださると助かります」

セシルは勇気を出して伝えてみた。それでもやはり、サディアスは怒ったりしない。

まじまじとセシルを見つめ、やがて、

「わかった」

短く答えた。

「これから、適当に歩く。お前も入りたい店があったり、疲れたりしたら、我慢せず言うように」

「はい」

セシルがうなずいて、二人はまた歩き出そうとした。サディアスはしかし、ふと足を止める。どうしたのだろう。セシルが見上げると、サディアスは通りの反対側を歩く父子の姿を見ていた。

子供はまだ、三つか四つといったところだ。若い父親と手を繋いで何か話している。

セシルもぼんやりそれを見ていたが、そんな時に突然、横から手を摑まれてびっくりした。

「わっ」

サディアスの手だった。彼は、通りの父子を真似て手を繋いだらしい。

「行くぞ」

無表情のままサディアスは言い、歩き出す。彼の手は大きくて、セシルの子供の手はすっぽり包まれてしまう。それに冷ややかな美貌とは正反対に温かかった。

もう八歳なのに大人に手を引かれるなんて、ちょっと恥ずかしいし、周りも自分たちを見ているような気がした。

でも、嫌な気分じゃない。むしろくすぐったくて、気持ちがふわふわ浮き立った。

「私は兄弟もいないし、子供と接したことがほとんどない。両親とは離れて暮らしていたから、父として、子供にどういう態度を取るのがふさわしいのかもわからない」

歩きながら、サディアスが淡々とした口調で言った。

「普通の親子の関係を望んでいるなら、あまり期待はしないように。……だが、善処はする」

冷たい言葉にひやりとしたものの、続く言葉に笑いそうになった。

半年ほど前に夕食を食べた時もそうだったが、最初に突き放すようなことを言ってから、譲歩する姿勢を見せるのが、彼の癖なのだろうか。

「大丈夫です。俺はいわば、押しかけ養子ですから。父親らしくしてほしいなんて、贅沢は言いません」

もうすでに恵まれている。これ以上の贅沢は望まない。

「それに、親子って言っても、俺たち十二歳しか離れてないですもんね。サディアス様が老成してらっしゃるので、そんな感じがしませんが」

「……お前も、八歳とは思えないしゃべり方をするがな」

言われて、うっ、と言葉に詰まった。

「こまっしゃくれた子供で、すみません」

という言い方がすでに、子供らしくなかったかもしれない。ふっ、と小さく笑う声が聞こえた。

「いい。私も子供らしい子供ではなかった」

しかめっ面《つら》の子供を想像し、セシルはふふっと笑ってしまった。上からじろりと睨まれた。

「怒ってますか」

「よく聞かれるが、怒ってはいない」

むすっとしたまま言うので、また笑ってしまった。

二人が歩く通りの向こうから、馬車がすごい速度で向かってくる。乱暴な運転だ。サディアスがさっとセシルの手を引き、庇《かば》うように肩を抱いて通りの端に寄った。

馬車が通り過ぎて、また何事もなく歩き出したけれど、サディアスの紳士ぶりにセシルはちょっとドキッとしていた。

「そういえば、呼び方を決めていなかったな」

また突然に言われて、何のことだろうと首を傾げた。

「あ、名前。サディアス様、じゃだめですか」

「様はいらない」

「じゃあ……サディアス」

ちょっと砕けすぎている気がする。隣をちらりと窺うと、サディアスも気難しい顔をしていた。

「やっぱり、馴《な》れ……」

「やっぱり、よそよそしいな」

予想とは真逆の言葉がかぶさって、セシルは困惑した。名前を呼んでもまだ、よそよそしいとは。これ以上、どう呼べと言うのだろう。

「父上だの、パパだのは嫌だ。十二歳しか違わないのだろう」

先回りされてしまった。ますます呼び方に窮する。

「あとはもう、愛称くらいしかないんですけど。サディアスだから、タッドとか？」

やけくそ半分、もう半分は冗談のつもりだったが、果たしてサディアスは、前を見たまま小さくうなずいた。

マジで？　という言葉が、口から漏れそうになる。

「た、タッド」

呼ぶと、なんだ、というようにこちらを向く。しかし、セシルの方はどうにも居心地が悪かった。

「落ち着きません。やっぱり、サディアスでいいんじゃないですか」

「慣れなさい。それから敬語も不要だ」

「えー」

弱りきって不平の声を上げた。サディアスはそれに不機嫌になったりせず、むしろ楽しんでいるように見える。

セシルもだんだんと楽しくなってきた。

「善処します」

呻くように答えると、サディアスは小さく笑う。セシルも笑った。

それから二人は街をぶらつき、いくつかの店を覗いた。セシルはおもちゃ屋で、クマのぬいぐるみを買ってもらった。

ぬいぐるみという年でもないし、別にほしいと言ったわけではないのだが、ショーウィンドーを何気なく覗いていたら、サディアスが勘違いして買ってしまった。

断るのも申し訳ないので、ありがたくもらう。茶色いふわふわのクマは、抱いていると安心する。

「ありがとうございます。大事にします」

すぐには敬語を崩せないが、サディアスは咎《とが》めなかった。うん、と小さくうなずく。

広場に侯爵家の馬車が停まって待っていて、そこまでまた、手を繋いで歩いた。

最初は戸惑ったけれど、その日は思い出に残る楽しい一日になった。


それから数日して、セシルは家庭教師の先生に聞いてみた。

「俺は将来、何を目指したら、義父のためになるでしょうか」

政治学の先生だった。この質問をこの教師に投げかけたのは、彼が名門貴族の次男坊で、サディアスと同じ王立学院に通い、上級貴族の世情に詳しそうだったからだ。

「大人になったら、義父に恩返しをしたいんです」

サディアスに街に連れて行ってもらってから、考えた。

叔父から逃げて生き延びる、という目標は達成された。サディアスのおかげだ。

もう、何も心配はいらない。男爵家ではかなわないような、高度な教育を受けさせてもらい、誠実な使用人たちに世話をされ、美味しくて栄養のあるご飯を食べて、夜は天蓋《てんがい》付きのベッドで眠る。

衣服は柔らかく着心地がよくて、お風呂もお手洗いもすべて快適だった。

将来はサディアスの後継者になってもならなくても、父の男爵位を継げることになっている。安定した未来が約束されているのである。

屋根裏部屋で絶望していた頃は、侯爵の養子になれたらいいな、なんて夢を見ていたけれど、あれはあくまでも夢で、本気で侯爵になろうと思ったのではない。当時はただ、あの状況から抜け出したかった。

藁《わら》にもすがる思いでサディアスに手紙を書いたわけで、まさかここまで手厚く養育してもらえるとは、思ってもみなかったのだ。

しかも、ただ資金を出すだけではない。多忙の身だというのに、セシルを街まで連れて行ってくれた。

セシルはあの、バタークリームケーキの味を思い出すたびに、サディアスの厳めしい顔が浮かんで、温かい気持ちになる。

自分は苦手なくせに、きっと子供が喜ぶだろうと思って、あの茶寮を選んだのだ。

そんな養父に、いつか恩返しをしたい。彼がしてくれたこと、セシルのことを考えてくれたその気持ちに報いたいと思った。

でもサディアスは、もう何でもできるし持っている。

そのうち結婚して、本当の跡継ぎができるかもしれない。

そもそもがサディアスとは一回りしか違わないし、セシルが将来、侯爵になるというのは、あまり現実的ではない。

いったい、どういう道を目指せば、サディアスの役に立てるようになるだろう。

せっかく王立学院並みの教育を受けさせてもらっているのだから、目標を持って学んだ方がいいだろう。

「君はやっぱり、年齢よりうんと大人びて、しっかりしているね」

セシルが思いを打ち明けると、四十路《よそじ》の一歩手前だという政治学の先生は、目を細めて微笑《ほほえ》んだ。

「跡継ぎの問題は、私の口出しすべき部分ではないから置いておくとして。侯爵閣下の役に立つ人間か。難しいようだけど、君はもうすでに条件を満たしていると思うよ」

「どういうことでしょう」

膝を詰めるセシルに、先生はおっとり笑ってお茶を飲む。

「君は優秀だから、そのうち閣下の領地経営の手伝いができるようになるだろう。そして何より閣下を慕い、役に立とうという気持ちがある」

これが何より重要なことだと、先生は言った。

「今の侯爵閣下に必要なのは、優秀なだけではなく、心から信頼できる人材だ。閣下はまだ若くて、彼の足元をすくおうと考えている連中は大勢いる。代替わりして侯爵家から去った人たちもいるし、そもそもどんな人間でも、心から信頼できる相手というのはそう多くは持てないものだ」

信頼は金で買えない。セシルも前世のことはもううろ覚えだけれど、学校や会社で人間関係に苦労をした記憶は薄《う》っすらある。

苦労ばかりではなかったことも覚えているが、他人と信頼を結ぶというのは簡単なことではない。

ことにサディアスは、国内で有数の高い地位を受け継いでまだ二年、しかも二十歳の若者だ。年配の者からは、ひよっこだ若造だと侮られるだろうし、そうでなくても先生が言う通り、足元をすくおうとする人間がいる。

「俺が頑張って、義父の仕事を手伝えるようになったら、義父の助けになるでしょうか」

「おそらく、大いにね」

先生は茶目っ気のある口調で言って、軽く片目をつぶってみせた。

「それに、君は優秀でなくても、閣下のそばにいるだけでいいんじゃないかな。閣下には、君の他にご家族がいらっしゃらない。それがどれほど心細いか、君にはわかるだろう?」

そこでようやく思い出した。サディアスもセシルと同じように、両親を亡くしたのだ。あまり一緒に過ごす時間はなかったと本人は言っていたが、それでも生きているのと死んで二度と会えないのとではまったく状況が違う。

「あとは、君の生家の家柄も、役に立っているかな」

「スペンサー家ですか」

「そう。君はもう、こういうことを理解ができると思うから話すけど、政治には派閥というものがあってね」

急に政治の話になった。

「国王や貴族たちは、いくつかの派閥に分かれている。でもブラッドフィールド家は先代から現在に至るまで、どの派閥にも属さず中立を保っている。領内が豊かで、領主に力があるからこそなんだけどね」

セシルは黙ってうなずいた。

ブラッドフィールド領は南に海を、北東に広大で肥沃《ひよく》な土壌を有し、農業も漁業も盛んだ。輸入に頼らなくとも領地は豊かだし、こうした生産量を背景に代々、力を蓄えてきた。

この国の領主はだいたい私軍を持っているが、ブラッドフィールド家は王国軍にも匹敵する軍備を備えていると言われている。

騎士団は精鋭で、装備や武器の類《たぐい》も国内外から最新のものを購入している。

「資金力も軍事力も、国内随一なんですよね」

セシルが言うと、その通り、と先生がうなずく。

「国王陛下より、よほどお金持ちなんだよ。大きな声では言えないけど、我が国の王族は今、そんなにお金がないから」

もしサディアスがその気になったら、王国に戦争をしかけて、自分が王になることさえできるかもしれない。そんなことをしても国が荒れるだけだし、国王を名乗ったところで大した利益にならないから、やらないだろうが。

それでも、国王や諸侯にとってブラッドフィールド家は脅威だ。

「だからブラッドフィールド家は中立なんですね。中央政治の均衡を保つために。どこかの派閥に入ると、そこが最大派閥になってしまうから。……でも、そうか。俺の生家はしがない男爵家ですし、父も政治とは無縁でした。将来、俺が男爵になって義父を手伝ったとしても、派閥に影響がないですもんね」

「目から鼻へ抜けるようで、教えがいがあるよ」

満足そうに言われて、セシルも面映《おもは》ゆい。

「そういうわけで、君は今の気持ちを忘れずにいればいいと思うよ。それから、人のためだけでなく、自分の人生も楽しんで」

先生の最後の言葉が、セシルの心に強く残った。

サディアスの役に立つ人間になりたい。でもそれだけでなく、せっかく彼に救われた命だ。サディアスのためにと、自分の心を殺して不幸になっては本末転倒なので、どうせなら楽しく幸せに、二度目の人生を謳歌《おうか》したい。

「俺自身も義父も、両方幸せにできるように頑張ります」

その決意は、先生も大いに気に入ったようだ。

「いいね。僕も君の将来を楽しみにしてるよ」

笑いながら言った。

セシルは今まで通り、勉強を頑張ることにした。このままたくさん知識を得て、将来はサディアスの仕事を手伝えるようになりたい。

それからできれば、心の拠《よ》り所《どころ》になれるように。

サディアスもいつか結婚し、本当の家族ができるかもしれないが、それでもセシルは彼の家族であり、どんな時でも彼の味方でいるつもりだ。

そのことを、いつかサディアスに言葉で伝えられたらいいと思う。

今はまだ、少し照れ臭いけれど。

三

セシルがサディアスの養子になって、あっという間に六年が経った。

セシルは十四歳だ。背もずいぶん伸びた。同年代の男子に比べればまだ、低いようだけど。

もう一人で街まで行けるし、実際に結構な頻度で街へ出かけている。

侯爵家の生活にもすっかり馴染《なじ》んだ。この六年の間にたくさん勉強して知識を得て、そのかわりに、前世に思いを馳《は》せることはあまりなくなった。

新しく思い出す記憶もなくなって、前世について書きつけていた手帳は、自室の戸棚の奥にしまってある。取り出して読み返すことも、もうない。

心も、セシルの今の身体にぴったり沿うようになってきた。

かつては大人の自我を持った八歳児だったのが、今は身も心も十四歳になっている気がするのだ。

「思春期だなあって、思うんだよね」

セシルが言うと、向かいでサディアスが軽くお茶を咽《む》せた。

「大丈夫？」

心配したのに、軽く睨まれた。

「お前が急に、おかしなことを言い出すからだ」

コホンと咳《せき》をして、再び澄ました様子でお茶を飲む。

夕食の後、二人は食堂の奥にあるティールームで食後のお茶を飲んでいる。

のんびりしているけれど、こんなことは久しぶりだ。サディアスは相変わらず忙しい。夕食を一緒に食べるのさえ、実に一週間ぶりだった。

でもサディアスは、できる限りセシルと一緒に食事をしてくれる。時間が許すなら、午後のお茶や、こうして食事のひと時を過ごすこともある。

いずれもそう多くはない。二人で街に出かけたのは、八歳の時のあの一度きりだ。

以降は、連れて行ってやれないからと、少なくない小遣いをくれて、外出の際は護衛を付けてくれるようになった。

サディアスは、年の半分は王都で過ごすし、セシルが十歳になった時には、一年半も王都に行ったきり、戻って来なかった。

その代わり、半年に一度はセシルを王都の侯爵邸に呼び寄せて、王都を案内してくれたし、セシルの誕生日には毎年、どこにいてもたくさんの贈り物をくれた。

離れている間は、たまに手紙のやり取りもある。セシルが、便箋を何枚も使って丁寧に近況を綴るのに対して、サディアスの方はいつも、「元気か、こちらも元気だ」というような、短くて素っ気ない便りだったが。

もともと素っ気ないのか、忙しいから素っ気ない手紙しか書けないのかわからないが、セシルが手紙を出すと必ず返信してくれるのが嬉しかった。

二人でいる時間は少ないし、従来の親子の姿とはほど遠いかもしれない。でも、この六年で少しずつ、関係は深まっていったと思う。

「だって、思春期は思春期だよ。無駄に体力と気力が充実してるし、情緒が混沌《こんとん》としてきた」

セシルはいつの間にか、敬語を使わなくなっていた。

サディアスに言いたいことも言う。こちらは意識してのことだ。

サディアスは必要なこと以外はあまり話さないから、セシルが遠慮して黙っていたら、会話らしい会話が生まれない。

それに、関係を深めるにはやはり、思いを言葉にするのは重要だと考え、セシルは積極的にサディアスに話しかけるようにしていた。

「昔はもっと、毎日ご機嫌だったのにな。何もないのに、気分の浮き沈みが激しいんだよ」

「好きな子でもできたのか？」

無表情のままセシルの与太《よた》話を聞いていたサディアスが、突然、切り込んできた。

あまりに唐突だったので、誤魔化《ごまか》すこともできずにグッと言葉に詰まってしまう。どうしてこの人は、こういう時ばかり鋭いのだろう。

「好キナ子ナンテイナイヨ」

「どうして片言なんだ。別に付き合う女がいても構わん。無責任なことさえしなければな」

簡単に交際を許容されて、セシルの胸は小さく痛む。

「いや、本当に付き合ってる人なんかいないです」

「なんだ、片想いか」

ちょっと楽しそうな声。セシルがプイッとそっぽを向くのにも、面白がる表情を浮かべている。きっと、セシルが照れていると思っているのだ。

「うるさいな」

喉の辺りに広がる苦い気分を飲み込んで、セシルはようやくそれだけ言った。サディアスが何か言いたそうにしているから、先手を打ってじろっと睨んでおく。

お茶を飲んで、気持ちを落ち着かせた。

「相手は誰だ、なんて質問には答えないからね」

「父親に言えない相手か」

「教えませんー」

セシルは突っぱねる。サディアスは口の端に笑みを浮かべて、楽しそうだった。

「そういうあなたは、どうなんですか。もういい加減、周りから言われてうんざりしてるだろうから、あえて聞かなかったけどさ。侯爵様が二十六歳で独身てどうなの」

さらにサディアスがいじってくる気配があったので、話をそらした。

本当にうんざりしているだろうから、なるべくこの話はしないようにしていたのに、サディアスのせいだ。

セシルが養子に入って六年、サディアスが侯爵位を継いで八年になる。

なのにこの、二十六歳の美しい侯爵は、いまだに独身だった。領地の屋敷ではうるさく言う人間もいないけれど、王都ではさぞ、方々《ほうぼう》からせっつかれているに違いない。

なぜサディアスが、この歳になっても結婚しないのかわからない。

昔に比べて晩婚化が進んでいるとはいえ、世襲貴族たちにとって子孫を残すことは義務だし、大抵は十代のうちに婚約して、二十代の半ばにはほとんどの貴族が結婚している。

王族など、幼いうちから結婚相手が決まる場合もあるそうだ。

まだ二十代、けれどそろそろ、どこぞの令嬢を妻に迎える頃ではないだろうか。

セシルはもう何年も、それこそこの屋敷に来た時から覚悟している。

「そういえばエリオットから、お前にも礼を言ってくれと言付かっていたんだった」

あからさまに話を変えたので、セシルは呆れてため息をつく。サディアスはしれっとしていた。

「お礼？　もしかして、出産祝いのこと？」

「ああ。奥方が喜んでいたそうだ。可愛らしくて斬新だと」

「それはよかった」

エリオット……エリオット・ダン伯爵というのは、サディアスの数少ない友人だ。唯一《ゆいいつ》、と言ってもいいかもしれない。セシルが知る限り、サディアスが友人と呼ぶのは彼しかいない。

セシルも話に聞いたことしかないが、サディアスの王立学院での同級生なのだそうだ。

サディアスが飛び級で二年早く卒業したのに対し、エリオットは通常通り二十歳で卒業し、二年後に婚約者と結婚した。

去年、男の子が生まれたというので、サディアスが出産祝いを贈ったのだ。

その際セシルに、何か気の利いた贈り物はないかと相談された。

「お前はたまに、斬新な思いつきをするだろう。奥方の好みそうなものを探しているんだ。高価なだけの贈り物なら、他から山ほどもらうはずだ。どうせなら庶民的でもいいから、当人たちが喜ぶものを贈りたい」

ダン家も、ブラッドフィールド家ほどではないが名門だ。他国に隣接する領地を持ち、昔から国境を防衛してきた一族である。

王家の信頼も厚く、その第一子が生まれたとなれば、方々から祝いの品が届く。

サディアスはそうした、通り一遍の贈答品ではなく、ただ一人の気の置けない友人として、祝いの品を贈りたいと考えたのだ。

サディアスに頼られて、セシルも嬉しかった。

彼の言うとおり、これまでにもセシルは、この国では斬新だと言われる案を出したことがある。

いずれも、前世の何気ない知識で、セシル自身は斬新だとは思っていなかった。

たとえば折り紙遊びだとか、透明のグラスにアイスクリームやフルーツを詰めたパフェだとか、本当にちょっとした知識だ。

でも、折り紙は面白いし子供の教育にも良さそうだ、ということで、サディアスが領地の初等教育に取り入れさせた。

パフェは、侯爵家の料理人から領都の喫茶店に広がり、今は王都でも流行っている。

異世界転生チートで大儲《おおもう》け……ということにはならなかったが、サディアスにこうして頼ってもらえた。

「うーん……たとえば、おむつケーキなんかどうかな」

すでにおぼろげになっていた前世の記憶を掘り起こし、思い出したのがそれだった。

「赤ちゃんには必ず、おむつが必要だろ。たくさんあっても困らないし。このおむつを可愛く包装して、お祝いのケーキみたいにして贈るんだ」

あまりお金がかからないので、貴族の贈り物としてふさわしいかはわからないが、国内ではまだ流行っていないと思う。

セシルは将来、領地経営の手伝いになるようにと、王都から最新の本や雑誌を取り寄せて、流行を知るようにしていた。

「聞いたことがない。だが面白そうだな」

「よければ、俺が用意するよ」

言葉だけでは、実際のイメージは伝わりにくい。大切なサディアスの友人に贈る品だ。セシルは、おむつケーキ作りを買って出た。

そして、柔らかで上等のおむつと、可愛い包装資材とを購入して、前世の記憶をひり出しつつ、どうにかイメージ通りのものを完成させたのだった。

ケーキに見えるように包装するのが、地味に大変だったから、喜んでもらえて嬉しい。

「奥方が今度、親戚の出産祝いに自分も贈りたいと言っていた。お前が作ったと言ったら、作り方を教えてほしいと言うんだが」

「嬉しいな。じゃあ、作り方を書いて渡すよ」

前世を思い出した甲斐《かい》があるというものだ。

二つ返事で請け合ってニコニコお茶を飲んでいたら、サディアスがひっそり笑った。

それで気づく。サディアスの結婚の話をしていたのだ。すっかり話題を変えられていた。

「大人って卑怯《ひきょう》だな」

「お前が単純なんだ」

恨み言を言ったら、笑って返された。サディアスが楽しそうだと、セシルも楽しい。

なので、今日のところはこの辺で追及をやめてやろう、という気になった。

「ねえ、サディアス。また、肩を揉《も》もうか」

サディアスが指で眉間を揉むのを見て、セシルは申し出る。

「ああ、頼めるか」

この屋敷に来た頃、疲れた様子のサディアスを癒したくて、試しにやってみたのだが、いたく喜ばれた。以来、たまにマッサージをしている。

この国には、肩こりやマッサージという概念がなかったらしい。

どこでそんな技を覚えたのかと問われ、「スペンサー男爵家の直系子孫にのみ口伝される奥義」と、答えておいた。信じてくれたかどうかはわからないが。

セシルは席を立ち、向かいに座るサディアスの背後に回った。その間にサディアスは、上着を脱いでシャツ一枚になる。その方が揉みやすいのだ。

彼の広い背中を前にして、その肩に触れる時、セシルは指先が甘く痺《しび》れるのを感じた。

ドキドキしながら、その高揚を必死にしまいこむ。けれど、普段は見えないサディアスのうなじが見えて、彼がつける香水がふわりと鼻先をかすめると、たまらない気持ちになった。

（思春期だ、思春期）

きっと成長期の、何たらホルモンの影響だ。前世の半端な知識を必死に思い出し、自分に言い聞かせる。サディアスを癒すのに集中した。

「――相変わらず凝ってるね」

しばらく、サディアスの肩を揉んでいたら、少しずつ気持ちが落ち着いてきた。

彼の肩や背中は、いつもガチガチに張っている。それは眉間に皺も寄ろうというものだ。

「そうか？　いつもそう言うな」

「だって凝ってるんだもん」

本人には、凝っている自覚がないらしい。でも、最初は抵抗があったらしいマッサージを、セシルが申し出るたび素直に受けるところを見るに、気持ちはいいようだ。

今も肩から背中にかけて指圧していくと、ふーっと深く息を吐いていた。

本当は、ベッドに行って全身を揉んであげたいのだけど、以前にそう提案したら、「お前は使用人じゃない」と、硬い声音で断られた。

寝所に侍《はべ》るような行為は、養子として適切ではなかったらしい。

「頭もやっていい？」

「……ああ、頼む」

一通り肩や背中を流した後、声をかける。肩より頭に触れる方が、よりプライベートに踏み込んでいる気がするのはなぜだろう。

艶のあるプラチナブロンドの髪に触れる。彼の髪は柔らかい。揉んでいると、ふわりとまた香料の香りが鼻をかすめる。

そのうなじにキスをしたい、と思うようになったのは、いつからだろう。肩幅の広い逞しい背中を見て、安心より高揚を覚えるようになったのは。

「額《ひたい》に触るね」

息が浅くなりかけて、セシルは急いで衝動を振り払った。これだから思春期は困る。すぐに意識がそっち方面へ行ってしまう。

「ん」

眠そうな声が聞こえて、うっそり笑った。気持ちが良くてリラックスできるのか、セシルがマッサージをしているうちに、ウトウトすることがよくある。

「本当は、ベッドで全身やった方がよく眠れるのにな」

小さな声で言うと、

「……息子に、そこまでさせられない」

くぐもった声が返ってきた。

息子、という言葉が、胸をざわつかせる。痛みではなく、むしろ背徳的な悦《よろこ》びを感じてしまう自分は、たぶん変態だ。

厚意で養子にした子供が、自分の肩を揉みながら不埒《ふらち》なことを考えているなんて、サディアスは想像もしていないだろう。

そう思うと、彼が気の毒になる。

「結婚の話だが」

考えに耽《ふけ》っていたら突然、そんな言葉をかけられて、動揺した。

「えっ、あ……結婚」

「私はたぶん、今後も結婚はしない」

思わず手が止まった。サディアスがちらりと振り返るので、慌てて頭皮を揉む。

「一生独身てこと。なんで。子供は？」

「お前がいるだろう」

「いや、そうだけど。跡継ぎとなるとさ。なんでまた」

混乱した。急にどうしたのだろう。今までセシルが結婚について尋ねても、そんなことは言わなかったのに。

「お前が思春期だと言ったからだ。もうものがわかる年になったから言っておく。私はたぶん、子供を作れない」

再び手が止まってしまった。首を伸ばしてサディアスの顔を覗き込む。彼は目をつぶっており、片目を開けてセシルを見た。

「もう意味はわかるだろう」

「それはわかる、けど。確定なの？」

確かこの世界にはまだ、不妊を科学的に検査する技術はないはずだ。サディアスは再び両目を閉じ、小さくうなずいた。

「女性と幾度も交渉を持ったが、子供はできなかった。両親が生きていた頃、婚約が破談になった後に交際していた女性がいたんだ。身分が低いので両親は難色を示していたが、子供ができてしまえば認められるだろうと思っていた。一年ほど努力したが、駄目だった。彼女はその後、私と別れて別の男性と結婚し、すぐに子供ができたというから、やはり私が原因だろう」

婚約者がいて破談になった話は聞いたが、その後に恋人がいたとは知らなかった。

だがそう、セシルが知らないだけで、今も恋人はいるのかもしれない。いや、いない方がおかしい。

いっぺんに情報が入ってきて、どんな感情を持てばいいのかわからなくなった。

「その彼女とは、どうして別れたの。彼女のこと、好きだった？　忘れられないから結婚しないの」

「そんなに興味を持たれるとは、思わなかったな」

矢継ぎ早に尋ねると、サディアスはおかしそうに言って肩を揺らした。

「子供ができたら結婚しようと約束して、一年頑張ってもできないから、気まずくなったんだ。もちろん好きで付き合っていたよ。だが、エリオットのところのような、燃えるような恋ではないいな」

エリオットは幼馴染《おさななじみ》と幼い頃に婚約し、最初はお互いその気はなかったけど、成長するにつれて意識し始め、やがて当て馬が現れたりすったもんだした挙句、本気の恋愛に発展したのだそうだ。

友人だったサディアスは二人の恋愛に巻き込まれ、迷惑をしたと言っていた。口ではそう言っているが、きっとエリオットを精いっぱい助けたに違いない。

「そういう激しい恋はしたことがない。身分違いの恋をすれば、親がうるさかったからな。面倒なことになるより、無難に楽しむ方を選んだ」

「それって、恋って言わないんじゃないの」

恋とは落ちるものだと、どこかで聞いた気がする。その通りだとセシルも思う。

誰だって面倒は避けたい。でもどうしようもなく愛してしまうのが、恋というものだと。

「お前はちゃんと恋愛ができるようだな。……痛い」

わざと髪の毛を引っ張ると、サディアスが無表情のまま抗議した。

「好きな子はいないって言っただろ。俺のことはいいの。子供ができないから結婚しないの？」

「ああ。別れた女が忘れられないという理由じゃない。正直、今となっては顔を思い出すのにも苦労するくらいだ」

セシルは呆れてしまった。本気じゃなかったと知ってホッとしたが、一度は付き合った相手の顔を思い出せないのはどうかと思う。

「跡継ぎはどのみち、養子を取るしかない。妻を娶る目的は八割が子供を作るためだから、それなら結婚しなくてもいいだろう」

「八割って……そういうもんかな。貴族の妻ならもっと他にも、役割があるでしょう。社交とか、夫が不在の間に家を守るとか。あと、精神的な安定とか」

サディアスは根っから上流社会の人間だから、合理的で冷たい考えになるのも無理はないが、結婚に対して冷淡すぎて心配になる。

「エリオットと同じことを言う」

クスッとおかしそうに笑った。

「あいつも、安らげる家庭を持つべきだとか、あれこれ言っていたな」

「あなたを心配してるんだよ。仕事が大変だし、外では気が抜けないだろ。こんなに肩がゴリゴリになるくらいだから」

「だからだ」

きっぱりと、サディアスは言った。

「家に帰ってまで、気を遣いたくない。今も縁談は山ほど舞い込むが、どれも気を抜けない相手ばかりだ。心安らげる女性とやらを探す気にもなれないし、そんな暇もない。子供を作る必要がないなら、無理に妻を持たなくても、今のままでいい」

もう、心に決めたのだろう。周りがどう言おうと、曲げるつもりはない。そういう強固な意思が感じられた。

「あなたがいいなら、それでいいけどさ」

これには、微《かす》かに笑う気配があった。

「お前が大人になったら、私の留守を守って領地経営をしてくれるんだろう？」

いつか、サディアスの手伝いをしたいという決意を、本人に直接言ったことはない。けれど家庭教師の先生やローガンの前では口にしていたから、そこから耳に入ったのだろう。サディアスの口調には、こちらの秘密を暴くような、いたずらっぽいものがあって、セシルはくすぐったかった。

「あなたを手伝いたいとは思ってる。せっかくいろんな先生をつけてもらったんだもん」

「学者になる気はないか。お前なら今からでも編入試験を受けて、王都の学院に入れる。お前も大きくなったし、一人で王都にやっても、以前ほど危険はないだろう。」

セシルは今、学院の最高学年に相当する勉強をしていて、それもあと一年もすれば終わりそうだった。

先生たちからも、さらに学問を突き詰めてみたらどうか、と言われているが、セシルにその気はない。

「俺は学者に向かない。特に打ち込みたい分野がないいんだ。器用貧乏っていうか、浅く広い知識があるだけで」

勉強が得意なのは、前世で一度やったからだ。勉強した内容を詳しく覚えていたわけではないが、勉強の仕方はわかっている。

数学はとにかく数を解くとか、単語の綴りは書いて覚えるとか、そういうことだ。努力を厭《いと》わずコツコツ続けていれば、さして地頭がよくなくてもある程度は優秀な成績を修めることができた。

それに何しろ、脳みそが若い。中年の物忘れを経験した身としては、スイスイ覚えられるのが楽しかった。

「お前のそれは正当な評価とは思えないが、まあいい。とにかく私にはすでに、お前という子供がいるし、安定や安らぎとやらのために女を求める必要もない。安らぎなら、この『カタモミ』がある」

最後の言葉を聞いた時、喜びに思わず震えそうになった。

「……本当？　俺の肩もみで、安らげる？　ゆったりできてる？」

「うっかり眠ってしまいそうになるくらいには」

「へへ。よかった」

そう言ってもらえて嬉しい。サディアスにしてもらったことは、いくら恩返ししても返しきれないくらいだけど、少しは役に立っていると思える。

「これからも、肩もみしてあげるね」

抱き付きたくなる衝動をこらえて、セシルは笑った。

もっともっと、サディアスのためになることをしたい。そう思ったのに、次に返ってきたのは、

「これ以上は、もういい。それより、自分のことをしなさい」

にべもない言葉だった。自分の時間を大事にしろ、ということだろうか。

後ろから覗き込んで見るサディアスの横顔は、相変わらず冷たく厳めしかった。


距離が縮んだと思ったら、また離れている。

この六年間、サディアスとはいつもこんな感じだ。

もちろん、彼にはこれ以上ないくらい、良くしてもらっている。ただ施してもらうだけではなく、心を砕いてもらっていると思う。

ここまでしてもらったら、子供が懐くのは当たり前だ。受け入れられていると思うだろう。

ところがサディアスの距離は、セシルを引き取った当時と大して変わっていない。

セシルがぐいぐい押しまくり、サディアスがこれを拒まないので、距離が縮まったように感じるのだけど、サディアスには分厚い壁がある。

サディアスは難攻不落の城塞だ。目前まで攻め入って、あと少しで陥落しそうだと浮かれた途端、城の周りの深い堀に落とされる。

セシルはこの六年、何度も城攻めに失敗し、それでもめげずに挑んできた。だがまだ、城は落ちない。

サディアスに合わせて、ある程度、距離を保つのがいいのかもしれない。相手もぐいぐい来られて、迷惑しているかもしれない、とも思う。

それでもやっぱり、彼の懐《ふところ》深くに入りたいと思うのは、セシルが彼に対して、親子以上の気持ちを抱いてしまったからだろう。

いったい、いつからだろう。彼を養父ではなく、恋愛対象として見るようになったのは。もう思い出せない。気づけば、シャツの袖から覗く骨ばった手首や、綺麗なのに男臭い横顔に心臓が跳ねる事態になっていた。

気づいても、どうにもならないのはわかっている。この国で同性愛は禁忌ではないし、上流階級の人間は、どちらかと言えば緩やかな両性愛者が多いという。結婚と恋愛は別、というやつだ。同性の恋人がいる既婚者もいるらしい。

でもさすがに、一回りも年下の養子から、そういう目で見られたら困惑するだろう。気持ちが悪いと思うかもしれない。

恩を仇《あだ》で返したくないので、サディアスを性的な目で見てしまうのは、「思春期だから」

という呪文で誤魔化している。

まったく誤魔化しきれてはいないが。

(こっちが距離を置かなきゃって思うと、向こうから詰めてくるんだもんな)

自室の風呂に浸かりながら、セシルは胸の内で独りごちた。

夕食の後でマッサージをしていたが、話の終わりと同時に、突き放すように部屋に帰されてしまった。わりといい雰囲気だったのに。

(でも、そっか。結婚しないのかあ)

恐らく一生、妻は娶らないと言う。爆弾発言だった。

この家にもらわれてからずっと、サディアスが結婚する日に怯えていた。

王都から彼が帰ってくるたび、もしくは手紙が来るたびに、結婚の話をされるのではないかとビクビクしていたのだ。

でももう、そんな不安を抱かなくてもいい。サディアスは子供ができない身体で、妻を娶らないことに決めた。

(俺が不安に思ってたから……ってことはないよな。あの人に限って)

セシルがサディアスの結婚に戦々恐々としていたことを、知っていたかもしれない。

でもだからといって、セシルのために結婚を取りやめたとまで考えるのは、さすがにおこがましいだろう。

セシルのために、彼がそこまでするはずがない。

でもとにかく、サディアスは結婚しないのだ。可能性は皆無ではない。サディアスに好きな女性ができたら、前言を撤回するかもしれないが、それはまだ先のことだろう。

今のところ、サディアスには意中の相手はいないということだ。

それがセシルには嬉しかった。当分はこのまま、サディアスと二人きりの家族でいられる。

「結局、黒髪の養子って俺のことだったのかな」

既にセシルがいるのだから、これ以上は養子をもらう必要もないだろう。

記憶にある黒髪の養子というのは、だから恐らく、セシルのことなのだ。

黒髪の養子を持ったサディアスが、気の毒な状況に陥る。いずれ、彼が中年になった頃、その事態は訪れる。

どういう事態なのか思い出せない。黒髪の養子がキーマンらしいが、それ以上のことは何もわからない。

「俺のせいで、サディアスが可哀そうな目に遭うのかな」

そんなのは絶対に嫌だ。彼を不幸になんてしたくない。セシルはサディアスに幸せになってもらいたい。

彼を守りたい。でも、どうやって？

未来に何かが起こることはわかっているのに、その何かがわからずもどかしい。

セシルは浴槽のお湯の中で、自分の手の平を見つめた。

二次性徴が始まっても、まだセシルの手足は細く、指先は華奢で頼りない。容貌《ようぼう》も子供っぽくて、性別が曖昧なままだった。

自分なりに身体を動かして努力はしているが、遺伝的に考えて、今後も大して逞しくなることはないだろう。

(もっと、力がほしい)

サディアスの危機を助けられる力が。

(けど考えたら、サディアスが危機に陥るって、相当ヤバい事態なんだよね)

財力も軍事力も、エオルゼ随一を誇るブラッドフィールド侯爵である。そんな彼が危機に陥るとしたら、国家規模の事件ではないだろうか。

そんな大事件に、果たして自分は立ち向かえるのか。大人になったとしても、自信がない。

(いや、やれるかじゃなくて、やるんだ)

力をつけて大人になって、サディアスの危機を救う。

それが何より大事で、自分の恋心なんてどうでもいいと思える。

「頑張ろう」

口にして気合を入れ、セシルはざぶんと湯船に潜った。

セシルが十四歳のその冬、エオルゼ王国の辺境で小さな紛争が起こった。

隣国の王族に連なる貴族が、エオルゼとの国境を越えた地域を自領にしようとしたのが、ことの発端である。

自国の領土を侵害するこの計画に、エオルゼ王国は当然ながら抗議をしたが、相手は強引に自領を構えようとしたらしい。それで両者の軍事衝突が起こった。

この辺境というのが、サディアスの友人、エリオット・ダン伯爵の領地だった。

エリオットが自領の軍を指揮して隣国貴族の軍を撃退し、紛争はごく短期間で平定された。

エリオット軍の被害はごくわずかだったし、彼は後方で指揮しただけで、かすり傷一つ負うことはなかった。

セシルはこの話を、サディアスから聞いた。サディアスはちょうど王都にいて、自領に戻る直前に報せを受けたらしい。

紛争の開始と終結の報告を同時に聞いたそうだ。それくらい、短い紛争だった。セシルのいる領地にはまだ、紛争が起こった報せさえ届いていない。

「大事にならなくてよかったね」

数か月ぶりのサディアスとの夕食の席、紛争の話を聞いたセシルは、ホッと胸を撫《な》で下ろした。

エリオットに何事もなくてよかった。

しかしサディアスはワインを片手に、いつも以上に難しい顔をしている。

「何かあるの？」

いつも厳めしい表情なのでわかりにくいが、何か気がかりなことがあるようだ。

セシルが尋ねると、サディアスは「まだわからない」と、歯切れの悪い様子だった。

「このまま終わればいいが、隣国の出方次第では、また紛争が起こるかもしれない」

エオルゼ国へ侵攻してきたのだ。今後はエオルゼ王国から、国境を越え侵害してきた隣国の貴族に対し、損害賠償を請求することになるという。

ここで当の貴族が素直に応じて手打ちになればいいが、そうでなければ国境を巡ってまた争いに発展するかもしれない。

「エリオットさんが、また戦争に駆り出されるってこと？」

「エリオットもそうだし、規模が大きくなれば、国軍や他の貴族領からも援軍を出すことになるだろう」

「じゃあ、ブラッドフィールド家からも？」

サディアスは小さくうなずいた。

「私はエリオットの友人だ。エリオットに請われればもちろん、援軍を出すし、そうでなくても何がしかの援助をするだろうな」

諸侯において友人というのは、ただ感情的な繋がりだけではない。互いの有事に協力し合うということでもある。

「サディアスも、戦争に行くかもしれないの？」

セシルの前世の記憶が正しいなら、サディアスは少なくとも、中年になるまで生きているはずだ。戦争に行っても、生きて帰ってくるだろう。でもそれは、怪我《けが》を負わないという保証にはならない。

青ざめるセシルにサディアスは、「落ち着きなさい」と、いつもの平坦《へいたん》な声音で言った。

「そうなる可能性がある、というくらいだ。援軍を送っても、私自身が戦地に向かうことは、今のところ考えにくい」

「そ、そうだよね。ごめん。戦争なんて遠い国の出来事だと思ってたから」

「平和が続いていたからな。ブラッドフィールド領が戦地になることはないから、安心しなさい。それより、心配なのはエリオットの方だ」

「守りのかなめだもんね」

何事もありませんようにと、セシルは祈った。

その冬は、サディアスとブラッドフィールド領で年を越し、彼が再び王都へ向かうまで、新しい報せは入ってこなかった。

賠償問題が決裂し、再び隣国との軍事衝突が起こったとセシルが聞いたのは、翌年の春のことだ。

サディアスは王都にいて、セシルは領内の新聞でこれを知った。

少ししてサディアスから手紙があり、「小規模な諍《いさか》いだから、心配しないように」と書いてあった。

セシルが不安がっていたから、手紙をくれたのだ。

この衝突もほどなく収束したが、それから間を置かず、三度目の衝突が起こった。

ついに隣国が国軍を差し向けたのを機に、エオルゼ王国も援軍を向かわせた。こうして辺境の小さな紛争は、国家間の戦争に発展する。

サディアスもエリオットに請われ、援軍を送ることになった。

彼自身は戦地に赴くことはなかったものの、王都と自領をせわしなく行き来する生活が、秋の終わりまで続いた。

冬になっても戦争は収束の兆《きざ》しを見せず、新聞には「泥沼化」の文字が並んだ。サディアスはその冬、王都から戻ってこず、セシルは初めて一人で年を越した。

毎年、サディアスはどんなに忙しくても、年の暮れには帰ってきてくれていた。改めてその事実に気づき、セシルは寂しさと不安を覚えた。

戦争なんて早く終わってほしい。サディアスもエリオットも無事でいますように。セシルは祈り続けた。

しかし、セシルの願いも虚《むな》しく、年が変わり、さらには雪が解ける頃になっても、戦争は終わらない。それどころか、国境地域の衝突は激化の一途を辿っているとのことだった。

春になっても、サディアスは王都から戻ってこなかった。


国の外れでは戦争をしていたが、遠く離れたブラッドフィールド領は平和そのものだった。

新聞で逐一戦局を伝えてはいる。けれど領民たちも恐らく、戦争を異国のことのように感じているだろう。

敵国から輸入していた一部の食料が出回らなくなったり、戦争を避けて移動する商人のために、南の海路が混みあったりといった変化はあるものの、領内の生活には変化がなかった。

サディアスの手紙によれば、王都も似たような状況らしい。

エリオットのダン伯爵領では戦争が続いているのに、王宮ではパーティーが開かれたりしていて、非常に腹立たしいと書いてあった。

いつも手紙では、事実だけを淡々と書いてくるサディアスには、珍しいことだ。それだけ腹に据えかねているのだろう。

セシルはといえば、家庭教師について勉強を続けつつ、領地でのサディアスの仕事を手伝わせてもらっていた。

本当にちょっとした手伝いで、サディアスの秘書の雑用くらいの仕事だが、領地経営に携われるのは嬉しい。

教わったことや気づいたことなど、事細かに手紙に綴って、頻繁に王都に送った。

そのたびに返信は不要だと付け加えるのだが、三回に一回くらいは返事がくる。律儀《りちぎ》なサディアスらしい。

そんな毎日だから、新聞で読む「戦争激化」の記事を不安に思いつつ、でもセシルもどこか、対岸の火事のように感じていた。

セシルは夏の終わりに、十六歳の誕生日を迎えた。王都に留まっているサディアスがたくさんの贈り物をくれて、執事のローガンをはじめ、屋敷で働く人々が祝ってくれた。

秋に入って一度だけ、サディアスが領に帰ってきた。

「もしかすると、私も戦地へ行くかもしれない」

すぐまた王都へ戻る、というサディアスから、帰ってくるなり告げられた報せに、セシルは蒼白《そうはく》になった。

「どうしてサディアスが？　もう国同士の戦争なんでしょう。王国軍は何をしてるの」

長引く戦争に、諸侯たちが費用や援軍を出し渋っている、という話を以前から聞いていた。

なぜ戦争が長引くのだと、総司令であるエリオットにも批判が寄せられているのだという。国家間の賠償問題に発展したのだから、すでに手綱《たづな》は、一諸侯であるエリオットから国王へと移っている。なのに国王は国庫や王室から戦費を出すのを渋っていた。

エリオットに請われる形で、サディアスはかなりの出資をしていると聞く。なぜ、エリオットとサディアスばかりが犠牲を強いられなければならないのだろう。

「国王も諸侯らも、これ幸いと私やエリオットの勢いを削《そ》ぎたいのだろうな。私が最初に援軍を送ると言った時も、のらくらかわされた」

初めて聞く話だった。

「戦《いくさ》がこれだけ長引いたのは、国王とその一派の政治的思惑のせいでもある」

エリオットのダン家は、サディアスほど莫大な資産があるわけではないが、長く辺境を守ってきた武門で、由緒ある家柄だ。ブラッドフィールド家と同じく、どの派閥にも属さない中立を保っている。

そんなダン家が隣国からの侵略戦争を綺麗に収めれば、領民だけでなくエオルゼの人心をも摑むことになる。

さらにダン家当主のエリオットは、王家に匹敵する力を持つ名門、ブラッドフィールド家当主の親友だ。

二人が合わされればそれだけで、一大派閥となる。だから国王も諸侯たちも、エリオットに武功を立てさせたくないというのだ。

「そんなことで……」

今この瞬間にも人の命が失われているというのに、派閥なんて言っている場合か。

セシルは怒りに任せて悪態をつきかけ、すんでのところで自制した。

一番悔しい思いをしているのは、サディアスだ。王都にいる間ずっと、政治的な駆け引きに奔走していたのだろう。

「事情はわかった。でもサディアスも、無茶はしないでほしい。あなたやエリオットさんに何かあったら、それこそ国王や他の貴族たちの思うつぼだよ」

セシルが言うと、サディアスは珍しく目元を和ませた。

「ああ。お前の言うとおりだ。しばらく見ない間に、大人になったな」

いつもは冷たく素っ気ない声音が、ひどく甘く感じられた。優しげな目元といい、ずっと離れて暮らしていたから、余計に破壊力がある。

セシルは照れ臭くてそっぽを向いてしまった。サディアスは小さく笑い、セシルの頭をくしゃりと撫でた。

サディアスは二日だけ屋敷に逗留《とうりゅう》し、すぐにまた王都に戻ってしまった。ほとんど一年ぶりだというのに、慌ただしい。

疲れている様子だから、ゆっくりマッサージをしてあげたかったのに、一度しかできなかった。

「戦地へ赴くことになったら、事前に知らせる。心配せずに待っていなさい」

王都へ出立する朝、見送りに出たセシルにサディアスが言った。セシルを不安にさせまいとの言葉だろう。しかし、

「心配するなって言ったって、心配だよ」

セシルはわざとむくれた顔をした。本当は不安でたまらない。でも、ただでさえ心労の多いサディアスを困らせるようなことは、言いたくない。

「行く前に、ハグしてもいい？」

「ハグ？」

「抱っこしてよ、パパ」

両腕を広げると、ようやく意味が通じた。パパ、という呼びかけに眉根を寄せて渋い顔を作り、それでもセシルの言うとおりにしてくれた。

広い胸の中に抱き寄せられる。その逞しさと温もりに、ドキドキと胸が高鳴り、一方でうっとりもした。

セシルは相手の背に腕を回し、ぎゅっと強くしがみつく。

「身体に気をつけて」

「ああ。お前も」

真剣な声が耳元でして、泣きたくなった。感傷を振り払い、抱擁を解く。

「大丈夫。あと、サディアスも。もし戦地に行ったとしても、必ず生き残るよ。イケおじになるまで絶対無事だから」

潤みそうになる目を瞬きで誤魔化し、セシルは言った。サディアスが怪訝そうな顔をする。

「いけおじ？」

「かっこいい中年のおじさん、って意味。ローガンみたいなさ」

「お前の言葉は時々、わからんな。最近の若者の間では、そういう言葉づかいが流行っているのか」

彼の口から、最近の若者、なんて言葉が出るので笑ってしまった。

「サディアスだってまだ、二十八のくせに。でも本当に気をつけてね。生水は飲んじゃだめだよ」

「わかったわかった」

「返事は一回」

サディアスはクスッと笑った。黙ってセシルの髪を撫でる。その手が下りて、頬を包んだ。

「行ってくる」

空元気《から》だと、知られてしまった。本当は泣きたいことも、たぶん気づかれている。

「行ってらっしゃい」

早く帰ってきて。言葉を飲み込み、馬車に乗り込むサディアスに手を振った。

馬車が屋敷を出て見えなくなるまで、手を振り続けた。


「えっ、パーティー？」

セシルは素《す》っ頓狂《とんきょう》な声を上げてしまった。ローガンが「左様でございます」と、いつもと変わらぬ穏やかさで、盆に載った招待状をセシルに差し出した。

冬になった。戦争はまだ終わらず、サディアスは王都に留まったままだ。

まだ、戦地へ行くという報せはないが、辺境を守り続けるダン伯爵家の軍は疲弊しており、新たな増援を国王に依頼しているそうだ。

国王の許可さえ下りれば、サディアスが大規模な増援を送って一気に叩ける。

その準備もしているのに、国王は他の諸侯にちょこちょこと援軍を送らせ、サディアスに積極的にかかわらせないようにしている。

隣国はそれほど強大な相手ではなく、サディアスが本気で潰そうと思えば、これほど長引きはしないはずなのだ。

淡々と事実を綴るサディアスの手紙の文面にも時折、苛立《いらだ》ちが垣間《かいま》見える。

相変わらず自分たちのことしか考えない国王や諸侯らに、歯噛みをするサディアスの顔が目に見えるようだった。

こんな時、セシルができるのは、ローガンらと共に家を守ることだけだ。毎日、粛々と仕事や勉強をこなしていた。

そんな折、パーティーの招待状が届いたのである。

差出人はサディアスの従兄、ジェフリー・マッギル子爵だった。生存している血族の中で、サディアスに最も近しい人物である。

「あの人、よくよくパーティーが好きなんだなあ」

ぼやくように言いつつ、招待状を受け取った。招待状の紙は、金箔を施した上等なものだ。

ジェフリー一家には数回会ったことがあるが、セシルはどうにも、この一家が好きになれなかった。

従兄だというジェフリーは、顔も性格も、サディアスとまったく似たところがない。小太りのモブ顔で美しくない。そのくせ、男爵家出身のセシルを小馬鹿にした態度を取るところが、そこはかとなくセシルの叔父一家を思い出させて苦手だった。

従兄弟《いとこ》同士の格差は、顔面だけでなく、頭脳も財力も雲泥の差があった。

サディアスの叔父が子爵位を受けて新たにマッギル家を創設する際、いくつかの事業をサディアスの祖父から受け継ぎ、財産贈与も相当な額があったらしい。

しかし、叔父夫妻が亡くなってしばらく経つ今、承継した事業で存続しているのは、たった一つだけだ。それも赤字続きだと聞く。

もし先代から受け継いだ財産が潤沢に残っていたとしても、あまり楽観視できない状況だ。それなのに、ジェフリーもその妻も派手好きで、事業そっちのけでパーティーを頻繁に開いているようだった。

サディアスが領に戻っている時は、引っきりなしに招待状が届く。けれどサディアスが招待を受けたことは、セシルがこの家に来てから一度もなかった。

ただでさえ忙しいのだから当然だ。パーティーどころではない。

セシルは成人前ということもあって、今までは招待状が届くことはなかった。というか、パーティーの類に出たことは、数えるほどしかない。

いずれもサディアスのお供で、サディアスと古くから付き合いのある貴族や商人の節目の祝いとか、その子供の結婚の披露パーティーだとか、どうしてもサディアスが顔を出さなければいけないものだけだ。

サディアスの養子として、彼に促されるままちょっとだけ挨拶をし、大人たちが雑談する横で置物になっている。もしくは年が近いからと、他の客の子弟たちと一緒にされ、子守りをする羽目になったり。

そんなことが数回あっただけだった。

「なになに、『冬の集い』？　どうして今回に限って、俺に招待が来るんだろう」

十六歳は慣例的にも平均的にも、成人とは言えない。サディアスもいないのに、なんでまた、と訝《いぶか》しく思った。

今さら仲良くしたい、というわけでもないだろう。ジェフリー一家と以前に会った時、サディアスのいないところでは、セシルに対して見下した態度を取っていたのだ。

「私にも意図がわかりかねます。気が乗らないのであれば、ご辞退されてもよろしいのではないでしょうか」

ローガンにもよくわからないらしい。胡散臭いので、丁重に断りの手紙を返した。

ところが、その後すぐにまた、別のパーティーの招待状が来た。それも断ると、さらにまた招待状が来る。

「ほとんど毎週じゃない？　そんなによくパーティーを開けるな」

貴族の社交パーティーである。人を招くのにも、そこそこ金がかかるのではないだろうか。

「最初の招待状を受けてすぐ、マッギル家の財務状況を調べましたが、あまりよくないようですね。パーティーを開くのも、方々から融資を取り付ける人脈作りだったり、会場でお客様から参加費用を徴収することもあるそうです」

募金箱のようなものを会場に設置し、参加費として「お気持ち」を入れてくれるよう促したりしているという。

「末期状態じゃないか」

そんなやり方では、余計に人に逃げられるだろう。

巻き込まれたくないなと断っていたのだが、年の瀬に入って、どうか一度でもいいから来てほしい、と懇願するような手紙付きの招待状が届いた。

しかも今回は、ご丁寧に使者が運んできた。セシルから色よい返事がもらえないとクビになる、などと泣きつかれ、こちらも参ってしまった。

こういう時、サディアスならば「知ったことか」と、きっぱり断るのだろう。甘い顔は見せない。そうしないと、富める者はどこまでも利用されるからだ。

でもセシルは、「ここでジェフリーたちを見捨てたら、サディアスの評判に響くかも」などと考えてしまって、そこまで強気に出られない。

「今回だけ。一度だけ出席します」

結局、セシルの方が音《ね》を上げて、一度だけと念を押して参加の返事をしてしまった。

「顔だけ出して、『心づけ』を渡したらすぐに帰ってくる。融資だの借金だの持ち掛けられたら、箱入り世間知らずの未成年だからワカリマセン、ってとぼけるよ」

心配そうなローガンに、セシルは安心させるためにそう言った。

「それがようございます。旦那様が不在の時期なのも気になりますし。行き帰りは厳重な護衛をつけましょう。従者ももちろんつけます」

ローガンも、ジェフリー一家を信用していないようだ。サディアスの従兄だから滅多なことは言わないが、まるでセシルが敵地に乗り込むような口調だった。

そのパーティーは夜に行われるということで、夜会用の礼服を用意し、出発と帰宅の時間もローガンと細かく決めた。

夜会の準備にしてはいささか物々しいが、備えておくに越したことはない。セシルも、それにローガンも、慎重すぎるくらい慎重だった。

けれど、事件は起こってしまったのだ。


パーティーの当日、セシルは夕方から身支度をはじめ、それなりに着飾った。気は進まないが、手を抜いて相手に舐《な》められたくない。

礼服を着るのは久しぶりだ。サディアスには遠く及ばないが、自分もおめかしをすればそれなりに美少年だなと、鏡を見て密かに自画自賛していた。

護衛に囲まれた侯爵家の馬車で、マッギル邸へ向かう。以前に一度だけ、サディアスと来たことがある。

規模は小さいが、なかなか瀟洒《しょうしゃ》な構えだった。

屋敷の前の馬車寄せには何台か先客が停まっていて、ジリ貧の子爵家だというのに、そこそこ客が来ているようである。

「これは公子様！　よく来てくださった」

「まあ、しばらく見ないうちに、また背が伸びましたね」

侯爵家の馬車が停まるなり、奥からジェフリーとその妻が出てきて、たいそう親しげにセシルを迎えた。

以前に会った時は夫婦ともども、セシルを見下した態度だったのに。

マッギル夫妻には子供が二人いるが、夜会に出る年齢ではないので、姿は見えなかった。

年齢と言えば、セシルだってまだその年齢に及ばない。マッギル夫妻に両脇を固められて中に入り、やっぱり自分には場違いなパーティーだったと思った。

客は当たり前だが大人ばかり、それも中高年が多い。十代どころか、二十代とおぼしき若い客も見当たらなかった。

ただ、ジェフリーが執拗にセシルを呼びたがった理由は、会場に入って何となく理解できた。

ジェフリーがセシルの来場を告げた途端、わらわらと客たちが集まってくる。セシルはたちまち、見知らぬおじさんおばさんに囲まれてしまった。

「お初にお目にかかる。あなたがブラッドフィールド卿のご子息ですか」

「今夜は侯爵閣下が大切にされているご子息のお顔を拝見できると聞いて、それはもう楽しみにしておりましたのよ」

「閣下が決して人目に出さないわけがわかりました。花の精のようにお美しく儚《はかな》げでいらっしゃる」

初対面の客たちが口々に褒めそやすので、セシルは不気味さに背筋がぞわぞわした。

どうやら彼らは、サディアスが名前も知らない男爵家から引き取った養子に、興味津々《しんしん》らしい。

つまり、セシルは客寄せパンダというわけだ。この世界にパンダがいるかどうかは知らないが。

「はは、そう皆様に囲まれては、セシルも困ってしまいます。さあ、セシル。こちらにおいで。まだ飲み物も取っていないだろう」

ジェフリーが親切ごかしに割って入り、セシルをみんなの輪から引っ張り出した。馴れ馴れしく名前を呼ばれるのは気に食わないが、おじさんおばさんたちがぐいぐい来るのが怖かったので、素直に従った。

可能ならば入り口で心づけを渡し、その場で引き返そうと思っていたのだが、この調子ではそういうわけにもいかない。

会場は立食形式で、テーブルにはご馳走が並んでいたが、手を付ける気にはなれなかった。

「従弟《いとこ》殿はまだ王都なのだろう。辺境に自軍を派遣したいと言って、国王陛下とずいぶん揉めているそうだが。今さら戦功でもないだろうに、彼も野心家だな」

ジェフリーはセシルに飲み物を渡した後、壁を背に隣に立って言った。

セシルは一瞬、ムッとする。危うく顔に出そうになった。張り付けた笑顔のまま、何を言っているのかよくわからない、というようにうなずく。

「今、下手に援軍を送れば、隣国を余計に刺激することになる。それがわからない閣下でもないでしょうに。いや、決して閣下を批判しているわけではありませんが」

すぐ間近で、セシルに話しかける機会を窺っていた中年の男性が、すかさず話に割り込んできた。それを機に、また数人の男女に取り囲まれてしまった。

「国王陛下は特使を隣国に送って、今も必死に和睦交渉をされているそうですよ」

「さすがは陛下だ。戦争なんて誰もしたくありませんよ。早く終わらせるべきです」

「この際、ダン伯爵領の一部を隣国に割譲すべきでは？　何も伯爵の領地はあそこだけではないんですから。問題となっている土地はもともと、何もない岩山だそうではないですか」

「同感です。これ以上、戦争を長引かせるわけにはいかない。今この時も、多くの尊い命が失われているのに」

ワインを飲み、キャビアのカナッペをつまみながら話す人たちに、笑顔を向け続けるのがだんだんと難しくなってきた。

落ち着こう、とセシルはグラスを傾ける。ソフトドリンクのカクテルだと渡されたが、オレンジのベースの中に嫌な苦みがあった。

最初に話題を出したジェフリーの口調には、いささかの皮肉が含まれていたが、他の人たちは心から戦争の終結を願っているようだった。

サディアスの派兵は戦争の悪化を招くと、本気で信じているようだ。サディアスに聞いていた現況と彼らの認識が、ひどく乖離《かいり》している。

侯爵領にいる彼らの情報源は、基本的には領都で発行される新聞と、こうした社交パーティーでの会話だ。

領都の新聞社は地元の話題を除けば、王都の本社から寄せられる電信を元に記事を書いている。王都に比べれば一日ほどの時間差はあるものの、王都から電信線の通っているブラッドフィールド領は、他領に比べて情報が速い。

だから彼らの持つ情報や認識は、王都の貴族たちとそう変わらないはずなのだ。

国王が和平交渉を行っているという話を、サディアスの口から聞いたことはない。国内向けにそうしたアピールをしているかもしれないが、実際はろくな交渉をしていないはずだ。

そうしてサディアスの陳情ものらくらかわし、いたずらに戦況を長引かせている。

なのに目の前の人たちは、まるでサディアスが戦火に油を注いでいると言わんばかりだ。

エリオットも紛争ぼっ発から必死に戦い続けているというのに、その領地を隣国に割譲するべきだ、などと言われる。

しかしセシルは、今ここで彼らの意見に反論を述べる気にはなれなかった。

所詮、彼らにとって辺境の紛争など他人事なのだ。

この話題はパーティーの余興にすぎず、そして何よりセシル自身が、この場の誰よりも戦争から遠い存在だ。領地に引きこもっているセシルが、いくらしたり顔で訴えたところで、誰の心にも届かないだろう。

命がけで戦うエリオットも、事態を収束させるために奔走するサディアスも報われない。やるせなさと、何もできない歯がゆさが募るばかりだった。

「失礼。遠くの戦争の話など、退屈でしたな」

セシルが黙って聞いていると、あまり大人の話が理解できていないと取られたのか、男性の一人が言った。

「久しぶりのパーティーで緊張しているのでしょう。顔色がよくないが、大丈夫かい」

ジェフリーが覗き込んでくる。確かに先ほどから気分がよくなかった。話題のせいだと思っていたが、どうもそれだけではなさそうだ。

「ええ。マッギル卿の仰る通り、緊張していて」

吐き気までしてきた。

「おいおい、マッギル卿だなんて水臭い。おじさんと呼んでくれと言ってるだろう」

そんなこと言われたことはない。しかしどうでもよかった。一度、気分の悪さに気づくと、吐き気はどんどん強くなるようだった。

「行儀が悪くてすみません、お手洗いをお借りできますか」

どうにかにこやかに言って、輪を抜け出す。別の話の輪にいたマッギル夫人が気づいて近づいてきた。

「大丈夫？　お手洗いはこっち。うちの主人たら、ちゃんと案内してくれればいいのに。気が利かなくてごめんなさいね」

夫人はセシルをお手洗いまで案内すると、何かあったら呼ぶようにと言い、さらには、

「もし会場に戻りたくなければ、お手洗いを出て、二階の部屋で休んでらして。使用人に言って、料理と飲み物を運ばせておくから」

などと気を利かせてくれた。

「このパーティー自体、あまり気が乗らなかったのでしょう。無理に引っ張り出してごめんなさいね。うちの人、人を集めたくて必死なものだから」

本当にごめんなさい、と申し訳なさそうに微笑み、去っていった。

セシルを強引に呼んだことも、こちらの気が乗らないこともわかっているのだ。

（奥さんはいい人そうだ……ケバいけど）

夫人はそこそこ良家のお嬢様だったと聞いているが、化粧と衣装が派手で、決して上品とは言えない。顔つきも底意地が悪そうだな、などと失礼なことを思っていた。

しかし、見た目で人を判断してはいけないのだ。

気をつけよう、と戒《いまし》めながら手洗いに入る。個室に入ったら気が抜けて、胃の中のものをすべて吐いてしまった。

（俺、こんなにストレスに弱かったかな。駄目だなあ）

ちょっとばかり見知らぬおじさんおばさんに囲まれて、不愉快な話題を向けられただけで吐いてしまうなんて。

将来、サディアスの片腕を目指すのなら、これくらいの社交は平気でこなさなくてはならない。むしろ、パーティー嫌いのサディアスに代わって積極的に参加するくらいの気概を持つべきなのに。

（俺ってぜんぜん、異世界転生チートしてないな）

前世の記憶など今や、そういえばそんなものあったっけ、という程度だ。チートなどないのだから、自力で頑張らなくてはいけない。幸い、一度吐くと気分の悪さは嘘のように治まっていた。

パーティー会場に戻ろうと思っていたのだが、手洗いを出ると入り口に使用人が立っていて、夫人が言っていた二階の部屋に案内してくれた。

長椅子とテーブルがあるだけの、小さな部屋だ。テーブルにはすでに、飲み物と料理が運ばれていた。

せっかくの厚意だ、少し休ませてもらおう。吐いて気分が良くなったら、お腹も空《す》いてきた。使用人が出て行くのを見届けて、セシルは遠慮なく料理を食べることにした。

料理は、会場に並んでいたものが少量ずつ取り分けられ、豪華に盛り付けられていた。飲み物も大きなガラス製の水差しにたっぷりと入れられて、何種類か用意されている。

ところが一つはワインで、もう一つも酒だった。水とジュースがあったので、ジュースをもらう。

食べて飲んでしばらくすると、なぜか今度は身体が熱くなってきた。

はじめは、食事をして身体が温まったのだと思っていた。しかし、それにしてはおかしい。

明らかに代謝のせいではない、異様な発汗が始まった。身体の奥からうずうずとこみ上げるものを感じ、そこでようやくセシルはただ事ではないと気がついた。

目の前のテーブルを呆然と見る。料理の皿は半分ほど空になり、ジュースも何杯か飲んだ後だった。

料理か、ジュースか。いずれかに薬が盛られていたのではないか。

（もしかして、さっきの会場で飲んだジュースにも？）

急に吐き気がしたのも、今考えてみればおかしかった。最初に飲んだジュースにも、何か薬が入っていたのだろう。

そのジュースはジェフリーから渡されたものだし、目の前のこの料理と飲み物は彼の妻が用意した。

招待客の、それも十六歳の少年に薬を盛るという異常性にゾッとし、それからすぐ我に返った。

（逃げなきゃ）

薬を飲ませて、それだけで済むはずがない。身の危険を感じて立ち上がる。

しかし、一歩前に出ようとしてがくりと膝が折れた。身体に力が入らないのだ。

（まずい。やばい）

焦りがこみ上げた時、部屋のドアが唐突に開いた。

「こんなところにいらしたのですか、公子」

中年男が顔を覗かせ、ニタッと笑った。


男はワイングラスを片手に、中に入ってきた。後ろ手で扉を閉める。かちゃりと鍵《かぎ》を回す音がして、セシルの焦燥は強くなった。

「姿が見えないと心配していたのですよ。ご気分はいかがですか」

セシルはソファとテーブルの間で、膝をついてうずくまっていた。明らかに様子がおかしいのに、男はニヤニヤ笑いながら見下ろしてくる。

男は最初の挨拶でセシルを取り囲んだうちの一人で、その後もセシルたちの話の輪の近くにいて、ちらちらとこちらを窺っていた人物だった。

「立てないのですか？　どれ、起こして差し上げましょう」

男は赤い顔をして、少し酔っているようだった。持っていたワイングラスの中身をあおると、それをテーブルに置いた。

セシルの前にしゃがみ込み、手を伸ばしてくる。

「……さわ、るな」

渾身《こんしん》の力で相手の手を払いのけようとしたが、それはぺちんと相手の手の甲を撫でるようにはたいただけだった。

「はは、可愛らしい」

見くびった口調で言い、セシルを抱き起こしてソファに座らせた。自分はその隣に座る。舌なめずりをしながら、「服が苦しそうだ」などと言った。

「おじさんが、脱がせてあげましょうねえ」

赤ん坊に話しかけるような、舌足らずな口調で言い、セシルのタイを毟《むし》り取る。そうしている間も、手足の自由がどんどん失われていき、意識は酩酊《めいてい》していった。

シャツの襟《えり》が開かれ、男の手がセシルの素肌をまさぐってくる。嫌悪感とは裏腹に、身体は熱いままだった。

酒臭い男の息が顔にかかる。生臭い蛭《かえる》みたいな唇に塞がれ、酩酊する意識の中でそれがキスだと気づいた。

(嫌だ)

怒りと嫌悪が爆《は》ぜ、セシルは口腔《こうこう》に押し入ってくる舌を思いきり噛んだ。

「……んぐぁっ！」

大声を上げて男が離れた。口を押さえて身悶える。口の中に錆《さび》の味が広がって気持ちが悪かったが、ざまあみろとほくそ笑んだ。

飛びかけていた意識がほんの少しだけはっきりして、どうにかこの隙に逃げようと考えた。

「こ、の……クソガキがっ」

しかし、その前に男が痛みから復活してしまった。怒りで目の色が変わっている。

猫撫《ねこな》で声も消え、男は怒りのままセシルを殴った。顔面を何度も繰り返し、執拗《しつよう》に殴りつける。

痛みと衝撃で、目の前が暗くなった。わずかな間、失神していたらしい。

はっと気づいた時には、再び男の顔が間近にあった。

「やっと大人しくなったな。このあばずれが。大人に逆らうからこうなるんだ。わかったか」

勝ち誇った男は、いつの間にか着ていた上着を脱ぎ、シャツの前をはだけていた。そればかりか、ズボンをくつろげている。赤黒く怒張した一物が、蛇みたいに鎌首をもたげていた。

セシルは眼球を動かして自分を見る。ソファに寝かされ、セシルもシャツの前が開かれ、ズボンは下着ごと腰骨の辺りまでずらされていた。

「大人しくしていたら、お前にもいい目を見せてやる。もしまたおかしな真似をしやがったら、ケツの穴をズタズタに裂いてやるからな」

欲望剝き出しのギラついた目で言った。

「これから俺にされることを、侯爵には黙っていることだ。いいか、これは忠告だ。お前のために言ってやってるんだぞ。あの冷血漢に告げ口しても無駄だ。逆にお前が困ったことになるだろうよ」

男は汗と脂の浮いた赤ら顔で、剝き出しの一物を揺すりながら一方的に話し続けた。

言葉はセシルの耳に入っていたが、意識を保つことと、どうにかこの場から逃れられないかを考えるのに必死だった。

「お前も知っているかもしれないな。サディアス・ブラッドフィールドの男色嫌いは有名だ。奴は我々のような者を嫌悪し、軽蔑している。彼の前でその手の冗談を口にしただけで、ブラッドフィールド家から絶縁され、家が傾いた者もいるくらいだ。学生時代は逢引きしている少年たちを見つけて、公衆の面前まで引きずり出し、教師が止めるのも聞かずに殴り続けたのだとさ。あの男の男色嫌いはいっそ、異常なくらいだ」

途中から、男の声には怨嗟《えんさ》が混じり始めていた。そういう彼は同性愛者なのだろう。自分の性的指向を排除するサディアスを、恨んでいる。

「よしんばあの男に知られたとしても、だ。俺はお前に誘われたと言うし、マッギル夫妻も証言してくれるだろうよ。男をたらしこんだなどと知れたら、あの男はお前をどうするかな。お前は孤児なんだろう？　名前も知らない男爵家の子供なんて、代わりはいくらでもいる。それこそもっと、侯爵家の養子に相応しい子供がな」

男は悦に入って語っていたが、ふと喉が渇いたのか、部屋に置いてあったワインの水差しを手にした。

自分が持ってきたグラスに注ぎ、一気にあおる。かと思うと、セシルに口づけてワインを流しこんだ。

「……ぐっ」

突然のことなので、咽《む》せてこぼしてしまった。男はそれに苛立ってまたセシルを殴り、ワインを注ぎ直す。

「飲め！」

今度はグラスを口に押し当てられ、無理やり飲まされた。ほとんど口の端からこぼれていったが、それでも嚥下《えんげ》してみせると、男は気が済んだようだ。

三杯目を注ぎ、それはすべて自分で飲み干した。

「さて。それじゃあ楽しませてもらおうか。そのために高い金を払ったんだからな」

独り言のように呟《つぶや》いて、セシルに覆いかぶさる。

男の唇が口の周りを這い、舌で嘗《な》め回されるのに、じっと耐えた。こんな奴に涙を見せたくない。

「……ぐふっ」

セシルの唇を塞《ふさ》ぎながら、男が笑った。笑ったのだと思った。男の顔が奇妙なくらい歪んだからだ。

ごふっと咽せて、汚いな、とセシルが顔をしかめた時、男は口を押さえてセシルから離れた。

「う……がっ、あ、あっ」

呻きながら喉を掻《か》きむしる。そのまま、どさりと床に倒れ、苦しみもがき続けた。男の口から吹き出す泡に、血が混じっているのに気づいた時、セシルも咽せた。

最初は気管に物が詰まったような感じだった。息ができずに何度か咽せ、やがて喉から食道の辺りにかけて、強くねじられるような痛みを覚える。

恐怖に駆られるセシルの目に、ワイングラスが見えた。

次の瞬間、何か考える暇もなく本能的に身を捻《ひね》ってうつ伏せになっていた。

感覚がほとんどない腕を懸命に動かし、指を喉の奥に突っ込む。えずいてもこらえて指を差し入れた。

胃の中の物が絨毯《じゅうたん》にぶちまけられる。吐く物がなくなるまで、何度も繰り返した。

呻きもがいていた男は、気がつくと静かになり、ピクピクと手足を痙攣《けいれん》させていた。それもやがて弱々しくなり、動かなくなる。

吐いても痛みと息苦しさはなくならなかった。それどころか痛みの範囲は広がっていて、背骨が折られるような激しい痛みに悶《もだ》え続けた。

(俺、死ぬのかな)

サディアスにも申し訳ない。王都で友や国を守るために奔走しているのに、養子がこんなところでみっともなく死ぬなんて。

(こんなモブのおっさんじゃなくて、どうせならサディアスの顔を見て死にたかったな)

朦朧《もうろう》とする中、大好きな人の姿を思い浮かべる。記憶の中の彼は、むすっとしていた。

無愛想で気難しく、でも優しい人。

(ごめんね、タッド)

死を覚悟して、セシルはまぶたを閉じた。

危うく死ぬところだったけれど、セシルは死ななかった。

咄嗟の判断で嘔吐《おうと》したのが良かったらしい。無理やりねじ込まれたワインを、ほとんど飲まなかったのも幸いした。

セシルを襲った男はその場で死んだそうだが、セシルは生き延びた——ただし、かろうじて、という状況だったが。

死の淵から回復するまでにかかった数か月を、セシルはほとんど覚えていない。

昏睡状態からは三日で抜けたらしいが、その後もしばらく、意識があったりなかったりと混濁した状態が続いた。

意識を取り戻してからは、ベッドから起き上がって自分で食事ができるようになったらしい。人づてに聞いて、そう言えばそんなこともあったかもしれない、とぼんやり思い出した。

痛みと苦しみが続いたという数か月、セシルはこの間の記憶がほとんど抜け落ちていた。

ただそんな中でも、覚えていることがある。サディアスに関する記憶だ。

「……セシル。セシル。起きなさい。いつまで眠っている」

怒った声で揺すり起こされ、まぶたを開いたら、声とは裏腹に切羽詰《せっぱつ》まった様子のサディアスがいた。

セシルと目が合うと、ホッと肩の力を抜いて安堵の表情を見せた。泣き出しそうな顔だと思ったけれど、それは気のせいかもしれない。

その後も、呼びかけられて目を覚ますと、間近にサディアスがいた。

セシル、と名前を呼ぶ声は切なく、その声音に甘やかな喜びを感じることを申し訳なく思った。

サディアスは、死にかけたセシルに命令し続ける。……起きなさい、食事をしなさい、薬を飲みなさい。

セシルはその都度、サディアスの言うことならばと命令を聞いた。そして回復していった。

数か月後、すっかり良くなった時には、サディアスの姿は消えていた。

だからしばらく、ローガンに教えてもらうまで、都合のいい夢を見ていたのだと思っていたくらいだ。

「旦那様は、セシル様の容態が安定したのを見届けて、王都にお戻りになりました。それまでずっと、セシル様に付いていらしたのですよ」

「いつ、領地に戻ってきたの？」

マッギル邸で倒れてからの記憶がなく、片っ端から質問をするセシルに、ローガンは一つ一つ、丁寧に答えてくれた。

「すぐです。あなた様の危篤の知らせを聞いてすぐに。その後、お医者様から峠を越えたと言われるまで、付きっきりで看病をされていたのです」

その時、ローガンはそう言って少し悲しそうに微笑んだ。セシルは愚かにも、喜びに浸っていたので気づかなかった。

自分の危篤を聞いて、サディアスが飛んできてくれた。しかもずっと付き添ってくれていたというのだ。

(じゃあ、あれは夢じゃなかったんだ)

そんなに心配してくれたのだ。それが嬉しかった。

ローガンが電信を使って王都のサディアスにセシルの危篤を伝えると、サディアスは真夜中をすぎていたにもかかわらず、王都から緊急に汽車を発車させ、翌朝には領地のこの屋敷に到着していたそうだ。

電信も、普段ならば私用では使わない。

汽車は緊急時に動かせるよう、二十四時間、常に人を配備しているそうだが、その緊急というのも、本来は領地で政変や災害が起こったという場合だ。

いずれにせよ、電信事業と鉄道事業がブラッドフィールド家の所有だからこそ、できた業だった。

「セシル様は旦那様の唯一のご子息ですから、緊急事態ですよ」

ローガンは言ったけれど、自分のせいで各所に迷惑をかけてしまった。セシルは喜びを引っ込めて申し訳なく思った。

それからローガンは、マッギル邸で起こった事件とその顚末《てんまつ》について、まだ自分の身に起こった出来事が飲み込めないセシルのために、色々と話して聞かせてくれた。

けれどそれは多分に奇妙で、すっきりとしない事件だった。

「あの日、倒れているセシル様を最初に発見したのは、ジェフリー・マッギル卿でした」

ジェフリーは当時、パーティー会場にいた。

使用人から二階の個室で男の苦しむ声がすると報告を受け、見に行ったのだ。

もっとも、ジェフリーも報告した使用人も、部屋の中に誰がいて、何が行われているのかは理解していた。

何しろ、最初にセシルに薬を盛ったのは、ジェフリー本人なのである。

彼は嘔吐を促す薬をジュースに混ぜてセシルに飲ませ、手洗いに行かせるよう仕向けた。

そこから二階の部屋へ誘導したのはジェフリーの妻、マッギル夫人と使用人である。

使用人はやはり夫妻の指示で、二階の部屋に用意したジュースの中に、媚薬と、少しの時間身体の自由が利かなくなる薬を混ぜていた。

自由を奪い、男に凌辱《りょうじょく》させるためである。

セシルを襲ったのは、姓をゴーブルという、伯爵位を持つ上級貴族だった。

ゴーブルは少年趣味と嗜虐《しぎゃく》趣味、それにサディアスに対して個人的で一方的な恨みを持っていたという。

年齢はサディアスの八つほど年上、王立学院に在学中、少年だったサディアスに言い寄ってこっぴどくふられたというから、完全な逆恨みだろう。

そんな（一方的な）因縁の相手が、十二歳しか違わない養子を迎えた。以前からセシルの存在に興味を持っていたとしても、不自然ではない。

ゴーブルがセシルを襲った目的は、もちろん自らの欲望を満たすこと、それから長年、一方的に恨んで執着するサディアスに対し、意趣返しをしたかったからだろう。

マッギル夫妻は、ゴーブルに大金を積まれて計画に加担したと言っていた。

セシルは男に乱暴されたことを、決してサディアスには言わない。ゴーブルからそう言われていた。

サディアスは同性愛者も同性愛行為も嫌悪している。そのことをセシルに言って口止めすれば、決して外に漏れることはない。

ゴーブルと、それからゴーブルの友人からも揃って言われ、マッギル夫妻は彼らの言葉を信じた。

サディアスにバレなければ、それでいい。むしろセシルの弱みを握ることになると、マッギル夫妻は考えた。

セシルから今後、金をせびれるようになるし、セシルが耐えきれなくなってブラッドフィールド家を去れば、自分たちの子供がブラッドフィールド家の跡継ぎになれる。

何しろジェフリーとその子供たちは、サディアスにもっとも近い血縁なのだから。

だからゴーブルに協力した。でも、致死の毒を盛ったりはしていない。ゴーブルを殺したのは自分たちではない。

マッギル夫妻は必死に釈明したという。

ジェフリーは使用人の報告を受けて二階へ行き、ゴーブルの死体と瀕死のセシルを発見した。発見が遅れていたらセシルは死んでいただろうし、ジェフリーが大騒ぎしたおかげで、まだ会場に残っていた招待客も二階の惨状を知ってしまった。

致死の毒を盛った犯人がマッギル夫妻なら、死体を発見してわざわざ騒ぐのは不自然だ。

事件の捜査に当たった領警察も、ゴーブルを殺害した犯人は別にいると見ていた。サディアスも最終的に、ゴーブル殺害とセシル殺害未遂については、マッギル夫妻は犯人ではないと判断を下している。

では誰が致死の毒を盛ったのか。毒はワイン入れから検出された。

料理と飲み物を二階に用意した使用人は、ジュースに媚薬と痺れ薬を入れたことは認めたが、ワインについては知らないと言っている。

部屋の見張り役を担い、セシルを手洗いから誘導した使用人は、その少し前、パーティー客に呼び止められてわずかな時間だが持ち場を離れている。

使用人の話が嘘でないなら、呼び止めたパーティーの客が怪しい。

警察は招待リストにあった客を全員集め、使用人に首実検させたが、その中に彼を呼び止めたという客はいなかった。

一方、マッギル邸の入り口で客を出迎えた使用人は、当日の客は、リストにあった人数より一人多かったと証言している。

これらを信じるなら、謎の人物がパーティーに紛れ込んでいたということだ。

謎と言えば、ゴーブルの友人、というのもそうだった。

地方の領主であるゴーブル伯爵と、中級貴族であるマッギル家を引き合わせた人物がいた。

その人物は平民だが裕福な商人で、アボットと名乗っていた。ゴーブルとも対等に話していたらしい。

マッギル夫妻とアボットとの出会いは、夫妻が方々に作っていた借金を、アボットの貸金業がまとめたのがきっかけだった。

そしてアボットを介して、ゴーブルとも面識を持った。

セシルをパーティーに招待してくれと言ったのも、そのセシルを手籠《てご》めにしたいと大金をちらつかせたのもゴーブルだったが、もとはアボットの発案だった可能性もある。

アボットという人物が怪しい。けれどこちらもまた、警察の捜査をもってしても正体はわからなかった。

マッギル夫妻の証言に該当する商人で、アボットという人物は、領内どころか国中を探しても見当たらない。

そして、アボットが借金をまとめたという話がそもそもの嘘で、借金は元の債権者から移っていなかったということがわかった。

結局、毒の出所も真犯人も、またその目的もわからないままだった。

セシルがローガンから話を聞いた時にはすでに、マッギル夫妻は、セシル暴行の計画に関わったとして、ジェフリーは死刑、夫人は終身刑を受けていた。

犯行に関わった使用人も重い実刑を受け、マッギル家は取り潰しとなった。子供たちは母方の親戚に預けられたそうだ。

ゴーブルは死亡のまま、セシル暴行の主犯格として判決を受けた。ゴーブル家は王命により爵位をはく奪されている。

「俺のせいで、サディアスに従兄を殺させちゃった」

ろくな親戚ではなかった。でも、唯一近しい血縁だった。

「どうか、そんなふうに考えるのはおやめください。セシル様は被害者です。そして相手は、セシル様を害することでブラッドフィールド家を、旦那様に害をなそうとしたのです。旦那様がかような裁決を下されたのも、当然のことです」

ローガンは真剣な眼差しで訴えた。セシルも黙ってうなずく。

わかっている。この件で自分を責めるのは間違いだ。悪いのは犯人で、セシルは被害者だった。前世で生きていた社会に比べ、マッギル夫妻に下された量刑は重く感じられるが、それはあくまで、ある一つの国の価値観に過ぎない。処が変われば量刑も変わる。

それでもセシルは、サディアスに対して罪悪感を覚えずにはいられなかった。

自分がパーティーの招待を受けなければ、あんなことにはならなかった。吐き気を催したあの時、手洗い所を出て帰宅していれば、誰も死なずにすんだかもしれない。

いやそもそもが、自分がサディアスの養子になどなったりしなければ……。

考えればきりがない。セシルがふさぎ込んだままだと、それを阻止できなかったローガンも自分を責め続けるだろう。

精悍《せいかん》で端麗な容姿の持ち主だったローガンは、セシルが目覚めた時にはげっそりやつれ、白髪が一気に増えていた。

きっとセシルが床に伏している間、ローガンにも多大な苦労をかけたのだろう。

「心配をかけてごめん、ローガン。迂闊《うかつ》だったなって反省はするけど、落ち込んだりはしないよ。俺は何も傷つけられてないし、殺されそうになったけど生きてる。真犯人が何を企《たくら》んでたのか知らないけど、そう簡単に思い通りにはならないからね」

セシルはやつれた顔の執事に、わざと明るくそう言ってみせた。

空元気だと、気づかないローガンではない。だから、彼がにっこり綺麗に微笑んで見せたのも、セシルを心配させまいとしてのことだろう。

互いに後悔と自責の念は消えない。でもここで折れてしまっては、サディアスの足を引っ張ることになる。

セシルは死ななかったし、服を脱がされただけで最後まで凌辱はされなかった。

自分は幸運だった。セシルはそう考えることにした。


この事件はしかし、その後のセシルとサディアスの関係に、暗い影を落とすことになった。

事件から数か月、記憶がはっきりして、ベッドからも起き上がれるようになった頃、セシルはエリオット・ダンの戦死を知った。

セシルが生死の境をさまよっていたのと同じ時期、エリオットも戦争で負傷し、危篤状態だったという。

セシルを看病しながらその報せを聞いたサディアスは、どんな気持ちだっただろう。想像するだけで、セシルは胸を掻きむしりたくなる苦しさを覚える。

セシルが回復したのを見届けて彼は王都に戻った。総司令だったエリオットの死を受け、国王もようやくサディアスに派兵の許可を与えた。

セシルがマッギル邸事件の全貌《ぜんぼう》をローガンから聞いていたその時、サディアスとその軍はダン伯爵領に進軍し、破竹の勢いで隣国を押し戻していた。

相手の国軍を上回る多勢と、最新鋭の重火器、自領の事業である鉄道輸送を用いた豊かな補給作戦によって、ブラッドフィールド軍はあっという間に敵軍を制圧する。

こうして一年以上も続いた隣国との戦争は、拍子抜けするほどあっさりと終わった。

制圧後、ここぞとばかりにエオルゼ国王が隣国へ賠償請求を行い、こちらも前回とは打って変わってあっさりと、全額賠償が認められたそうだ。

隣国も、ブラッドフィールド軍に圧倒されたのだろう。賠償金の何分の一かはダン伯爵家に支払われたが、残りはすべてエオルゼ国の国庫に入った。

サディアスは戦争を終結に導いた功労者であるにもかかわらず、国王から褒章を授けられただけで、一銭ももらえなかった。

それればかりか国内では、援軍を送ればすぐに救えたはずなのに、サディアスがわざと派兵を遅らせたという噂が流れた。

その功績に比べて不自然なくらい、国内でのサディアスの評判は良くなかった。

戦死したエリオット・ダンは悲劇の英雄か、無能な将軍かで国民の意見が分かれた。

エリオットには息子がいたため、伯爵家はかろうじて取り潰しを免れたが、あまりに幼い。

母方の祖父が後見人となり、母親と彼女の実家に身を寄せることになったそうだ。

その話を聞いても、セシルは少しも安堵できなかった。

自分の危篤が、サディアスを王都から引き離してしまった。

もしあの時、王都に留まって王に嘆願し、すぐさま進軍していたら、エリオットは戦死することはなかったのではないか。

悪いのは、毒を盛った犯人だ。それはわかっている。

でもセシルは、サディアスに罪悪感を覚えずにはいられない。

あの時いっそ死んでいたら、自分さえいなかったら、と、今さら考えても仕方のない「もしも」を繰り返し考えてしまう。

サディアスから従兄を奪い、友人を奪ってしまった。自分は疫病神だ。

でも、セシルのそんな思いを表に出したら、サディアスもローガンも苦しむ。屋敷の使用人たちだって、セシルを心配し、回復するまでこまやかに介護をしてくれた。

だから表向きは、少しも気づいていないふりをして、明るく振る舞った。

毒はセシルの内臓を蝕《むしば》み、回復したかのように見えて、その後もしばらくの間セシルを苦しめた。

突発的に熱を出したり、原因不明の不調に悩まされることがあったが、できるだけ表に出さないようにした。

一方、サディアスもまた、セシルに対して何らかの罪悪感を覚えているようだった。

王都での戦後処理が終わり、マッギル邸事件から実に一年ぶりにサディアスが帰って来た時、セシルはそのことに気づいてしまった。

普段から感情を表に出さない男の、ごくわずかな変化だったが、ずっと彼を見てきたセシルにはわかった。

サディアスが罪悪感を覚えるのは、従兄がセシルの暴行にかかわっていたからだろうか。

その心情についてサディアスが語ることはなかったし、セシルも尋ねなかった。

ただ久しぶりの再会を懐かしみ、セシルはサディアスを労《ねぎら》い、サディアスはセシルの体調を気遣った。

主人が戻って来たブラッドフィールド邸は、表向きは穏やかに、今までと変わった様子もない。

けれどセシルは、サディアスと自分が、互いに距離を置いていることを感じていた。

どちらも相手に気まずさや遠慮を覚えて、以前のように踏み込めない。セシルはもう、サディアスに「マッサージしようか」とは言えなかった。

彼への恋心も、記憶の底に沈めた。サディアスを慕うことなど、今の自分には分不相応だと思った。

それに、マッギル邸でゴーブルに言われたことが忘れられない。

サディアスは同性愛者を嫌悪している。乱暴された事実を知られたら追い出されるのはお前だと、ゴーブルは脅した。

もしもサディアスに、この想いを知られたら。

そう考えると絶望的な気持ちになった。この上、彼に疎まれたら、自分はどうしたらいいかわからない。

だから忘れることにした。相手の姿を見て胸をときめかせることさえ罪悪だと、己を戒めた。

セシルの心の支えは、ブラッドフィールド領の経営を手伝うこと。サディアスの役に少しでも立つということだけだ。

事件の後はしばらく、療養のために働けなかったが、回復すると可能な限り仕事に携わった。

サディアスは年の瀬に帰還した後、翌年の春になっても王都へ赴くことはなく、領地で過ごした。

セシルは十八歳に、サディアスは三十歳になるその年、その春。

表面上は穏やかな日々の中、サディアスが突然に宣言した。

エリオット・ダンの遺児を引き取り、養子にすると。

四

「思い出した！」

セシルは自分の叫び声で目を覚ました。

ずっと夢にうなされていた気分だった。事実、うなされていたのかもしれない。

目を覚ましてすぐ感じたのは、汗で張り付いた衣服の気持ちの悪さだった。

「気がつかれましたか」

そう言って眼鏡《めがね》のおじいさんが覗《のぞ》き込んできたので、びっくりする。すぐにそれが、ブラッドフィールド邸のお抱え医師だと思い出した。

マッギル邸で毒を受けて以来、セシルもよくお世話になっている。

それからおじいさん医師の後ろに、サディアスが立っていることにも気がついた。

思い詰めたような真剣な顔で、見ているだけで切なくなる。どうしてそんな顔をしているのだろう。

ぐるりと首をひねって室内を見回し、戸口のローガンと、彼に肩を抱かれた黒髪の子供を見て、そこでようやくすべてを思い出したのだった。

たった今、目覚めた時に自分が叫んだことも。

「あ、俺……」

そうだった。今日は、エリオット・ダンの息子を迎える日だった。

サディアスがエリオットの息子を引き取ると宣言したのが、ほんの二週間前である。

唐突すぎて戸惑ったけれど、事情を聞いて納得した。

エリオットの死後、息子は母親と共に母方の実家に身を寄せていたが、夫を亡くした悲しみからか、母親は実家に戻ってすぐに体調を崩して亡くなってしまった。

さらにはその後、後見人だった祖父までもが病死してしまう。残されたエリオットの息子には、後見人となるような近しい親戚がいなくなってしまった。

サディアスは母と子が実家に戻った後もずっと気にかけていて、祖父の訃報と共に子供の置かれている状況を聞いた時、すぐに自分が引き取ると名乗りを上げたのだそうだ。

縁もゆかりもないセシルを助けてくれたサディアスだから、友人の息子を放っておけなかったのだろう。

まして、自分の援軍が遅れたせいで友人が戦死したとあっては。

セシルも、もちろん賛成した。自分と同じ両親を失った子供が救われるのは嬉《うれ》しい。

うんと優しくしたいと思ったし、それで心にこびりついた自分の罪悪感も、少しは軽くなるのではないかという打算もあった。

「俺に弟ができるんだ。ずっと一人っ子だったから嬉しいな」

サディアスが気がかりそうな眼差《まなざ》しを送ってくるのに、何も気づかないふりをして、明るくそう言った。

二週間後にはその子がやってくると言うから、慌ててローガンや使用人たちと子供の部屋を整え、迎える準備をした。

そして今日。エリオットの息子を迎えるその日。

庭先でお茶とお菓子を用意して、サディアスと新しい義弟《おとうと》を待った。

五歳になろうかというその子は、黒い艶《つや》やかな髪を、目の縁を覆うほどに伸ばしていた。

その髪の奥にある瞳……鮮やかなルビーのように紅《あか》い光彩を見た時、セシルは思い出したのだ。

(アーサー・ブラッドフィールド)

不安そうな五歳児がいずれ、どのように成長し、彼の成長譚に養父であるサディアスがどう関わるのか。

二人が辿《たど》るであろう運命と、この世界がどんな物語世界なのかを。

どうして今まで忘れていたのだろう。不思議に思うくらい、今ははっきりと理解している。

「あの、俺……」

セシルは目の前にいる人々を、ぐるりと見回した。

これは現実だ。「フィクション」なんかじゃない。わかっている。でもすべてを思い出した今、見慣れた自分の部屋さえ違って感じる。

どうすればいい？　今、何をするべきなのだろう。

自分は何もかも知っているのだ。この先の未来で、サディアスがどんな運命を辿るのかも。

「気分は？　どこか違和感があるのか」

焦りと混乱の中で言葉を失っていると、サディアスが眉間《みけん》に深い皺《しわ》を作って尋ねた。

毒で重体となって以来、セシルがたびたび体調を崩しているのを、サディアスも気づいている。そんな息子がいきなり倒れたのだから、心配するのは当たり前だ。

サディアスだけではない。ローガンも医師も心配そうにしていたし、何より幼いアーサーが青ざめた顔でセシルを見つめていた。胸の辺りで両手を強く握りしめ、肩を縮めている。

ただでさえ見知らぬ家に連れてこられて、心細い思いをしていたのだ。

なのに自分を出迎えた人が、顔を合わせるなり驚愕《きょうがく》し、挙句に意識を失って倒れたのだから、不安を通り越して恐怖だったのではないか。

申し訳ないことをしてしまった。

セシルはアーサーの顔を見て、ようやく冷静さを取り戻した。

今はとりあえず、前世の記憶は置いておいて、自分を案じてくれる人たちを安心させるべきだろう。

「大丈夫。夢を見て寝ぼけてたみたい。汗でびっしょりだけど、気分は悪くないよ」

そう言って笑って見せると、サディアスは言葉の真意を確かめるようにセシルの瞳の奥を覗いた。

いささか居心地が悪くなるほど見つめ続けた後、今度は医師を見やる。

「脈も正常でしたし、熱もないようです」

医師が答えると、サディアスはようやく納得したようだ。ほっと息をついた。

「いきなり倒れたんだよね？　ごめん。せっかくのお茶会を台無しにしちゃった」

窓の外はまだ明るかった。首を伸ばして部屋の時計を確認する。倒れてからまだ、一時間ほどしか経《た》っていない。

「茶会など、どうでもいい」

サディアスが怒ったように言う。その声の厳しさに、アーサーがビクッと肩を揺らすのが見えて、セシルは苦笑した。

「まあ、そう言わないでよ。こっちは張り切って準備してたんだから」

ゆっくりと身体《からだ》を起こす。軽くめまいがしたが、すぐに治った。ローガンの隣で硬く縮こまっている子供に微笑《ほほえ》みかける。

「アーサー？」

名前を呼ぶと、また子供の肩がビクッと揺れた。「こっちに来て、顔を見せてくれる？」と手を差し出すと、彼はローガンを見上げた。

ローガンが微笑みながらうなずくと、幼い子供はおずおずとセシルのベッドに近づく。

「アーサー・ダン。今日からアーサー・ダン・ブラッドフィールドか。俺はセシル・スペンサー・ブラッドフィールド。君の兄だ。……って、これはもう言ったんだっけ。いきなり倒れてごめんね。びっくりしたでしょう」

アーサーはまだ青ざめたまま、小さくかぶりを振った。黒髪の向こうの目が、瞬《まばた》きもせずこちらを見つめている。

「もう一度、君の目を見てもいいかな」

彼は息を呑《の》んだが、拒まなかった。拒めないと思ったのかもしれない。

手を伸ばし、長すぎる前髪をかき分ける。鮮やかな紅が少し潤《うる》んでいた。

前世の世界では、フィクションの中でしか存在しなかった瞳。アルビノの人が稀《まれ》に持つというヘモグロビンの赤色とは違う、ピンクがかった不可思議な色だ。

「綺麗《きれい》な色だね。宝石みたいだ」

セシルが思わず感想を漏らすと、アーサーはヒュッと鋭く息を呑み、それから目をつぶってうつむいてしまった。

この世界でも珍しい色だ。あまり言わない方が良かったのかもしれない。

「ごめん、不躾《ぶしつけ》だったね。君が俺の知っている人と同じ瞳の色をしているから、びっくりしたんだよ」

「……同じ？」

それを聞いたアーサーは、再び顔を上げた。

「ぼくと同じ目の人がいるの？」

「う、うん。いや、えっと、向こうは俺のことは知らないんだけどね」

別人ではなく未来の君のことだとは言えなくて、セシルは曖昧《あいまい》に濁した。それでもアーサーは、縋《すが》るようにセシルを見つめる。

「この目は、フキツなヒトミだって言うの。ぼくのせいでみんな死んじゃったんだって。そうなのかな。この目が呪われてるって本当ですか？」

アーサーの後ろにいるサディアスが、険しい顔をするのが見えた。ローガンと医師も顔色を変えている。

セシルも意表を突かれて言葉を失った。

「呪われてるだなんて。誰が言ったの？」

深刻そうな口調にならないよう、気をつけながら尋ねると、すぐさま「お祖父《じい》さま」と答えが返ってきて、二の句が継げなくなった。

「父さまと母さまが死んだのは、ぼくの目のせいだって。そのお祖父さまも死んじゃったの。お祖父さまのケライの人とか、家の人も言ってた。ぼくは呪われてるって」

「馬鹿なことを」

サディアスが吐き捨てるように言うから、アーサーは怯《おび》えて目に涙を浮かべた。サディアスの言葉ではなく、口調や声音が怖いのだ。

セシルは腕を伸ばし、アーサーを抱きしめた。

「サディアスの言うとおり、それは馬鹿馬鹿しい嘘だ。君の瞳は呪われてなんかいないよ」

腕の中で、小さな身体が震えた。「ほんと?」と、か細い声が返って来る。本当だよと答えて、背中を撫《な》でた。

「ご両親やお祖父様が亡くなられたのは、もちろん君のせいなんかじゃない。自分たちが怖くて不安なもんだから、何か理由をつけたくて君のせいにしたんだ。可哀《かわい》そうに。そんなことを言われて、ずっと不安だっただろう」

うん、とくぐもった声がする。それはやがて、嗚咽《おえつ》に変わった。声を抑えて身体を震わせながら、ひっそりと泣いている。

小さな身体で、何もかも耐えていたのだ。両親の死も、呪いだと自分を責める祖父や周囲の人々の理不尽《りふじん》さにも。

「あのね、アーサー。俺が知ってる紅い瞳のその人も、子供の頃は目のことでいじめられたんだって。呪われてるなんて言う人もいた。でもね、そんなの嘘だったよ。だってその人は、最後には幸せになったもの」

「ほんとに?」

アーサーはセシルの腕の中で、そっと顔を上げる。濡《ぬ》れたルビーの瞳が、必死にこちらを見つめていた。

幼いのに思い詰めた表情が可哀そうで、セシルはしっかりとうなずく。

「正真正銘、本当の話。確かに苦労はしたけど、最後は可愛い女の子と結ばれて結婚した。子供は三人もできて、その子供たちも立派に成長したよ。だから君も呪われてなんかない。その目は珍しくて綺麗な色をしてるけど、それだけだ。君も将来、きっと幸せになる」

何しろ、物語の主人公だ。艱難《かんなん》辛苦を乗り越えて、最後はハッピーエンドになる。たとえその過程で、養父を殺害することになったとしても。

「俺が保証するよ」

焦りを飲み込んで、セシルは努めて穏やかに、幼子に言い聞かせた。


その物語は、もとは小説だった。タイトルは忘れた。

どうして前世の自分がその作品に入れ込んだのかも、もう覚えていない。女性向けの恋愛小説だったはずだ。

コミカライズされて、アニメにもなった。コミックかアニメから入って、原作小説とその外伝まで読破した。

物語は男主人公のアーサー・ブラッドフィールドと、彼が恋する女主人公の両視点で進行する。多分な冗長を含む大長編だった。

男主人公のアーサーは、幼くして身寄りを失い、父の友人だというサディアス・ブラッドフィールド侯爵《こうしゃく》に引き取られる。

しかし養父は冷淡な人物で、アーサーに厳しい教育を施し、子供には無茶と思える成果を要求する半面、愛情は一切与えなかった。

常にブラッドフィールド家の息子に相応《ふさわ》しい優秀さを求められ、厳しく冷たい養父の下で育ったアーサーは、暗くてひねくれた少年に育った。

稀有《けう》な紅い瞳のせいで、周りから繰り返し心無い言葉をかけられたことも、彼の心に影を落とした一因である。

孤独に耐えるアーサーだったが、そんな彼にも唯一《ゆいいつ》、心の支えがあった。

それはアーサーがまだ幼い頃に出会った、少女とその思い出だ。

ある時、アーサーが暮らすブラッドフィールド邸に少女が迷い込む。アーサーと同じ年頃のその女の子は、紅い瞳を見るなり言うのだった。

――綺麗な瞳。宝石みたいね。

「このセリフ、さっき俺が言ったな？」

セシルはペンを走らせる手を止め、頭を抱えた。

自分の居室の、窓辺に設《しつら》えられた小さな机で、思い出した記憶を片っ端から書き留めている。上手《うま》くはないが、視覚的な記憶はイラストにも描き起こした。

もともと使っていた手帳では間に合わず、机の上はすでにたくさんの書き付けで散らかっている。

窓の外は真っ暗で、手元のランプだけが頼りだ。

あの後、セシルは体調に問題ないからと押し切って起き上がり、サディアスとローガンを連れ、アーサーを案内して回った。

仕事に戻ろうとするサディアスの腕を取り、無理やりアーサーと一緒にさせたのは、二人を親しくさせるためだ。

何しろサディアスは、小さな子供に対しても変わらずいつもの一本調子なのである。

セシルが子供の頃は前世の記憶があったから平気だったが、普通の子供には冷淡で恐ろしい人物に映るだろう。

事実、アーサーはサディアスに怯えていた。サディアスもまた、そんなアーサーに戸惑っている。

これはどうにかしなければと、セシルはサディアスを連れ出し、夕方には三人で食事をした。その後、今度はアーサーに付き添って、彼が寝るまで側《そば》にいた。

「サディアスは怖い顔をしてるけど、怒ってるわけじゃないからね。もともとああいう顔なんだ。そのうち慣れるよ」

何度かそう言って聞かせたのだが、アーサーはあまり納得していないようだった。半信半疑、という顔で渋々うなずいていた。

アーサーが寝たのを見届けると自室に戻り、今はこうして、一心不乱に記憶を書き留める作業を続けている。

もう数時間経つが、記憶は芋づる式になっており、時に物語以外の記憶も呼び覚まされるので、なかなか終わらなかった。

しかし、眠りに入る前にすべてを書き留めておかねばならない。

前世の記憶は不安定で、眠ると忘れてしまうことが多い。今日思い出したことを、一つも漏らさず記しておきたかった。

サディアスを死なせないために。

「この女の子の名前が思い出せないんだよな。アーサーといつ出会ったのか、細かい時間軸はわからないし」

二人が初めて出会ったシーンは、回想で出てくるだけだ。

アーサーがサディアスに引き取られてしばらく経った頃……とあるだけで、一か月後なのか半年後なのか、はたまた一年後か、はっきりしない。

しかしともかく、このブラッドフィールド邸でアーサーは、少女と運命的に出会うのだ。

ピンクブロンドという、アーサーの瞳の色と同じくらい珍しい髪色の少女は、それまで忌避されるばかりだったアーサーの瞳を「綺麗な瞳《ひ》」と褒めてくれた。

明るくて可愛らしい少女に、少年は惹かれた。

二人は庭の片隅でわずかな時間を過ごし、また離れ離れになる。

その時、少女は庭に星形のイヤリングを落としていき、アーサーはそれを拾ってその後も大切にし続けた。

孤独で寂しいブラッドフィールド邸での日々の中、少女と過ごしたほんのわずかな時間、けれど温かな思い出が、アーサーの心の支えになったのである。

いつか少女を探して、イヤリングを返したい。いじらしくささやかな希望を胸に秘め、アーサーは生き続ける。

やがて成長するにつれ、アーサーは養父への反発を強め、確執を深めていく。

十五歳になった彼はついにブラッドフィールド家を出奔し、街で出会った学者風の老人と共に旅に出るのである。

その老人の正体だとか、旅の行程はあまり本編に関係ない。

老人と国外へ出たアーサーは、ひょんなことから、実父エリオット・ダンの死に、養父サディアスが関わっていたことを知る。

自分を育てた養父こそ、エリオットを死に追いやった仇《かたき》だったのだ。

その事実を知ったアーサーは、サディアスへの復讐を誓い、老人と別れてエオルゼへ戻るのだった。

そして帰国した矢先、同じ年頃の少年に出会い、行動を共にするようになる。なんとその少年は髪を染めて男装した少女であり、彼女こそアーサーの淡い初恋の相手だった。

少女は早々にそのことに気づくが、アーサーは相手を少年だと思い込んだまま、物語が進んでいく。

ピンクブロンドの少女は、実はこの時点でただ一人残ったエオルゼ王家の血を引く人物であり、女王を認めるエオルゼでは、彼女こそ正統な王家の継承者だった。今の国王はエオルゼ王家の血を引いておらず、少女の母から王位を簒奪《さんだつ》した悪役だったのだ。

少年は復讐を、少女は王位奪還を目指し、様々な困難を経て願いを成就させる。

アーサーは見事、父の仇であるサディアスを討ち、ダン伯爵《はくしゃく》位と共にブラッドフィールド侯爵位を得て、侯爵家を相続する。

サディアスが死んだことで、サディアスが味方していた簒奪者も王位を追われ、物語が進行する過程で知り合った脇役にも支えられ、無事に王位を奪還する。

アーサーもこの頃には少女の正体に気づいていて、二人は順調に愛を育んでおり、最後にはアーサーが女王の王配になるのだった。

めでたしめでたし。

「……には、なってないんだよなあ」

アーサーと少女のハッピーエンドを紙に書き込んで、セシルはぼやく。

それから、エンドマークの下に矢印を引っ張り、

『↓外伝へ。黒幕サディアスの真相』

と、書き加えた。憂鬱《ゆううつ》な気分になって、ため息をつく。

本編ではアーサーの敵役として、完全悪のように書かれたサディアスだったが、超絶美形のせいかファンに絶大な人気があった。

サディアスが死ぬと、作者やコミック、アニメの製作元も戸惑うくらい、ファンから反発の声が上がったらしい。

しかしサディアスが死なないと、文字通り話にならない。悪が滅びて本編が終わり、その後、本編の補完のための外伝が発表された。

そこに、サディアスが悪の黒幕となった経緯が描写されていたのだが、これがまた取って付けたようなというか、サディアスにとって気の毒な展開だった。

「ぜんぜん悪じゃなかったんだよな」

本編においてサディアスは、過去の戦争で私利私欲のためにアーサーの父エリオットを裏切り、戦死させたと言われていた。

エリオットをわざと危険な戦線にやって見殺しにし、後から援軍を送って戦功をすべて自分のものにしたというのだ。

ところが外伝では、これは完全なる誤解で、サディアスは援軍を要請する友人エリオットと、これを渋る君主、エオルゼ国王との間で板挟みになり、最終的に君主の命令を優先させ、友を死なせてしまったのである。

アーサーに厳しく接したのは、自分もそういう教育を受けてきたからで、決して冷淡だからではなかった。

サディアスは悪ではなく、国王の忠実で厳格な家臣であった、というのだ。

アーサーに嘘を吹き込んだ人物こそが本当の黒幕で、外伝ではその真の敵をアーサー一家が滅ぼすことで、本当の大団円となる。

これを読んでまた、ファンが荒れた。無理もない。完全な後出しである。セシルも前世で、「これはないよな」と思った。

友人の子を引き取って育てたのに、誤解されて家出され、挙句に父の仇だなどと言って養子に殺されるのだから、サディアスが気の毒でならなかった。

そう、セシルが幼少の頃から持っていた、「かわいそうなイケおじ」という記憶は、この外伝の内容を指していたのだ。

黒髪の養子とはセシルのことではなく、アーサーだった。

昼に倒れてからずっと、セシルという黒髪の登場人物について思い出そうとしているのだが、どこにもそんな人物は出てこなかった気がする。

ただアニメ版の本編で、サディアスの部下としてたびたび、ひ弱そうな黒髪の青年が登場していた。名前を思い出せないから、もしかしたらただのモブなのかもしれない。

彼はアーサーがサディアスを倒しに来た時、他の部下と一緒にサディアスを守ろうとして、アーサーの手勢にあっさり殺されていた。

「俺、モブだったかあ」

これでもわりと見た目はいい方だから、主要人物ではないかと期待していたのに。

ちょっとがっかりしたが、どうでもいいことだと気を取り直した。

モブとか主人公とか、もう関係ない。自分は今セシルで、現実の人生を歩んでいる。

そしてこのままサディアスとアーサーの関係を放置しておくと、いずれアーサーは反抗して家出をしてしまい、その先でサディアスが仇だと嘘を吹き込まれ、復讐の人生を送ることになる。

そしてサディアスはアーサーに殺され、セシルもついでとばかりにアーサーの仲間に殺されるだろう。

そんな人生は嫌だ。できれば平和に年を取って、おじいちゃんになったサディアスを看取って死にたい。

そのために、今から万全の対策を取らなければならない。

セシルはようやく外伝の内容まで書き出すと、散らばった書き付けを物語の進行順にまとめた。

まずはアーサーとサディアスの仲を取り持つことだ。

アーサーは十五歳でこの家を出奔するが、家庭が円満ならむやみに家を出たりしないだろう。そうすれば、サディアスが仇だなどと嘘を吹き込まれることもない。

「でもそうすると、相手の女の子はどうなっちゃうんだ？　今の王様が簒奪者だって筋書きは、外伝でも変わらなかったよな」

家出したアーサーが少女と出会わないと、少女の運命も変わってしまう。

「名前は何だっけ。母親の名前は思い出せるのになあ」

ブツブツ独り言を言いながら、書き付けに少女の母親の名前を書き足す。

「ザラ・エオルゼ、この人もピンク・ブロンド……っと。有名な洋服ブランドと同じ名前だから憶《おぼ》えてたんだよな、確か」

ザラは先王の実の娘で、今の王様は実は、先代の王と血が繋《つな》がっていない。なんと王妃の不義の子だった。

先王はそのことに薄々気づいていて、現王の妹であるザラを後継者にしようとした。

それに気づいた現王が密かに先王を毒殺、自分が王位に就き、妹は外国の貴族に嫁にやってしまった。妹はヒロインを産んだ後、嫁ぎ先で亡くなってしまう。

しかし正直に言えば、セシルはその辺りはあまり、興味がなかった。

今この世界の国王にはいろいろと思うところはあるが、いちおう国内の政治は機能しているし、物語の内容のように先代の国王と血が繋がっているというだけで、現王を廃して少女を女王にするというのも、安直すぎる気がする。

でも、アーサーにとっては運命の相手だし、将来は二人で家庭を築いて幸せになるはずなのだ。彼らの幸せを壊したくはない。

「どうしたもんかな」

うーん、とうなった時だった。突然、部屋の扉を叩く音がして、物語に集中していたセシルは、「ひっ」と悲鳴を上げてしまった。

「……セシル、起きているか」

サディアスだった。


「夜更けにすまない。仕事をしていたら、こんな時間になってしまった」

部屋に入ってきたサディアスは、言い訳のようにそんな言葉を口にした。

話がある、少しだけと廊下の外で言われて、その声がどこか思い詰めて聞こえたから、セシルは慌てて彼を室内に招き入れたのだった。

「いいよ。俺も起きてたから。昼に寝たせいか、目が冴《さ》えちゃってさ」

「書き物をしていたのか？　大きい灯《あか》りを持ってこさせればよかったのに」

窓辺の小机に、ペンと紙の束が積まれているのを見て、サディアスが言った。

急なことだったので、紙を隠す暇がなかった。紙片をまとめて上から文鎮を置いたが、それはなんだと聞かれたらどうしようと、先ほどからドキドキしていた。

「使用人に言ったら、ローガンに見つかっちゃうから。昼に倒れたんだから、早く寝なさいって叱《しか》られるだろ。あ、でも、お茶をもらおうか」

「いい。使用人ももう下がっているだろう。すぐに済む」

何の話だろうと、さらにドキドキする。

サディアスがセシルの部屋を訪ねることは、滅多になかった。マッギル邸事件以来、これが初めてだ。

ソファを勧めたが、サディアスは長居する気はないようで、座ろうとしなかった。

小机を背に立つセシルと、中央のソファ近くに立つサディアスとで、微妙な距離を置いて互いに立ち尽くす。

それが二人の心の距離を示しているようで、セシルは少し切なくなった。

「えっと、それで」

話って何？　そう聞こうとしたら、サディアスが不意に身を屈《かが》めた。床に落ちた何かを拾おうとしている。セシルは彼が手を伸ばした先を見て、慌てた。

先ほど記憶を書き付けた紙片が一枚、ソファの近くに落ちていたのだ。

急な訪《おとな》いに慌ててバタバタした時、そこまで飛んだのだろう。

「ちょっと待った！　拾わないで。俺が拾うから！」

セシルが大声を出したので、サディアスは珍しく驚いた顔をして固まった。

その隙に、素早く駆け寄って紙片をひったくる。サディアスは紙に触れていなかったが、
書き付けた文字が表側になっていた。

部屋が暗いから、読めたかどうかは微妙なところだ。

手にした紙をちらりと確認する。ザラ・エオルゼの名前が書かれた紙だ。

「……見た？　中身、読んだ？」

サディアスは軽く肩をすくめる。

「読んでない……と、言った方がいいんだろう」

「読んだんだ？」

「読んだと言ったら、その内容について説明してくれるのか？」

セシルはぐっと言葉に詰まった。やはり読んだらしい。どこまで読んだのかわからないが、

ザラ・エオルゼの名前は見えたに違いない。

ザラが先王の唯一血の繋がった娘であること、現国王と先王は血の繋がりがないことなど、王室の秘密をサディアスがどこまで知っているのかはわからない。

しかし、さすがに侯爵ともなれば、異国に嫁いだ王妹の名前を知らないはずはない。なぜ彼女の名前をセシルが書き出していたのか、訝《いぶか》しく感じただろう。

我ながら怪しいと思うが、これをサディアスに説明する気にはなれない。言ったところで、信じてもらえないだろうから。

「……言えない。ごめん」

正直に認めると、サディアスは薄く微笑んだ。それが寂しげに見えて、セシルは焦る。

「あなたを信用してないわけじゃないんだ。ただ、その……」

「何か事情があるということだろう。言いたくないなら、無理に言わなくていい」

取り繕おうとする言葉を遮って、サディアスはなだめる口調で言った。

「う、うん」

この話はもういい、という口調だったので、セシルもうなずく。サディアスを傷つけたのではないかと心配になったのだが、声音も表情も綺麗に感情が排除されていて、彼が何を考えているのか窺《うかが》うすべはなかった。

「えっと、話って?」

本題に戻すべきだろう。流れを読んで水を向けたのだが、サディアスはそこで、珍しく口ごもった。

「一言……お前に言っておきたかった」

言葉を探すように、セシルから窓辺へと視線を移す。それほど、言いにくいことなのだろうか。セシルは緊張してあごを引いた。

「アーサーのことだ。……あの瞳について、お前があの子を慰めてくれて良かった。私も瞳の色を気にしているようだと思ったが、あそこまで思い詰めているとは思わなかった」

そんな話か、と、内心で脱力する。でもアーサーに関わることなら、大切な話だ。

「うん。でも、思い詰めるのも無理はないよ。身内から呪いだなんて言われたらさ」

セシルの言葉に、サディアスは昼間の会話を思い出したのか、眉間に皺を寄せた。

「時代錯誤も甚《はなは》だしいが、いまだ迷信を信じている者がいるのも確かだ。ただの父方の特徴で、稀にああいう瞳が現れるというだけなのだがな」

そうだよね、とうなずきそうになって、慌てて自制する。

サディアスからその話を聞かされるのは、これが初めてなのだった。前世の記憶を一気に思い出したので、混乱してしまう。

「へえ。父方の遺伝なんだ」

相槌《あいづち》を打ったものの、棒読みになった。窓辺に目を向けたままのサディアスが、ちらりとこちらを見たが、何も言わなかった。

「エリオットの早逝した兄、アーサーの伯父《おじ》も同じ瞳の色だったらしい。子供のうちに亡くなったせいで、余計に呪いだのなんだのと言われたそうだ。あの子の瞳のことは、お前に言っておくべきだったと、遅ればせながら気づいてな。お前がああいう反応をしてくれて、助かった。礼を言う」

軽く頭を下げるので、水臭いなと思った。

「お礼なんていいよ。それを言うなら、最初に名前くらい教えておいてよ。俺、今日初めてあの子の名前を知っ――」

はたと口をつぐんだのは、アーサーとの初対面の瞬間を思い出したからだ。

そういえば、あの子は名乗らなかった。サディアスも名前を教えなかった。ただ、セシルが思い出したのだ。

「えっと、とにかく、事前のすり合わせは重要だからね、ってこと。どうせ俺の名前も、あの子には教えてなかったんだろ」

我ながら不自然だと思う。サディアスも気づいているのだろうが、やはり追及はしないでくれた。セシルの話に乗って、軽く肩をすくめて見せる。

「名前のことは失念していた。誰か、ローガン辺りが知らせていると思っていたんだ。アーサーにはちゃんと、お前の名前は教えておいたぞ」

「それなら、よろしい」

胸をそらして高飛車に言うと、サディアスは小さくフッと笑った。それだけでセシルは嬉しくなる。

「似た境遇だということも、言ってある」

「そっか」

うなずくと、セシルを見ていたサディアスは、「セシル」と、意を決したように口を開いた。

「アーサーは私の友人、エリオットの大切な忘れ形見だ。エリオットの分まで、彼を立派に育てていきたいと思っている。……だが、お前も私の……私の、大切な息子だ」

セシルは気がついた。サディアスが夜遅く訪ねてきて本当に言いたかったのは、このことだったのだと。

「なんだ、そんなこと」

セシルは笑ってしまった。

「夜中に訪ねてきて話があるなんて言うから、何事かと思ったよ。なんだよ、もう。そんなの、言われなくても知ってるよ」

笑っていたのに、本当におかしかったのに、言葉の途中でなぜか涙が溢《あふ》れてきた。

「セシル」

気がかりそうに、サディアスが近づいてくる。誤魔化《ごまか》せなくて、「ごめん」と謝った。

「ほんとは、ちょっと不安だった。あなたは怖い顔してるけど、実は優しくて情が深い人だ。わかってたのに、怖かった。俺はもう、いらない子なのかなあ、なんてひねくれたこと考えたりして……」

気づくとサディアスは、すぐ目の前まで来ていた。大きな腕が広げられたかと思うと、その中にすっぽり抱き込まれる。

「お前はつらい時も、ため込んで無理をするきらいがある」

落ち着いた声が頭上でして、背中を優しく撫でられた。サディアスの温もりと愛情を感じて、余計に涙が出た。

「……なんでもため込む、あなたに言われたくない。表情に出さないし」

強く縋《すが》りつきながら、セシルはわざと憎まれ口を叩く。そうしないと、秘めていた想いを口にしてしまいそうだった。

「出さないいんじゃない、出ないいんだ。生まれつきの性分だから、どうしようもない」

「顔に出ないなら、言葉にしてよ」

「善処する」

八つ当たりもいいところなのに、サディアスは生真面目《きまじめ》に答える。しかしやがて、

「……思っていたより、背は伸びなかったな」

ぽつりとつぶやいた。セシルの身長のことだと気づく。

セシルは「うるさいな」と、サディアスの胸の中で不貞腐《ふてくさ》れて悪態をついた。

背は十六を境に、あまり伸びなくなった。今年は去年より一センチほど高くなっていたけど、もうこれ以上は伸びないだろう。

大人になったはずなのに、長身のサディアスとは依然、大きな身長差がある。

「死んだ両親も小柄だったんだ。あなたみたいにムッキムキの着やせマッチョにはなれないって、子供の頃からわかってたよ」

怒ったように言うと、微《かす》かに笑う声がした。

「相変わらず、お前の使う言葉は時々おかしい」

サディアスが喋《しゃべ》ると、くっついているセシルの耳や頬に振動が伝わる。それがとても心地いい。同時に、泣きたくなるくらい切ない気持ちになる。

「慰めてくれてありがとう、タッド。でもこれからは、アーサーのことを抱きしめてあげて」

「子供のあやし方はよくわからない」

真面目な声が返ってくるから、冗談だと思って笑ってしまった。

顔を上げて、しかし存外に真剣な表情がそこにあって、困惑する。

いつも冷ややかに感じる灰色の瞳が、不思議な熱を帯びてセシルを見つめていた。

唇を何か言いたげに薄く開き、そのくせ何も言わない。こちらも無言で見つめ返したが、そうしていると、相手の身体に引き込まれてしまいそうだった。

目を逸《そ》らさなくてはと思うのに、逸らすことができない。じっとしていると、サディアスの手が伸びてきて、するりと頬を撫でた。

肌がぞくりと甘美に粟立《あわだ》って、呼吸が浅くなった。

だめだ、と、咄嗟《とっさ》に自制する。これは、違う。セシルが思っている……思いたがっているような愛撫《あいぶ》ではない。ただ養父が息子にする何気ない触れ合いに過ぎない。

――サディアス・ブラッドフィールドの男色嫌いは有名だ。

耳の奥に、とうに死んだ男の声がこだまする。

――奴は我々のような者を嫌悪し、軽蔑している。あの男の男色嫌いはいっそ、異常なくらいだ。

期待するな、とセシルは自分に言い聞かせた。相手の態度を都合よく解釈するな。

「……俺が子供の頃、あなたはちゃんと俺を慰めてくれたよ」

気力を振り絞って出した声は、震えずにいつもの調子に聞こえた。

サディアスも、微かに笑って表情を和ませる。瞳の熱が消え、いつもの彼に戻った。

「お前は子供の頃から、言いたいことを言葉にして伝えてくれていたからな。それでも今振り返れば、いろいろと我慢をさせていたと思うが」

「我慢なんてしてない。さっきも言われたけどさ。俺は辛《つら》い気持ちをため込んだりしてないよ。ちゃんと不満は口にしてるし、この家に来てからずっと、幸せに生きてきた」

これは本当だ。サディアスに養子にしてもらって良かった。

最初は打算で近づいたが、今は心から幸せだと思う。たとえ口にできない想いを抱えていたとしても、セシルが幸せに育ったことは曲げようのない事実だ。

「ありがとう、タッド」

抱きしめて感謝を伝えると、強く抱き返された。

「礼を言うのは私の方だ」

低く、甘やかにも感じる声に息を呑んだ。

「……俺を引き取って、ちょっとは良かったと思ってる？　後悔してない？」

この問いには、小さな笑いが振動となって、セシルに返ってくる。

「後悔するはずがないだろう。お前を引き取ったのはほんの思いつきだったが、過去の自分を褒めてやりたいくらいだ。私には先見の明があった」

「自分で言ってる」

彼なりの冗談なのかもしれない。サディアスが冗談を言うなんて。セシルも笑った。

「お前を引き取って、私は孤独ではなくなった。お前のいるこの家が、私の帰ってくる場所になった。そのことに気づいたのは、戦地に赴いた時だったが。お前がいてくれてよかった」

答える代わりに、セシルはサディアスに強くしがみついた。言葉を発したら、嗚咽が漏れてしまいそうだった。

（嬉しい）

サディアスが自分の存在を望んでくれる。家族だと思ってくれている。満たされた気持ちだった。これでもう、胸に秘めた想いさえ報われる。

「タッド、義父《とう》さん。大好きだよ。愛してる」

わざと義父さん、と呼んだ。家族として愛している。よこしまな気持ちではないと、自分自身にも宣言するために。

サディアスが一瞬、息を詰めるのを感じた。セシルを抱く腕に力がこもり、やがて耳元で囁《ささや》く声がした。

「……ああ。私もだ。……愛してる」

その言葉を聞いた時、セシルは死んでもいいと思った。

彼からそんな言葉をかけられる日がくるなんて、想像もしてこなかったのだ。

家族として、養父と養子の関係でもいい。サディアスが自分を大切に思ってくれている。愛していると言ってくれた。これ以上、他に何を望むことがあるだろう。

「……っ」

こらえきれず嗚咽が漏れると、背中を優しく撫でられた。

サディアスを愛している。自分は彼に救われて、幸せにしてもらった。

今度は自分がサディアスを救う番だ。サディアスと、それにアーサーも。

サディアスを死なせない。殺させない。アーサーはこの家で幸せに育つのだ。まだ会ったこともない少女のことは、後で考えよう。

この人は俺が守る。セシルは喜びの涙をこぼしながら、決意を固めた。


サディアスとアーサーの不幸な運命を断ち切るために、今できること。

それはとにかく、二人の関係を良好にしておくことだ。少女のことは別にして、それが一番、穏便で確実なやり方である。

それにはまず、アーサーのサディアスに対する印象を変えなければならない。

「そんなわけで、三人で街に出かけたいと思います」

アーサーを迎えた翌日、三人揃《そろ》った夕食の席でセシルは宣言した。

本当は朝食と昼食も三人で食べたかったのだが、サディアスが忙しくてかなわなかったのだ。これからも、こういうことは多いだろう。

積極的に予定を作らなくては、家族の団欒《だんらん》は望めない。

「どんなわけだ。ちゃんと脈略をはっきりさせなさい」

食堂の長いテーブルの端に座り、サディアスは厳格な口調で言った。

セシルとアーサーはその両側に座っている。セシルの向かいで、一生懸命ナイフとフォークを使っていたアーサーが、サディアスの声にビクッとしてフォークを落としてしまった。

「……ご、ごめ……なさい」

サディアスがじろりと横目で見ると、アーサーは目を潤ませて謝罪した。

サディアスにとっては、じろりと睨《にら》んだのではなく、ちらっと見たつもりなのだろう。でも、彼の顔は怖いし、威圧感がある。それも、年を追うごとに丸くなるどころか、迫力が増している気がする。

アーサーはすっかり萎縮《いしゅく》していた。きっと幼い彼にとって、サディアスはとんでもなく恐ろしく見えるのだろう。

このままでは、サディアスのことを誤解したまま育ってしまう。

「アーサー。落としたフォークは自分で取っちゃだめだよ。給仕の人が替えを持ってきてくれるから、それまで待つんだ」

セシルは、椅子《いす》から下りようとするアーサーを止め、できるだけ柔らかな口調で言った。

給仕係がすでに替えのフォークを手にしており、優しく微笑んでアーサーに差し出した。

「あ……ありがとう」

礼を言って受け取ると、給仕係とセシルは同時ににっこり笑う。それからセシルは、再びサディアスに向き直った。

「あのさ、お義父さま。お義父さまが小さい子にとって、めちゃくちゃ威圧的で怖いって自覚ある？」

ずけずけと失礼なことを言われ、サディアスは片眉を引き上げて不満を示した。

「ここに来た頃のお前は、そういえばよく怯えていたな」

「そう。俺は八歳だったけど、それでも怖かったよ。いつも怒ってるみたいで。怒ってるんじゃなくて、もともとそういう顔なんだって気づくのに、時間がかかった」

「それは気の毒だったな」

サディアスはしれっと答える。彼もこの軽口を楽しんでいるようだった。……端《はた》からは、そうは見えないだろうが。

アーサーがハラハラした様子で、サディアスとセシルの顔とを見比べている。

「俺はあなたに手をかけてもらったから、気づけたけどさ。アーサーはまだ五歳だし、あなたは昔以上に忙しいだろ。このままだとあなたはアーサーにとって、ただの怖いおじさんになっちゃうよ」

おじさん、という言葉に、サディアスはちょっとムッとしてセシルを睨む。セシルはわざと、にっこりと微笑みを返した。

「怖いのは顔だけだって、新しい弟に知ってもらわなきゃ。だからさ、お義父さま。家族で街に出かけようよ。昔、俺にしてくれたみたいに。茶寮に行って、バターケーキを食べるんだ。アーサーはバターケーキを食べたことある？　甘い物は好きかな」

急に話を振られたアーサーは、びっくりした顔で首を横に振り、甘い物は好きかという問いにはうなずいた。

「あなたが忙しいのはわかってるけど、頼むよ。あなただって、この子は大切な息子だって言ってただろ」

アーサーの肩がぴくりと動く。真偽を問うようにサディアスを見るから、セシルはさらに言った。

「ほんとだよ、アーサー。昨日の晩、言ってたんだ。君のお父さんとこのサディアス義父さんは親友だった。だから君も、自分の大切な息子だって」

サディアスの言葉を、子供にもわかりやすいように伝えてみる。横から、余計なことを言うな、というような視線が飛んできたが、笑顔で跳ね返した。

「こういうことは口に出して言わないと伝わらないって、昨日言っただろ。本人に伝わらないんじゃ意味がないじゃないか」

重要なことなのだ。しかしサディアスは、そこで大袈裟《おおげさ》にため息をついてみせた。ワインを飲み、それからアーサーを見る。

「お前の新しい兄は、口うるさいな」

「ちょっと」

セシルは目を吊り上げて見せたが、これがサディアスなりの軽口だということは、アーサーにも伝わったようだ。

アーサーがわずかに口の端を上げてサディアスに微笑んだので、セシルは快哉《かいさい》を叫びたくなった。

サディアスも内心、それを見てホッとしたのではないだろうか。心なしか、いつもの無表情も嬉しそうに見える。

「誰も行かないとは言っていない。だが三人で行くと言うなら、全員の意思を確認しなさい」

セシルもそこで、一人で先走っていたことに気がついた。サディアスの言うとおり、アーサーにも確認すべきだった。

セシルが声をかけるより早く、サディアスが「アーサー」と隣に呼びかけた。

「はいっ」

アーサーは緊張の面持《おもも》ちで、即座に返事をする。背筋がびしっと伸びた。大丈夫、怖くないよと大人が口で言っても、すぐには不安な気持ちは消えないのだろう。

「そう硬くならなくていい。私とセシルとお前の三人で、街に出かけようと思う。お前はまだ、トウィルアレイの街を見たことがないだろう。茶寮でケーキを食べて、店を見て回る予定だが、一緒にどうだ」

サディアスの口調は硬いし、お世辞にもにこやかとはいえない。しかし、彼なりに精いっぱい、幼い子供に歩み寄ろうとしているのが見てとれた。

アーサーも目をいっぱいに見開いて、相手の言うことを真剣に聞いている。

「ぼくも、まちに行きたいです」

セシルは思わず笑顔になり、サディアスも満足そうにうなずいた。

「よろしい。ではさっそく、明日行くことにしよう」

セシルがホッとした時、向かいのアーサーと目が合った。

彼はルビー色の瞳をきらめかせ、はにかんだように笑う。セシルも思わず笑顔になった。


翌日の朝食に、サディアスはやはり執務で姿を見せなかった。急に予定を入れたから、さらに忙しくなったのだろう。

セシルも仕事を手伝っているが、侯爵家の仕事は本当に多岐にわたっていて大変だ。もっと元気になって、サディアスの負担を減らしたいと思う。

しかし、今日はともかく、街におでかけだ。

朝食の後、いくつか仕事を済ませた後、身支度をしてアーサーを部屋まで迎えに行った。

彼もすでに着替えを済ませていて、そわそわと落ち着かない様子だった。

「アーサーも支度はすんだ？　その服、いいね。アーサーに似合ってるよ」

ローガンとセシルとで揃えた、よそ行きの服だ。丈もちょうどいいし、明るい茶とグレーのチェック柄の上着が、よく似合っている。

ただ、相変わらず前髪が目にかかっているのが気になった。切りたいのだが、アーサーが嫌がるのだ。

まだ瞳の色を気にしているのだろう。無理やり目元を見せるのも可哀そうで、ローガンと相談し、しばらくはそのままにしておくことにした。

「じゃあ行こうか」

セシルが手を差し出すと、アーサーがおずおずそれを握る。照れ臭そうで、でもキュッと指先を強く握るのが可愛らしかった。

二人で玄関まで行くと、すでにサディアスが馬車の中で待っていた。

「おはよう。お待たせ」

アーサーと一緒に馬車に乗り込み、サディアスに気安く声をかけたが、一目見て彼の顔色の悪さが気になった。

昨日は普通だったのに、今は疲れて青ざめた顔をしている。

「サ……」

「おはようございます、お義父様」

声をかけようとしたところで、アーサーが遠慮がちに挨拶をしたので、そちらに意識が逸れた。

「おはよう」

サディアスはいささかぶっきらぼうに返し、外にいる護衛に馬車を出すよう命じた。それから向かいに座るアーサーに視線を戻し、じっと見つめる。アーサーは息を詰めた。

「呼び方が気になる？」

セシルが声をかけると、サディアスはうなずいた。

「お前と私は十二しか離れていなかったから、義父《ちち》と呼ばれると違和感があったが。今は不思議としっくりくる」

「そりゃあ、あなたも年を取ったからね」

セシルが笑い、アーサーもホッとした顔をした。セシルと目が合うとにこっとする。可愛い。セシルに対しては、だいぶ打ち解けてくれたようだ。

「じゃあ俺も、義父上って呼ぼうかな」

「お前はどうせ、好き勝手に呼ぶだろう。アーサー、お前も好きなように呼べばいい。人前での呼び方はそのうち、礼儀作法で学ぶだろう」

唐突に言われて、アーサーは反応に困った様子だ。

「アーサーの好きな呼び方でいいってさ。無理にお義父様って言わなくてもいい。パパとか、サディアスって名前で呼んでもいいし、タッドでも」

セシルとサディアスの視線が集中すると、さらに困ったようにカチコチに固まった。あまり周りが構いすぎないほうがいいかな、とセシルが反省した時、アーサーは「あの」と、遠慮がちに口を開いた。

「義父さまって、呼びたい……です。ぼく、本当の父さまに会ったの、一回しかなくて。赤ちゃんだったから憶えてないんです。だから……父さまて呼ぶの、あこがれてたの」

訥々《とつとつ》と、幼いながらも懸命に自分の気持ちを伝えようとする。その姿に胸がきゅんとして、隣に座る彼を思わず抱きしめた。

「わっ」

「こら、アーサーがびっくりしているだろう」

「ごめん。可愛くて」

可愛くていじらしい。親を亡くし、祖父にもつらく当たられながら生きてきた彼は、当たり前に父や母と呼べる存在に憧れていたのだ。

この子を守ってやりたいと思う。物語の運命を抜きにしても、アーサーを大切にしたい。

サディアスにも、思うところがあったようだ。

「そういうことなら、その呼び名で構わない」

澄ました態度で言うから、セシルは彼に聞こえる音量でアーサーに囁いた。

「あれで、照れてるんだよ」

サディアスがムッとした顔で、片眉を引き上げる。

それを見ても、アーサーはもう怯えた様子はなく、くすぐったそうに首をすくめて、はにかんだ笑いを浮かべた。

新しい家族の第一歩としては、まずまずではないだろうか。

アーサーの笑顔を眺め、セシルはそんなことを思うのだった。


街の茶寮のバターケーキを、アーサーはいたく気に入ったようだ。

一口食べて固まり、それから猛烈な勢いでケーキを平らげた。サディアスがそれに、「もう一つ食べるか」と、尋ねる。

「いいんですか」

「構わん。毎日、大量に摂取するのは健康を害するが、たまにはいいだろう」

窺《うかが》い尋ねたアーサーにそう答え、店の係に言ってすぐに新しい皿を持って来させた。

セシルの時は、何も聞かずにお替わりを持って来させたから、サディアスもだいぶ成長している。

セシルも久しぶりにバターケーキを堪能《たんのう》した。サディアスはお茶と小さな菓子をつまんだだけで、ケーキは食べず、アーサーは三つ目のケーキを食べて、満足そうにため息をついていた。

しかし、やはりサディアスの顔色が悪く、どこかだるそうなのが気になる。

体調が悪いのではないかと思ったが、ここで尋ねても、彼は問題ないと答えるだろう。

(俺が急に予定を入れたから、無理させたのかもしれない)

普段の仕事の他に、アーサーを養子にする手続きをしたり、アーサーのいた祖父の家まで彼を迎えに行ったりと、サディアスはただでさえ忙しかった。

そこへセシルが、無理やりに予定を押し込んだのだから、さらに執務が立て込んだのだろう。考えなしだったかもしれないと、少し後悔する。

早めに予定を切り上げようかとも考えたが、アーサーが存外に嬉しそうで、言い出しっぺのセシルが帰ろうとは言い出せなかった。

「セシルさん、あのお店はなんですか」

茶寮を出ると、アーサーは商店が連なる通りを興奮したように見回し、手を引くセシルにたびたび尋ねた。

アーサーを間に挟む形でサディアスも横に並び、数歩離れて従者が一人、それに護衛が三人、付いていてきた。

大柄な男たちが何人も付いて回ることに、アーサーはちょっと不思議そうだったが、今後も外出には護衛が必須だ。慣れてもらわなくてはならない。

「あれはおもちゃ屋さんだよ。中を覗いてみようか。……あと、セシルさん、て呼ぶことにしたの？」

呼び方を強制するつもりはないけれど、セシルさん、という声音は、遠慮がちで言いづらそうだった。

からかうように、アーサーの顔を覗き込む。アーサーはセシルを見上げ、小さな声で、

「……義兄《にい》さま」

と、つぶやいた。セシルは嬉しくなって、ぐりぐりアーサーの頭を撫でる。

それから、三人でおもちゃ屋に入った。護衛を外に待たせ、アーサーが気に入ったおもちゃをいくつか購入する。

次に入った駄菓子屋と、その次の書店でもアーサーの好きな物を買って、既製服の店では、セシルがアーサーに似合う服を買い足した。

おかげでずいぶんな荷物になった。従者一人では持ちきれないので、セシルが一部を持つ。そうすれば、アーサーとサディアスで手が繋げると思ったからだ。

「あの、こんなにたくさん……ごめんなさい」

サディアスが差し出した指の先を恐る恐る握り、アーサーは謝罪の言葉を口にした。サデ

ィアスは心外なことを言われたというように、片眉を引き上げてじろりと相手を見下ろす。

アーサーが一瞬、身を強張《こわば》らせたので、さっと視線を外した。

「そういう時は、ありがとう、だ」

素っ気なく言う。アーサーが「ありがとう、ございます」と口の中でつぶやくのを、セシルは隣でハラハラしながら見守っていた。

（サディアス、その調子。あと、もう一言あると最高！）

必死で念を送る。セシルの念が伝わったかどうかはわからないが、サディアスはややあって付け加えた。

「今日だけ、特別だ。何でも好きな物を欲しいだけ与えられていたら、人間が堕落してしまう。しかし、特別な理由があれば構わないだろう。今日は、家族揃って出かける最初の日だからな」

五歳の子供に言って聞かせるには、ちょっと言葉が硬い。でも聡明《そうめい》なアーサーには、理解できたようだ。

幼子の顔から不安な表情が消え、安堵《あんど》と喜びが浮かぶのに、セシルはホッとする。荷物で手がふさがっていなかったら、二人に抱きつきたいところだ。

（すごいよ、タッド）

確実に親として成長している。あの堅物のサディアスが。セシルが感動してニコニコして

いると、サディアスは気づいて「ふん」と小さく鼻を鳴らした。

「また来ようね」

セシルが笑顔のまま言うと、サディアスがいささかぶっきらぼうに「そうだな」と答え、アーサーは思いきりよく「はい！」と返事をした。

今日のことはきっと、アーサーにとってもいい思い出になる。十年前、セシルが初めて街に連れてきてもらった時と同じように。

「じゃあ、今日はこれで帰ろうか」

まだ時間は早いが、今日はこれでお開きだ。サディアスの顔色が悪いのが、ずっと気になっていた。

セシルが言うと、サディアスは従者に馬車を呼ぶよう命じた。従者は買い物の荷物を抱えて、馬車の待機場所へ向かっていく。

セシルたちがいる大通りは、往来の人や馬車で混雑していて、馬車が来るまで時間がかかりそうだった。

数軒先に店の外へテーブルを出している大衆食堂を見つけ、セシルはそこへサディアスを連れて行き、休ませることにした。

彼の額《ひたい》に脂汗が滲《にじ》んでいるのを見てしまったからだ。たぶん、サディアスは今、相当無理をしている。

一つだけ空いたテーブル席に座らせ、店の者に言って冷たい飲み物を持ってこさせる。

「ちょっとここで待ってて。俺は向かいの店を見てくるから。アーサー、付き合ってくれる?」

セシルとアーサーがそばにいたら、彼は無理をして平気な顔を続けるだろう。少しの間でも、休ませたかった。

てきぱきと勝手にその場を取り仕切るセシルに、サディアスは異を唱えることはなかった。

「もうじき馬車がくる。あまり遠くにはいかないように」

「向かいだよ。ほら、すぐそこ」

通りを挟んだ向かいの、文具店を示す。それから護衛の一人に、さりげなく耳打ちをした。

「サディアスは体調が良くないみたいなんだ。気をつけて見ていてほしい」

護衛はすぐさま、残った二人にそれを伝えに行ってくれた。セシルはアーサーを連れ、一足先に文具店に入る。

セシルとアーサーで店を見て回り、いくつか買い物をしたところで、向かいの食堂の前に侯爵家の馬車が停《と》まるのが、店の窓から見えた。

「馬車が来たみたいだね。行こうか」

アーサーと店を出る。護衛が外で待っていて、二人を連れて通りを渡ろうとした。

通りの片側から、一台の馬車がゆっくり向かって来ている。こちらを見て速度をゆるめたので、セシルたちは横切ろうと足を速めた。

するとその時、馬車の後ろから突然、一頭の馬が馬車を追い抜き飛び出してきた。あっと叫ぶ間もなく近づき、護衛に衝突しそうになった。実際に、前足が接触したのかもしれない。一瞬の出来事でわからなかった。

気づいた時には護衛が目の前で倒れていた。馬は前足を大きく上げると、すばやく着地し、再び猛烈な勢いで駆けて行く。

「セシル様、アーサー様！」

向かいの通りから護衛二人が血相を変えて駆けてきたが、その時にはまだ、セシルは事の全貌《ぜんぼう》が見渡せていなかった。

セシルは、馬に接触した護衛に気を取られていたからだ。

駆け寄る護衛が何かを叫び、彼が示す先を振り向いて、ようやく気がついた。

いつの間にか、一台の粗末な馬車がセシルとアーサーのすぐ脇まで来ていた。先ほど、馬に追い越された馬車だ。

馬車は止まることなく、馬をゆっくり走らせたまま扉が開く。中から現れた何者かの腕が、アーサーに向かって伸ばされた。

「何をする！」

腕を払いのけようとして、セシルも一緒に馬車の中に引きずり込まれた。

馬車の中には数名の男がいて、その男たちと駆け付けた護衛とで乱戦になった。

セシルはアーサーを抱き、どうにか外に逃げようとするが、男たちが邪魔で出られない。御者《ぎょしゃ》も加わっているのか、馬がいなないて暴れているのが聞こえた。馬車が揺れる。

「セシル！　アーサー！」

その時、外でサディアスの叫び声がした。わずかな間の後、扉を塞《ふさ》いでいた男が外に引きずり出される。

代わってサディアスが現れた。

「サディアス！」

彼の顔を見た途端、セシルはホッとした。アーサーも「義父さま！」と叫ぶ。

サディアスも二人の無事な姿を見て、肩の力を抜いた。彼に手を引かれ、馬車の外に出ると、拉致犯たちは護衛たちによって制圧されていた。

護衛は抜刀しており、その刃は血に濡れている。

サディアスのそばに倒れた犯人の一人が、血を流して絶命しているのに気づき、セシルはアーサーを抱いて彼の視界から見えないようにした。

「二人とも、怪我《けが》は」

サディアスは、持っていた剣を素早く鞘《さや》に納める。その刃先にも血が付いていたが、アーサーからは見えなかったと思う。

「俺は大丈夫。アーサーは？　どこか痛くしてない？」

アーサーはまだ、何が起こったのかわからないといった様子だった。目を見開いたまま、黙ってかぶりを振る。

そうしたセシルとアーサーをまじまじと見つめ、無事を確認してようやく、サディアスは心から安堵したようだ。

「良かった」

ホッとしたようにつぶやく彼の身体から、しゅうっと空気が抜けたように見えた。

身体は萎《しぼ》まなかったが、唐突に膝から崩れ落ちた。

「サディアス！」

セシルは咄嗟《とっさ》に駆け寄って、彼を抱き留める。何とか立とうとしているが、身体に力が入らないようだった。

額に触れて、その熱さに驚く。眉根を寄せて目を閉じた美貌《びぼう》は蒼白《そうはく》で、額には汗が滲んでいる。

「閣下を馬車に。早く！」

いつになく険しい声のセシルに、護衛たちと侍従がハッと振り返った。

護衛二人を事後処理に残し、侯爵家の馬車はサディアスを連れてすぐさまブラッドフィールド邸へ戻った。

サディアスは意識が半ば朦朧《もうろう》としており、家の者に抱えられて寝室に運ばれた。

アーサーを侍女に託して医者を呼び、後をローガンに任せる。

サディアスのことが心配でたまらず、側に付いていたかったが、拉致犯を護衛に託したままだ。

セシルは、サディアスの代理として行動しなくてはならない。屋敷に戻るのと同時に、屋敷の警備部隊に事情を話し、人を向かわせた。

街で起こった事件は、本来なら領警察の管轄だ。しかし、狙われたのはブラッドフィールド家の息子である。

正規の行政や司法を通さず、まずはブラッドフィールド家内部で捜査をするべきだ。

サディアスなら、そうするだろう。何年も領地で彼の仕事を手伝ってきて、セシルも少しは貴族のやり方がわかるようになっていた。

捕らえた拉致犯の聴取については、侯爵家騎士団に任せた。騎士団は侯爵家の私軍を束ねる組織であり、屋敷の警備部隊もここが管轄している。

セシルは騎士団とのやり取りや、領警察への根回しを行い、書類をいくつも作成した後、ようやくサディアスのもとに駆けつけることができた。

サディアスの部屋の前まで行くと、中からローガンが出てくるところだった。セシルを見て、安堵の顔を見せる。

「容態は？」

「薬が効いているようで、ずっと眠っておられます。容態はだいぶ落ち着かれました。幸い病気は見つからず、お医者様は過労が原因だろうと。――セシル様の方は、いかがでしたか」

「警察へ根回しをして、犯人たちはうちの騎士団に預けてきた。まずは、侯爵家で捜査を行った方がいいかと思って」

「左様でございますね」

互いにささやきが聞こえる距離まで近づき、情報を交換し合う。

サディアスはやはり過労だった。自分が急に連れ出したせいだ。申し訳なくて自分の浅慮を後悔したが、落ち込んではいられなかった。

「サディアスの顔、見られるかな」

ぴたりと閉ざされた扉を窺うと、ローガンは一度うなずき、それからさらに声をひそめた。

「中にアーサー様がいらっしゃいます。サディアス様が運び込まれた時から付いておいでで、片時も離れようとしないのです」

昼過ぎに運び込まれた時から、すでに五時間以上が経っていた。その間、サディアスのベッドに張り付いて離れないのだという。

少し休憩しましょうとか、食事にしませんかと、周りがいくら言っても、ここにいると言ってきかない。

「ご自分が離れている間に、サディアス様に何かあったらと、ご不安なのでしょう」

ローガンは言って、痛ましそうに目を伏せた。

「私や、アーサー様付きの侍女がなだめても離れないので、セシル様ならばと、お待ちしていたのです」

先ほど、セシルを見てホッとした顔をしたのは、そういうわけだった。

「わかった。アーサーに声をかけてみる。もう夕食の時間も過ぎてるもんね」

本当なら、風呂に入って寝る準備をしている時間だ。

ローガンが音を立てないように扉を開け、セシルはそっと中に入った。

居室を抜けると、広い寝室に当たる。サディアスは大きなベッドに横たわっていて、アーサーはその傍らで、入り口に背を向けて座っていた。

セシルは無言でベッドに近づく。部屋の絨毯《じゅうたん》は分厚くて、ことさら気を付けなくても、足音は立たなかった。

サディアスは静かな寝息を立てて眠っていた。

昼はずいぶんつらそうだったが、今は表情が穏やかだ。ただ、依然として顔色は悪かった。

完全無欠の超人のように見えるけれど、彼も人間だ。無理をすれば身体を壊す。

でもサディアスは、無理だとかつらいなどとは口にしない。

できないのだ。彼は誰にも寄りかかれないから。

セシルではまだ頼りなくて、彼の寄る辺にはなれない。いったい、いつになったらなれるのだろう。もうすぐ十八になるのに。

青ざめた顔で横たわるサディアスを眺め、セシルは痛ましさと歯がゆさがこみ上げて苦しくなった。

激しい感情の波を抑えるため、視線を脇のアーサーに移す。大きな椅子にちょこんと座り、彼はセシルが部屋に入った時から、左右に船を漕いでいた。

セシルはアーサーの肩に軽く手を置く。「アーサー」と、呼びかけると、彼はすぐさまハッと目を開いた。顔を上げ、セシルの姿を認める。

「にぃ……」

くしゃりと表情が歪んだかと思うと、アーサーは椅子に座ったまま、セシルのお腹の辺りに抱き付いていた。

肩を震わせて泣く義弟の背中を、セシルは優しく撫でてやる。

どんなにか不安だっただろう。見知らぬ男たちにさらわれかけ、それを助けたサディアスが倒れた。

二つの出来事は関連がなかったが、小さな子の目には、悪漢のせいで倒れたように見えたかもしれない。

さらに、義兄のセシルまで事後処理でいなくなってしまった。養子に入って数日でこんな目に遭うなんて、子供には恐怖でしかない。

「今日は怖い思いをさせたね。そばに付いていてあげられなくて、ごめんね」

囁くと、アーサーはセシルにしがみついたまま、小刻みに首を横に振った。それからか細い声で「ごめんなさい」と謝る。

「ぼくのせいなの」

「アーサーのせいって、サディアスが倒れたこと？　それはちがうよ」

誰のせいかと言うなら、セシルのせいだ。多忙なサディアスを無理に連れ出した。

でもアーサーは、「ぼくがわるいの」と言ってきかない。

「ぼくが近くにいると、みんな死んじゃう。わるいことばっかり……ぼくの目が赤いから」

「アーサー……」

嗚咽交じりに、アーサーは途切れながらも言葉を吐き出し続ける。ずっとため込んでいたものが、こらえきれずに溢れ出たかのようだった。

「父さまが死んだの、ぼくのせいだって」

「お祖父さんが言ってたんだね。でもそれは違うよ」

「……母さまも、言ってた」

そのつぶやきに、セシルは絶句した。

「のろい、なの」

何てことだ。セシルは舌打ちしたい気分だった。それこそ呪いだ。母親までもが、この子に呪いをかけたのだ。

夫を亡くした悲しみのせいかもしれない。だが、許される言葉ではない。

「ほんとなの。母さまもお祖父さまも、みんな死んじゃった。だから、義父さまや義兄さまが死んだら、どうしようって……！」

涙交じりの声がすすり泣きに変わる。セシルは、アーサーを強く抱きしめずにはいられなかった。

「大丈夫だよ。サディアスも俺も、死んだりしない」

何と言えばいいのだろう。どう言えば、アーサーにかけられた呪いを解くことができるのだろう。

「アーサー、よく聞いて。呪いなんてものはない。アーサーのお母さんとお祖父さんは、ご病気だったんだ。誰にもどうにもできなかったんだよ。それに……君のお父さんが亡くなったのは、俺のせいなんだ」

アーサーがひくっとしゃくり上げ、顔を上げた。

「義兄さま、の？」

潤んだルビー色の瞳が、不思議そうに見上げる。

「君のお父さんが戦争に行ったのは、知ってる？　俺たち、エオルゼの国民を守るために戦ってたんだ」

アーサーはぎこちなくうなずく。戦争の話は、周りからも伝え聞いていたのだろう。

「敵の兵隊がいっぱいいて、お父さんの味方の兵隊はほんの少しだった。サディアスが味方の兵隊を送ろうとしてたんだ。でもできなかった。間に合わなかったんだよ」

「……どうして？」

セシルは、ルビー色の瞳を見つめた。

「俺が病気で死にそうになったからだ。サディアスは俺のためにこの家から離れられなくて、それでお父さんのところに味方を送るのが遅れてしまった。俺が病気にならなかったら、君のお父さんは死ななかった。だから俺のせいなんだ」

あの時、毒を飲まなければ。パーティーなど行かなければ。

何度も繰り返し考える。考えても楽にはならない。

「ごめんなさい」

セシルはアーサーに頭を下げた。彼は困惑していた。話のすべてを理解しきれてはいないだろうし、いきなり俺のせいだと言われても、戸惑い以外の感情は湧かないだろう。

「ごめんね。今、君にこんなことを言うべきじゃないのかもしれない。でも、お父さんのことは、ずっと申し訳ないと思っていた。ずっと悔やんでたんだ。俺のせいなのに、なのにそのことで君が自分を責めているのが、つらくて見ていられないんだ」

潤んだルビーの瞳が揺れる。

「……ぼくのせいじゃ、ないの？」

縋るような言葉に、セシルは思わずアーサーを抱きしめた。

「違う。アーサーのせいなんかじゃない」

俺のせいだ。セシルの胸の内の声に呼応するかのように、すぐ隣で声がした。

「だが、セシルのせいでもない」

アーサーとセシルは、同時に顔を上げた。

いつの間にかサディアスが目を覚ましていて、ベッドの上から首だけを傾けてこちらを見ていた。

「サディアス。気分はどう？」

二人がすぐさま枕元に駆け寄ると、青ざめた顔は小さく微笑んだ。

「気分は悪くない。世話をかけた。……アーサー」

サディアスが手を伸ばす。ベッドは大きくて、小さなアーサーがサディアスの近くに行くには、よじ登らなくてはならない。セシルがアーサーを抱えて、ベッドに乗せた。

「アーサー。お前の父親が死んだのがセシルのせいだと言うなら、それは私のせいでもある。

私が不甲斐《ふがい》なかったせいだ」

「サディアス。違うよ」

セシルが言い挟むのを、サディアスは目顔で制した。

「当時の話は、幼いお前にはまだ難しい。お前が大きくなって、色々な物事を理解できるようになった時に、詳しく話そう。だから今はこのことだけ覚えておいてくれ。お前の父は立派な人だった。私たち……お前やお前の母、それに私やセシルを守るために勇敢に戦った。私は友として、彼を誇りに思う。お前はその、素晴らしい友人の息子だ」

サディアスは、相手が幼いからといって、言葉を選んだりしない。いや、彼なりに選んでいるのかもしれないが、厳めしい語り口調のままだ。

でもアーサーは、一言一句聞き逃がすまいというように、ベッドの端から真剣なまなざしを向けていた。

サディアスはそんな幼子の額に手を伸ばす。目の縁にかかった髪を、さらりと払いのけた。

「お前のその紅い瞳は、エリオットの家系のものだ。お前が勇敢で優しい男の血を引いているという証《あか》しでもある。呪いなどではない。誇りに思いなさい」

アーサーがこくりと首肯した。「……うっ」と嗚咽が漏れる。

「う……えっ、ええっ」

サディアスが抱き寄せると、アーサーはその胸に縋り、大きく声を上げて泣いた。

呪いは解けたのだと、震える小さな背中を見つめ、セシルは思うのだった。

張り詰めていた気持ちが緩んだのだろう。しばらく泣いていたアーサーだったが、やがて声が萎み、寝息に変わった。

サディアスとセシルは、互いに顔を見合わせて微笑む。

セシルはそっと寝室を出てローガンを呼び、アーサーを子供部屋まで運んでもらった。穏やかな顔で眠るアーサーに、ローガンもホッとしたようだ。

「先ほどの接し方で、合っていたと思うか？」

ローガンがアーサーを抱いて去り、二人きりになると、枕に頭を預けたままサディアスが言った。

セシルはアーサーが座っていた椅子に腰を下ろし、肩をすくめる。

「俺は、あれで良かったと思う。少なくとも、母親や祖父があの子にかけた呪いは、あなたの言葉で解けたんじゃないかな」

セシルの言葉では、アーサーを困惑させるだけだった。サディアスが目を覚まして、声をかけてくれて良かったと思う。

「呪い、か。確かにな」

サディアスは唇の端を歪め、皮肉げに笑う。それから、「昼の件はどうなった」と、尋ねた。

セシルはローガンに話した内容よりも、さらに詳しく状況を説明した。

「俺の独断になっちゃったけど、良かったかな」

「ああ。その判断で問題ない」

穏やかな返事に、安堵する。そこで会話は途切れた。

静寂に気まずさを覚え、腰を浮かせた。

「それじゃあ、俺も……」

このまま留《とど》まっていたら、サディアスが休めないだろう。そんな言い訳で退出しようとしたのだが、サディアスの声に引き留められた。

「エリオットのことで、お前が負い目を感じていたとは思わなかった」

青白い顔が、少し悲しそうにこちらを見ていた。セシルは椅子に座り直す。

言葉を選ぼうと逡巡《しゅんじゅん》して、諦《あきら》めた。素直に気持ちを打ち明けることにした。

「エリオットの死は、俺のせいじゃない。わかってるよ。頭ではわかってる。でも考えてしまう。俺が毒を飲まなければ、あなたはここに戻ってくることはなかった。あの時、王都に留まっていたら、派兵は間に合っていたかもしれないって」

「そうだな。私が領地に戻らなければ、エリオットは死ななかったかもしれない」

あっさりと肯定が返ってきたのが、衝撃だった。

あの事件は関係ない、お前のせいじゃないと言ってくれるのを、セシルは心のどこかで期待していた。

「ごめんなさい……」

思わずうつむくと、名前を呼ばれた。見れば、ベッドからサディアスの腕が伸ばされている。まだ上体を起こす気力はないようで、膝の上に握りしめたセシルの手には届かない。

セシルは椅子からベッドの縁に座り直し、サディアスの手を握った。彼の手はまだ少し熱っぽく、乾いてかさついていた。

「あの時のことを、お前に詳しく話したことはなかったな。私もたびたび思い出して目を背けたくなるが、これは真実だ。あの時、領地に戻らず私が国王陛下との交渉を続けていたら、もっと早く派兵は実現した。そうすれば恐らく、エリオットも死なずにすんだ」

彼が何を言い出すのか想像できず、怖くて逃げ出したかったが、病人とは思えない強さで手を握り返されていて、逃げられなかった。

「やっぱり、俺のせい？」

「お前のせいじゃない」

震えてしまった声を、サディアスは即座に、きっぱりと否定した。灰色の瞳に強い光が宿り、セシルを見つめる。

「先ほども言った。お前のせいではない。それを言うなら、私のせいだ。お前のことなど放っておいて、王都に留まる選択肢もあった。そうするべきだったのだ。戦地にいるエリオットや、多くの兵士たちのことを考えるなら。だがあの時の私は冷静ではなかった。気づけば、緊急の汽車を手配していた」

本当の緊急時、政変や災害に出すような汽車を動かして、サディアスは一晩で領地に戻ってきたのだ。

「昔の私なら、養子の危篤くらいで冷静さを欠いたりしなかっただろう。お前に出会う前の私だったら。学生時代、エリオットに言われたことがある。私は機械仕掛けのようだと。自分でもそう思っていたよ。身体は生身だが、心は機械仕掛けだと」

確かにサディアスは、ロボットみたいに見える。でもセシルがこの家に来た時、彼はすでにじゅうぶん優しかった。

「あなたは、出会った時から優しかったよ。子供の俺を街まで連れて行って、バターケーキを食べさせてくれた。忙しかったのに」

セシルが言うと、彼は少し笑った。手の平を乾いた指先がさらりと撫でる。くすぐったくて、胸の奥が切なくなった。

「たったそれだけのことを、お前はいつまでも覚えていてくれる。もっと、いろいろなことをしてやればよかった。今になって後悔している。そういう人間らしい心が芽生えたのも、お前がいてくれたからだ。私は、お前と出会って人間になったんだ」

唇がわなないた。涙がこぼれそうになって、何度も瞬きする。

「そのことに気づいたのは、お前の危篤の知らせを聞いた時だ。お前を失ったらどうしようと、頭の中がそのことでいっぱいになった。お前の存在がいつの間にか自分の中で大きくなっていて、そのことに愕然《がくぜん》とした。それまではせいぜい、気の置けない友人か、長く仕えてくれる執事と同程度の存在だと思っていたからな」

エリオットやローガンと同じくらい、それでもじゅうぶん特別だ。そんな二人より、セシルはサディアスにとって大きな存在だと言う。

「でも、じゃあ……やっぱり、俺のせいだね」

話が元に戻ってきて、セシルは肩を落とした。そんなセシルに何かを気づかせるように、サディアスは手を強く握り直した。

「お前のせいとは言っていない。ただ、お前が危篤になって、私は王都を去った。派兵は遅れてエリオットは死んだ。これが真実だ」

「うん」

「これが、ただの偶然だと思うか？」

その言葉に、ハッとした。悲しみと後悔で揺れていた思考が明瞭《めいりょう》になる。

謎を残したまま終わった、マッギル邸事件。事件の黒幕とも考えられる、アボットという人物の正体は、今もって不明なままだ。

セシルはずっと、あの時パーティーになど行かなければ、と後悔していた。

だがそもそも、ジェフリー・マッギルからしつこく招待を受けていなければ、パーティーに出向くこともなかったのだ。

あの時期にマッギル夫妻がパーティーを開き、セシルを陥れたりしなければ。

「……俺に毒を盛った黒幕は、サディアスの派兵を阻止したかった？」

サディアスは首を縦に振る代わりに、セシルの手を強く握り込んだ。

「他に考えられない。私の領地で危険を冒してまで、お前を暗殺しようとする理由が見つからない」

「暗殺……そっか。毒は俺が標的だったんだね」

「お前を殺して、ゴーブルの口を封じるために毒を盛った。たった一人の息子であるお前が死ねば、親としてはさすがに、領地に戻らずにはいられない。……つまり、そう考えると、お前や私の判断に関係なく、やはり派兵は間に合わなかっただろうな」

サディアスが、今初めて気がついた、という口調でつぶやいた。

「どういうこと？」

「もしお前が死んでいたら。いや、危篤でも同じだ。私が王都に留まり、国王陛下に派兵の許可を願ったとしても、取り合ってはもらえなかったはずだ。今はそれどころではないだろう、領地の息子の元に帰れとな」

どう交渉したところで、セシルを引き合いに取り合ってもらえず、派兵の許可は下りなかった。

「当時、戦地では重要な局面にぶつかっていた。戦《いくさ》の要衝である城塞を守るため、エリオットが前線に下りていたんだ」

当時の戦局については、セシルも調べて知っていた。エリオットの軍は敵国に押されて大きく後退し、城塞に立てこもって戦っていた。

この城塞を落とされると、さらに大きく陣地を明け渡すことになる。エリオット軍は総力をかけて戦っており、さらなる援軍を待っていた。

しかし、派兵は遅れに遅れ、城塞は敵軍に陥落した。エリオット軍は壊滅状態となる。

このままでは辺境を隣国に割譲することになる。そのギリギリでようやく派兵の許可が下り、サディアスが一気に敵を叩いて戦争を終結させたのだった。

「本当の標的は、エリオットだった、ってこと？」

「エリオットを見殺しにし、ダン伯爵家を没落させることで、間接的に私の力を削《そ》ぐことが目的だった。そう推測している」

エリオットが死ねば、残されるのは幼い跡継ぎだけだ。必然、ダン家は力を失う。今も辺境には、ダン伯爵家の軍が存続しているが、大将が不在では勢いに欠ける。

隣国との国境を守るダン家と、国内随一の財力と軍備を誇るブラッドフィールド家が盟友関係にあることは、国内の貴族、いや王家にとっても脅威だった。

「私とエリオットが、学生時代に友情を築いたことがすべての不幸の始まり……とは、思いたくないな」

「当たり前だよ。あなたとエリオットさんが親友で、何が悪いんだ。悪いのはくだらない派閥争いをしてる奴らだろ。犯人は誰か、わかってるの？」

「だいたいの目星はついている。ただその目星の数が多くて絞り込めない、というのが実情だな。ことによると王家も関わっているかもしれない」

王家、国王だ。セシルの脳裏に、一度も謁見《えっけん》したことのない国王陛下の顔が浮かんだ。前世でちらりと見たことがある。

ヒロインの宿敵、王位の簒奪者だ。

続いて、アーサーを罠《わな》にはめた、外伝の黒幕の姿が思い浮かぶ。本編でアーサーに嘘を吹き込み、サディアスを殺させた男だ。

もしかしたら、ヒロインとアーサーの敵は、繋がっているのかもしれない。

「タッド――」

彼に話したい。自分の知っていることすべてを。

到底、すべてを信じてもらえるとは思えない。それでも話すべきだ。

物語が始まる以前からずっと、サディアスを陥れようとする策謀は続いていた。それは未来に繋がり、アーサーにも関わってくる。

いや、もうすでに彼らとアーサーの関わりは始まっているのかもしれない。今日、街で遭遇した拉致犯たちは、真っすぐにアーサーを狙ってきた。

セシルの頭だけで考えるには、あまりに事が大きすぎる。王都のことは、物語以上のことは知らない。サディアスに相談するべきだ。

何から打ち明けようか。考えを巡らせようとした時、サディアスが軽く咽《む》せた。

「喉がつかえただけだ」

何でもないと、サディアスは言う。セシルはベッド脇の小机にある水を取り、コップに注いでサディアスに渡した。

「長話をしちゃったね。まだ休んでないと。お腹は空《す》いてない？　何か少し口にしたらどうかな」

「……ああ、そうだな。今はもう、夕食の時間を過ぎているか」

サディアスはまだ何か、話したそうにしていた。けれどセシルが口早に言うと、素直にうなずいた。

セシルも話すことがある。でも今は、サディアスを休ませるのが先だ。

まだ青ざめたままの美貌を見て、セシルは判断した。こちらも、伝える情報を整理しなければならない。

「じゃあ、消化に良さそうなものを運んでもらうね。食べたらよく寝て。あなたには休息が必要だ」

「口うるさい母親みたいだな。いや、妻か」

青い顔で軽口を叩くので、セシルは握り込んだままだったサディアスの手を、ぺしっと叩いてやった。妻、という言葉にどきりとしたのは、これで気づかれなかっただろう。

「口うるさくて悪かったね」

「いいや？　ありがたいよ」

セシルが睨むと、「本当だ」と、肩をすくめる。食事を持ってこさせたいのに、手を離してくれない。

「身体が弱ると気も弱くなるというのは、本当だな」

握られた手に視線を落とすと、サディアスがそう言った。その意味を正確に理解して、返す言葉が浮かばなかった。

心が震える。指先も震えていたのを、サディアスには気づかれてしまったかもしれない。

「してほしいことは、ちゃんと言葉にしないと」

自分の気持ちを誤魔化すために、そんなことを言ってしまった。しかし、今日のサディアスは存外に素直だった。こちらが再び言葉を失うくらいに。

「そばにいてくれ」

少しの間でいい、と、彼は付け加えた。セシルは黙って、ベッドに深く腰掛ける。するとサディアスが身をずらし、セシルに身をもたせたので、声を上げそうになった。

密かに想う男が、自分に甘えている。夢の中にいるような、不思議な気分だった。

「頭も撫でてあげようか。小さい子にするみたいにさ」

冗談めかして言ったのは、そうしないと冷静さを保てなかったからだ。

なのにサディアスは、「ああ」と、何でもないことのようにうなずいて、頭をすり寄せてくるではないか。

「……子供みたいだ」

恋人みたいだ。

思い浮かんだ言葉を、咄嗟にすり替えた。震えそうになる手で、そっと白金の髪を撫でる。

「ああ。私もそう思う」

本人がけろりと言うので、自然に笑えた。何度もゆっくりと、アーサーにするように、男の髪を撫でる。

サディアスはセシルに身を預けたまま目をつぶり、深く呼吸した。マッサージを受けた時のように、身体の力が抜けてくつろいで見えた。

不意に泣きたくなる。幸せな気持ちだった。残酷な幸せだ。

サディアスはこんなにも自分に気を許し、甘えてくれている。でもそれは、親子としてだ。感情としては、兄弟に近いのかもしれない。

でもセシルは、サディアスの伴侶になりたい。息子ではなく、彼の妻に。

許されない想いだ。サディアスにとっては、おぞましい感情だろう。養子で、しかも男から懸想されるとは。

自分を襲った男の亡霊が視界をかすめて、セシルは目をつぶった。

隣の男の穏やかな息遣いが、やがて寝息に変わるまで、すべてを頭から追い出し、何も考えないようにしていた。


サディアスはその後の二日間、床《とこ》に伏していたが、これは体調が悪かったというより、医者とセシルの判断だった。

よく休めば大丈夫、などと言えば、サディアスは翌日から「もう治った」と、起き出して仕事をするに決まっている。

そこでセシルは医者と相談し、「最低でも、二日間はベッドにいること」と、医者の口から言ってもらった。

診断を受けたサディアスは、倒れた翌日からすでに、「もう熱は下がったんだが」と、不満そうにしていたものの、きっちり二日間、ベッドで休養してくれた。

二日目には顔色が良くなっていて、三日目にようやく床払いをした時には、じゅうぶん疲れも取れ、すっきりとした顔になっていた。

その二日の間に、騎士団に引き渡した拉致犯の聴取も終わっていた。

セシルも半ば予想していたことだが、彼らは地元のゴロつき連中で、見知らぬ男に頼まれてやったと言い、その男の正体については詳しく知らなかった。

頼まれたのは事件の前日の晩で、黒髪の貴族の子をさらって、指定の場所まで連れてきてほしいと言われたそうだ。

セシルが街に出かけると宣言した日だ。サディアスが明日にしようと言って、日取りが決まった。その直後に、男はゴロつきに依頼したことになる。

その時点でアーサーが出かけると知り得たのは、家の者に限られていた。

騎士団が捜査をする前に、使用人の一人が行方《ゆくえ》をくらました。ブラッドフィールド邸の厩舎《きゅうしゃ》で働く男で、馬車の手配のために予定が知らされていた。

逃げた男は翌日、下町の安宿で首を吊った状態で見つかった。自殺のようだが、索条痕《さくじょうこん》から、騎士団は他殺と判断した。

拉致犯に依頼してきた男の風体を聞き出し捜索したが、見つからなかった。

男がアーサーをさらって連れてくるよう指定した場所も、ただの人目のない森の中で、犯人の正体に結び付けられるものは何もなかった。

さらにブラッドフィールド邸にいる人員すべてが調査を受けたが、手がかりになる情報は何も出てこなかった。

拉致犯を領警察に引き渡し、捜査は終了となった。

「一連の事件で、犯人の目星は付いてるって言ったよね。そのことであなたに、話があるんだけど」

セシルがサディアスに話を持ち掛けたのは、事件から一週間が経ってからのことだ。

サディアスは、倒れて三日目には起き出して、さっそく仕事を始めようとした。セシルや侯爵家の秘書官たちが説得して、最低限に仕事量を留めるようにした。

一週間経った今も、それは続いている。政務に多少の支障が出るかもしれないが、サディアスが身体を壊してしまっては、どうにもならない。

あらかじめ時間を決め、それ以上は仕事をしないようにと約束させているものの、ちゃんと見張っていないと、時間を過ぎても平気で仕事をしようとする。

今も夕方の定時を過ぎても書類を片付けないので、セシルは強引に書類を奪って机の上を片付けていた。

ムッとするサディアスを睨み返し、使用人にお茶を持って来させ、無理やりそれを飲ませた。放っておくと、この男は水分も摂らないのだ。

セシルがペンやインクを片付ける間、サディアスはいかにも手持ち無沙汰《ぶさた》そうに机を指で叩いたりしていた。

セシルが相談を持ち掛けるとぴたりと止まり、言ってみろ、というように顎で促す。

「この場でじゃなくて、改めて時間を取ってほしい。長い話になると思うんだ」

サディアスに打ち明けると決めてから、この一週間、何をどこまで、どのように話そうか考え続けていた。

悩んで迷って、今も考えが完璧《かんぺき》にまとまったわけではない。

サディアスが果たして信じてくれるか、という不安もあったが、正気を疑われても話さなければいけない内容だとセシルは思っている。

「できれば二人きりで。秘密ってわけじゃないけど、込み入った話になるから」

仕事を取り上げられてイライラしていたサディアスは、意外そうな顔をして苛立《いらだ》ちを引っ込めた。セシルがこんなことを言うのは、珍しいからだろう。

「今夜、食事を終えた後でいいか。時間はお前に任せる」

サディアスは、重要そうな問題を後回しにしない。すぐに決断した。

「ありがとう。えっと、アーサーが寝てからだから……九時頃でいいかな」

構わない、という返事をしてから、サディアスはクスッと笑った。

「アーサーはすっかり、お前に懐いたな」

ここに来て数日は遠慮がちだったアーサーだが、誘拐事件があって以降は、セシルに甘えるようになっている。

そうすぐに遠慮をなくすことはできないし、家族になるのはまだ少し時間がかかるだろうが、いい傾向だった。

何よりセシルも、義兄さま、義兄さまと、甘えてくるアーサーが可愛い。

「あなたの言葉があったからだよ。お義父さんとも仲良くしたいんじゃないかな。毎日、見舞いに来るだろう？」

「ああ。その日一日の出来事を話して、私の具合はどうかと尋ねてくる」

笑いを含んだ穏やかな声に、セシルも嬉しくなった。

優しい養父の思い出は、もしも将来、アーサーが親の仇だと吹き込まれたとしても、復讐の抑止力になる。

二人の関係を良くしていこうという、セシルの作戦は順調に進んでいたが、気を抜くことはできなかった。

アーサーの誘拐未遂事件という、物語にはなかったことが現実で起こっている。

彼はサディアスに引き取られてからずっと、ブラッドフィールド邸に押し込められ、家の外に出たことがない、という設定だった。

それが、セシルという義兄が付加され、そのセシルが街に出かけると提案したために、物語との齟齬《そご》が生じてきた。

恐らくは物語の世界線でも、誘拐の計画はあったのだろう。けれどアーサーが屋敷から一歩も出なかったために、事件は起こらなかった。

今後も、物語にはなかった出来事が起こる可能性がある。セシルが物語の結末を変えようとする以上、それは避けようのないことだった。

書斎の片付けを終えると、その後は少しの間アーサーと遊び、三人で夕食を食べた。入浴の後、寝る準備を済ませたアーサーをベッドに連れて行き、本を読んでやる。アーサーの世話をする子守り係もいるのだが、寝る時はセシルがいる方が安心するようだった。

アーサーを寝かしつけると、セシルは紐《ひも》で綴《と》じた一冊の冊子を持って、サディアスの部屋へ向かった。

彼は薄手のシャツとズボンの上にガウンを羽織って、居室の長椅子でくつろいでいた。テーブルには酒器が並んでいる。セシルが近づくと、サディアスは酒のグラスを自分の前と、その隣に並べた。

横に座れということだ。普段は向かい合わせに座るのに、どうして隣の席を勧めるのか。

サディアスは意味のないことはしないから、気まぐれではない。

「隣の方が話しやすいかと思った。嫌なら向かいでいい」

セシルの内心を読んだように、サディアスが言った。グラスを向かいに置こうとするから、慌てて「嫌じゃないです」と、隣に座る。

夜に、しどけない姿の美男と二人きり。本音はちょっと緊張している。

「お茶の方がいいか」

「酒でいいです」

というやり取りをして、セシルはサディアスが酒を注《つ》いだグラスをちびりと舐《な》めた。中身はブランデーだった。

セシルが改まって相談があると言ったから、彼の方も話しやすいように、考えてくれたのだろう。

意を決し、持参した冊子を差し出した。

「まずは、これを読んでほしい。読んで怪訝《けげん》に思うかもしれないけど、とりあえず最後まで読んでみて」

サディアスはセシルと冊子を見比べたが、黙って受け取った。

それはセシルがまとめた、物語の内容だった。

記憶のすべてを書き付けて、さらにそれを整理し、紙に書き出したものである。

アーサーと少女の幼少期から、仇敵《きゅうてき》サディアスを倒し、少女と結ばれて王配となること。

その後、サディアスに復讐したことは間違いで、アーサーに嘘を吹き込んだ人物こそが真の敵だったという外伝の内容まで、すべて記してある。

セシルについては一言も書いていない。もともと存在しない人間だからだ。

物語の登場人物の中には、名前を思い出せない人物もいて、そういう時は似顔絵を描いた。うろ覚えなのと絵心がないので、だいぶ稚拙《ちせつ》な似顔絵だったが。

結果的に、ずいぶんな厚みになった紙の束を、サディアスは黙って最後まで読んでくれた。途中で何度か前のページに戻ったりして、長い時間をかけて最終ページに辿り着き、そして顔を上げた。

「読んだ」

簡潔な言葉に、セシルは苦笑した。もっと、これはどういうことだ、とか、どうしてこんなことを知っているんだとか、あれこれ聞かれると思ったのに。

「そこに書いたのは、ぜんぶ俺の記憶なんだ」

セシルも端的に語った。「頭がおかしいと思われるかもしれないけど」と、前置きをする。

「俺には物心ついた頃から、別の人間の記憶がある。この世界ではない、別の世界の人の記憶が」

そこからすべてを語った。本当にすべてだ。前世の記憶は曖昧《あいまい》だったり、はっきりしていたり、不意に思い出しては忘れたりしたこと。

生家で叔父《おじ》一家に虐《しいた》げられていた頃、サディアスに関する曖昧な記憶を思い出したことも打ち明けた。

それからアーサーと出会い、すべてを思い出したことも。

セシルが話す間、サディアスは一言も口を挟まなかった。時折、グラスの酒を飲み、相槌を打つ。セシルが言い淀《よど》むと、ちゃんと聞いている、というふうにうなずいたりした。

おかげでセシルは、あらかじめまとめておいた話を、すべて順序だてて打ち明けることができた。

「こんな話をどこまで信じてもらえるか、わからないけど。俺はあなたを死なせたくない。アーサーが間違った復讐に手を染めるのも嫌だ。女の子のことも気になるけど、まずは三人で幸せになりたい」

セシルはサディアスを見据えて言った。

長い沈黙が下りた。サディアスは膝の上に置いた冊子を見つめたまま、しばらく何も言わなかった。

「お前がこの家に来た時も、黒髪の養子の話をしていたな」

やがてぽつりともたらされた言葉に、セシルはうなずく。

「面白い話だと感じたが、重要だとは思わなかった。どうとでも取れる未来予測だ。寄る辺を失った子供の、小賢《こざか》しい知恵だと判断した。それきり忘れていたが、アーサーを引き取ると決めた時、当時のお前の言葉を思い出した。あの予言は当たっていたなと」

言いながら、サディアスは冊子のページをパラパラとめくる。

「あの予言が現実になるなら、将来、私と私の養子の身に不幸が訪れることになる。いつかお前と、あの予言について話し合わねばならないと思っていた」

紙をめくる手が止まり、セシルの下手くそな似顔絵のページが開かれる。外伝の黒幕の顔である。

髪の色や顔の特徴など、思い出せる限り細かく補足説明を書き込んでいた。

『鷲鼻《わしばな》、眉は太い。割れあご、無駄に立派で偉そうな口髭《くちひげ》。侯爵。何とか大臣』

髪は焦げ茶で、瞳は緑である。現実に該当する人物が存在するかどうか、セシルは知らない。存在するとしても、今頃は王都か、当人の領地にいるはずだ。

彼は侯爵位を持つ名門家の貴族で、アーサーたちの治世では大臣の地位を得ている。

サディアスはずいぶん長いこと、その下手な似顔絵を見つめていた。

「今の王が、先代王の血を引いていないというのは事実だ」

セシルも似顔絵に目を落としていたが、その言葉に思わず顔を上げた。サディアスもセシルを見る。

「王宮でも、ごく一部の人間しか知らない。私は亡くなった父から、いまわの際に聞いた。誰かに話すのはこれが初めてだ」

最高機密だ。当然だろう。現王が実は、不義の子だったなんて、国を揺るがすほどの醜聞である。

「王妹のザラ・エオルゼ姫の縁談が決まった時、ずいぶん遠方に嫁がされるのだと話題になった。何も知らない者には不可解だっただろう。当時、ザラ様には他にいくらも縁談があったからな」

真実を知るサディアスには、理由がわかっていた。

物語通りだ。王は先代の血を継承する妹を恐れ、遠方に嫁がせた。

「娘が生まれたのも知っている。ちょうどアーサーと同じ年だ。王都にも話が入ってこないので、どうされているかと思っていたが。そうか、ザラ様は今はもう、亡くなられているのだな」

「信じてくれるの」

これほどあっさり受け入れてもらえるなんて、思っていなかった。いや、本当にすべて信じてくれているだろうか。

半信半疑で窺うセシルに、サディアスは目を細めて笑う。

「信じない理由がない。前世というのは検証が必要だが、お前の立場では知り得ないことを知っている。そもそも私の知っているお前は、虚言を吐いたりしない。このことを打ち明けたのだって、悩んだ末のことだろう。よほどの理由がなければ、これほど突拍子もない事実を私に告白することはなかったはずだ」

心の底からこみ上げるものがあって、言葉が出なかった。

サディアスがこれほどまでに自分を信頼し、理解してくれているとは思わなかった。彼のことは信頼していたけれど、心のどこかで恐れていたのだ。

この不可思議な真実を告げたら、正気を疑われるのではないか。あるいは軽蔑されるのではないかと。

はらりと涙がこぼれて、セシルは慌ててそれを拭《ぬぐ》った。けれど一度こぼれてしまうと、涙は後から後から溢れてくる。

「ごめん……ホッとして。こんなにすぐ信じてもらえるなんて、思わなかったから」

頬を拭おうとすると、その手を取られた。そっと抱き寄せられる。

「無理に感情を抑えなくていいと言わなかったか？　素直になっていい。少なくとも、私の前では」

優しい言葉に、もうこらえられなかった。セシルはサディアスの腕の中で、涙が溢れるに任せた。

もう何も怖がらなくていい。そんな気持ちになった。

何があっても、サディアスはセシルを軽蔑したり嫌ったりしない。

頬をすり寄せて泣くと、サディアスはセシルの髪を撫で、つむじの辺りに唇を落とした。

心地よくて、少しだけ上を向く。今度は前髪をかき上げられて、額にキスをされた。それは頬に滑り、あやすようなキスが二度、三度と繰り返される。

――もっと。

セシルはねだるように唇を薄く開いていた。目を開けると、間近に灰色の瞳がある。熱を帯びた瞳に見惚《みと》れていると、それはさらに近づいた。

唇が重なる。サディアスにキスされている。額や頬にするキスではなく、恋人にするような口づけを。

その事実に驚き、セシルは小さく身じろぎした。途端、サディアスはハッとしたように目を見開き、唇を離した。

「……すまない」

気まずそうにするから、夢の中にいるようなふわふわした気持ちが一瞬で消えた。

「ごめん。嫌だったよね」

思わず謝ると、サディアスは表情に浮かべていたわずかな狼狽《ろうばい》を消し去り、かわりに呆《あき》れたため息をついて見せた。

「それはこちらのセリフだろう。私からしたんだ。すまない。息子にすることではなかった」

言って、抱擁を解こうとする。セシルは慌てて相手の手を取った。

「サディアスは、嫌じゃなかった？」

「嫌じゃないからしたんだ。だが適切ではなかった。すまない」

よそよそしい謝罪がもどかしく、乱暴にかぶりを振った。

「適切かどうか聞いてるんじゃない。あなたの気持ちを聞いてるんだ。俺に……男の俺にキスするの、嫌じゃない？」

繰り返される問いかけに、それでもサディアスはおざなりな態度を取ったりしない。真意を探るようにセシルを見つめてから、はっきりと答えた。

「男かどうかは意識していない。お前だからキスをした。私がしたかったからだ」

セシルは大きく息を吸った。喉が震えて、ヒューヒューとおかしな呼吸音が奥から漏れた。

「男同士で……気持ち悪くない？　もし、もし俺が……お、俺のこと、嫌いにならない？」

好きだと伝えようとして、すんでのところでためらってしまった。セシルの言葉は、まったく要領を得なかったはずだ。

けれどサディアスは、眉根を寄せてわずかに表情を変えた。

「誰かに、何か言われたのか」

怒っているように聞こえて、セシルは怖くなる。サディアスは真剣な顔でセシルの肩を摑んだ。

「セシル。言いなさい。誰に何を言われた」

「……俺を、襲った人」

当時の記憶と相まって、恐怖のあまり頭の中がぐちゃぐちゃになる。幼い子供のようにたどたどしい受け答えになってしまった。

「ゴーブルか？　マッギル邸事件の」

サディアスの表情がさらに険しくなる。恐ろしくて涙がこぼれる。この人に嫌われたら、生きていけないと思った。

「ごめ……」

「何と言われた」

逃げることは許されない、そんな気迫があった。話さなくてはと思うのに、頭が痺《しび》れたようになって、うまく考えられない。

「セシル」

「あ……あなたが男色が嫌いだって、言ってた。男同士なんて嫌悪して、軽蔑してる。俺が男に犯されたって知ったら、追い出されるから黙ってろって……」

目の前の灰色の瞳が大きく見開かれた。ぎりっと奥歯が嚙《か》みしめられ、サディアスの中で怒りが爆《は》ぜるのをセシルは見た。

その怒りが自分に向けられるのではないかと恐怖したが、次の瞬間にはサディアスに抱きしめられていた。

「あの男……私が殺してやりたかった」

怒りに低く呻《うめ》く声が、耳元で聞こえる。抱きしめる腕に力が込められ、強すぎて息ができないくらいだ。

苦しかったが、今のセシルにはちょうどよかった。

「すまない、セシル。お前はずっと……」

その先を、サディアスは言わない。けれど意味は伝わった。

ずっと、怖くてたまらなかった。サディアスへの想いを抱え、それを本人に知られることを恐れてきた。

これは呪いだ。アーサーが母や祖父から呪いをかけられたように、セシルは死んだゴーブルに呪いをかけられていた。

でも今、その呪いが解かれようとしている。

大きな手が自分の後頭部を優しく撫でるのを心地よく思いながら、セシルはぼんやりとそんなことを思った。

「私が男色を嫌悪して、軽蔑している？　そんな事実はない。死んだ男の戯言《ざれごと》だ」

セシルはサディアスの腕の中で、「本当に？」と、くぐもった声を上げた。

彼が嘘をつかないと知っているのに、それでも確認せずにはいられない。これもアーサーと同じだ。不安でたまらないのだ。

「学生時代に、逢引きしてる生徒を見つけて、みんなの前に引きずり出したって。あなたに言い寄った人が没落したとも言ってた」

「事実をずいぶん歪曲《わいきょく》しているな」

サディアスは言って、ふん、とつまらなそうに鼻を鳴らした。

「私が嫌悪し侮蔑するのは、男同士の色恋ではない。所かまわず情交に耽《ふけ》って公序良俗を乱す者どもと、相手の気持ちを考えず自分の欲望を押し付けようとする輩《やから》だ。特に、こちらを年下の少年と侮って、力ずくで相手を組み伏せようとする連中には、相応の制裁を加えた」

簡潔な説明だったが、学生時代に何があったのか、薄《う》っすらと理解できた。

「それだけだ。私は性愛の相手が同性でも異性でも構わない。だがお前には、嫌なことを思い出させてしまったかもしれないな。すまなかった」

サディアスは抱擁を解き、申し訳なさそうな表情を浮かべて、セシルの唇を軽く指の腹で拭った。

セシルは急いで首を横に振る。嫌なんかじゃないのに。

「嫌じゃない。あなたにされるのは、嫌じゃない」

なぜならあなたを、息子としてではなく愛しているから。

その言葉だけは口にできなかった。どうしても、勇気が出ない。

サディアスはそんなセシルを、黙って見下ろしていた。セシルも目を逸らさずにいると、頬をさらりと撫でられる。くすぐったさに軽く身をすくめたが、やはり灰色の瞳を見つめ続けた。

男臭い美貌が静かに近づいてくる。彼の唇が軽く頰をかすめ、サディアスはまた検分するようにセシルを見つめた。

「これは嫌か？」

セシルはかぶりを振る。今度は唇にキスをされた。

「気分が悪かったら言いなさい」

「悪くない。嬉しい……」

言葉にすると声が震えた。唇を嚙みしめると、あやすようにまたキスをされる。

「あなたは、どうして俺にキスするの」

こんな聞き方は卑怯《ひきょう》だと思う。でもこうなってさえ、自分からは言えないのだ。

大きな手が、セシルの恐怖を拭うように頰を撫でる。

「お前を愛していて、できるなら抱きたいと思っているからだ。お前のことを息子としてではなく、一人の男として愛している」

我知らず、顔がくしゃりと歪んだ。涙がこぼれる。その涙は、サディアスの唇が舐め取ってくれた。セシルはサディアスの首にしがみついた。

「怖いか」

「怖くない。わかってるくせに」

「推し量ってはいるが、あくまで予想でしかない。はっきり言ってくれ。言葉にしないとわからない」

いつぞや、セシルがサディアスに言ったことだ。確かにその通りだと思う。

「俺も、好きだよ。ずっと好きだった。あなたに恋して、触れるたびにドキドキしてた。でも俺はあなたの息子だから、絶対に知られちゃいけないと思ってた！」

耳元で、サディアスの熱いため息が聞こえた。腰を抱き寄せられ、ぴったりと身体が合わさる。相手の体温が伝わって、身体が熱くなった。


いつから？　と、キスの合間にセシルは囁くように聞いた。

「さあ」

サディアスは一度はぐらかしてから、目をぐるりと回し、「マッギル邸事件の時だな」と、答えた。マッギル邸という言葉を聞いた時の、セシルの反応を窺うように見つめる。

セシルは大丈夫だよ、と伝えるために、長椅子から腰を浮かせ、自分からサディアスにキスをした。

身体の中に綿菓子がいっぱい詰まったみたいに、ふわふわ甘い。でもまだこうなったのが信じられなくて、心臓が高鳴っている。

長年抑え込んでいた感情を解放したせいか、サディアスの身体に触れるたび、相手の肢体の逞しさや温もりを感じ、下半身が重くなる。はっきり言えば、欲情していた。キスだけで発情する自分を恥じ、目を伏せる。しかし、サディアスのズボンの下腹部がはっきりと隆起しているのを目にした途端、かあっと全身が熱くなった。

ごくりと喉が上下してしまい、慌てて咳払《せきばら》いなどしてみる。でもサディアスは、セシルの状態にとっくに気づいていた。

クスッと笑って長椅子から立ち上がる。

「隣の部屋に移っていいか」

隣は寝室だ。おずおずとうなずくと、サディアスはキスを一つして、セシルを抱え上げた。

「あ、ちょ……」

「軽いな。もっと太りなさい。心配になる」

最後の一言に何も言えなくなって、セシルはサディアスの首にしがみついた。

サディアスはクスッと笑い、セシルを抱えたまま寝室へ移動する。心臓がバクバクしているのは、彼にも伝わっただろう。

「一緒に寝るだけだ」

移動しながら、そう付け加えられた。

「寝るだけ、なの？」

それはそれで残念な気がした。サディアスが、ぐっと息を詰める音が伝わる。

「煽《あお》るな。今日は少なくとも、最後まではしない。男同士の情交がどういうものか、お前は知っているか」

「俺、知識だけは豊富だよ」

何しろ前世分の記憶がある。セシルが言うと、サディアスは「そうだったな」と真面目な声でうなずいた。

そうこうしているうちにベッドに辿り着く。サディアスは片腕だけでセシルを抱え、もう一方の手で上掛けをめくって、そこにセシルを横たえた。口づけをしてから、自分もその隣に潜り込む。

「ならわかるだろう。いきなり、これを入れるのは無理だ」

手を取られ、サディアスの下腹部に導かれた。手に触れた物の熱さと大きさに息を呑む。服の上から見て薄っすらわかっていたけれど、サディアスの一物は大きく、そして情欲に滾《たぎ》っていた。

興奮が伝わり、セシルの呼吸も浅くなる。軽くそれを撫で上げると、サディアスが小さく息を漏らした。

「いたずらな手だ」

「自分から押し付けたくせに」

「ああ。たまらなく興奮してる」

言ってサディアスは、セシルに覆いかぶさり濃厚なキスをする。組み敷かれ、サディアスの下腹部がセシルのそこに擦《こす》りつけられた。わざとだろう。

「あ、ふ……っ」

「愛してる、セシル。嫌になったら止めてくれ。今ならまだ……かろうじて耐えられる」

聞いたことのない切ない声音で囁かれ、セシルはたまらなくなった。

こんなに人間臭く、興奮したサディアスの声を聞くのは初めてだ。布越しに擦れ合う性器が、汗のせいだけではなく濡れている。

それでも、セシルの意に沿わなければやめるというのだ。

「止めない。嫌になんかならない。ほんとは最後までしてほし……んっ」

残りの言葉を口にする前に、唇を塞がれた。シャツ越しに指の腹で乳首を捻《ひね》られる。ビリビリと快感が走り、セシルは思わず腰を浮かせてしまった。

「煽るなと言っているのに」

低い声が囁いて、何度もキスをされ、下腹部を擦り付けられた。シャツのボタンが外されて、襟の合わせからサディアスの手が潜り込んでくる。コリコリと乳首を揉まれて声が出た。

「や、ん……あっ……ねえ」

キスの合間に思い出して、サディアスのシャツの裾を引っ張った。

「あの事件の後からって……んっ」

サディアスは、どういう過程でセシルを意識してくれたのだろう。こんな時にとは思うけれど、気になったのだ。

サディアスはキスではぐらかそうとしたようだが、セシルが軽く睨むと観念したらしかった。軽くため息をつき、くしゃくしゃとセシルの髪をかき混ぜる。じゃれているみたいでくすぐったかった。

「さっき言った通り、自分の気持ちに気づいたのは事件の時だ。お前が死にかけたと聞いて、柄にもなく取り乱した。お前を失ったらどうしようかとうろたえて、そのこと以外、何も考えられなくなった。屋敷に戻って生きているお前の顔を見て、自覚したんだ。誰にも奪われたくない。お前のことを家族としてだけでなく、恋愛と性愛の意味でも愛しているんだと」

感情を抑えた淡々とした口調に、身の内に燻《くすぶ》る熱がまた上がった気がした。

「嬉しい。はぐらかすことないのに」

「あの時まだ、お前は十六だったんだ。成人前のお前をそんな目で見ていると知れたら、まずいだろう。それに……」

サディアスはそこで、珍しく言い淀んだ。セシルを見つめ、苦しそうな顔になる。

「何？」

言ってほしい。目顔で告げると、サディアスはセシルを見つめたまま、頬や髪を撫でた。

「お前に、申し訳ないことをしたと思っている」

現在進行形だった。

「私の養子になったばかりに、お前は見知らぬ男に乱暴され、死にかけた。私が判断を誤ったんだ。せめてお前を手元に置かず、男爵《だんしゃく》家に戻しておけばよかった」

「それは違うよ」

セシルは思わず声を上げた。

「養子にしてくれって押し掛けたのは俺だし、あなたのそばにいたかった。この屋敷で育って幸せだった。ずっとここにいたい。あの事件はあなたのせいなんかじゃない」

一息に言ってから、「でも」と、言葉を繋げる。

「あなたがそう考えるのも理解できる。俺もあの事件で、罪悪感を覚えていたから」

「派兵が遅れたのは、お前のせいじゃない。……そう言ったところで、後悔は変わらないな。私もお前の気持ちがわかる。お前が罪悪感を覚えていることも、薄々勘づいていた。それでも話し合う勇気がなかった。この家を出て行くと言われるのが怖かったんだ」

二人とも、同じことを恐れていた。サディアスもセシルと離れたくないと思っていたのだ。

セシルは腕を伸ばしてサディアスに抱きついた。サディアスもセシルを抱きしめる。

「俺は出て行かないよ。あなたの側を離れたくない。老後はあなたの介護をして、あなたを看取ってから死ぬのが目標なんだから」

抱き合いながら言うと、耳元でサディアスが低く笑った。

「それはありがたい目標だな」

「せいぜい長生きしてよ」

「お前に飽きられないよう、努力する」

彼にしては殊勝な心掛けだ。セシルは笑ってサディアスの背中を撫でた。

「飽きたりしないよ。この気持ちはちょっとやそっとじゃ変わらないと思うね。何しろ俺は、あなたが想ってくれるよりもっと前から、あなたのことをそういう目で見てたんだから」

自慢にもならないが、冗談めかして自慢げに言ってみせる。サディアスはその言葉に抱擁を解いて身を起こし、真面目な顔でセシルを見下ろした。

「いつからだ?」

「少なくともあなたが自覚するより、二、三年は早かったね。肩を揉むためにあなたの身体に触れるたび、ドキドキしてた」

胸が高鳴るのさえ罪だと思っていた。でも今、素直にあの時の気持ちを口にできる。

サディアスは薄く笑い、キスを再開した。セシルのシャツのボタンはすべて外され、ズボンの前もくつろげられる。

自分だけ脱がされるのは不公平な気がして、セシルもサディアスのシャツのボタンを外しにかかった。

「だからだな。『思春期』だと言い始めた頃から、お前は美しくなっていった。ただの痩せっぽちな子供だったのに、眩《まぶ》しく見えた。早く結婚相手を探してやらなければと思ったんだ」

「やだよ。俺、結婚したくない」

セシルは慌てて言った。

自分から養子にしてくれと頼み、曲がりなりにも跡取り候補なのに、結婚したくないなんて我がままだと思う。

サディアスの気持ちを聞く前は、いつか義務を果たさなければと考えていた。でも今はもう無理だ。養父にこんな感情を抱く自分が結婚したところで、相手も自分も不幸になるだけだろう。

「しなくていい。独身宣言をした私が、お前に結婚を強《し》いるはずがないだろう。それに今はもう、お前をどこにもやりたくない」

情熱的な声音と共に、下着ごとズボンを脱がされた。勃《た》ち上がった性器が露《あら》わになり、思わず前を押さえてしまった。

サディアスはセシルの両腕を捕らえ、組み敷いて強引に口づける。

「お前を私のものにしたい」

願いなのか宣言なのか、浅い息遣いの合間に囁かれた言葉は、判断がつかなかった。どちらでもいい。自分はもうサディアスのものだ。

「俺の気持ちはもう、とっくの昔にあなたに捧げてる」

セシルの肌をまさぐる手が、一時止まった。かと思うと、荒々しく貪《むさぼ》るように唇を奪われ、下腹部を擦りつけられた。

「ん……ん、服が、汚れる」

自分がこぼした先走りが、サディアスのズボンを濡らすのを見て、セシルは恥ずかしくなった。逞しい胸を両手で押さえて抵抗を示すと、サディアスは黙って身を起こし、シャツを脱いだ。

サディアスの裸を見たのはこれが初めてで、興奮に呼吸が浅くなる。

そんなセシルを無言で見下ろしたまま、サディアスは素早くズボンをくつろげた。下着ごと下ろすと、ぶるんと逞しい男根が跳ねた。

「あ……」

やっぱり、サディアスのそれは大きい。色が濃く、エラが大きく張っていて形も凶悪だった。凶器みたいな一物を、小柄な自分が受け入れられるのか、不安と興奮が入り混じる。

サディアスはそんなセシルの内心を見透かしたのか、クスッと笑った。

腰を落とし、セシルの臍《へそ》の下に裏筋をゆっくり見せつけるように擦りつける。

「あっ」

「言っただろう？　いきなり最後までは無理だ」

「ん……。すごく、大きい」

セシルはおずおずと性器に手を伸ばす。陰茎を握ると、ビクッと跳ねた。太くて熱い。

「これから少しずつ慣らして、いずれ私のこれをぜんぶ飲み込めるようにしてやる」

「今日は、ここまで？」

「いいや。もう少し先までだ」

最後の言葉は、やや冗談めかして聞こえた。こめかみと唇に軽いキスをされ、手を取られた。サディアスは腰の位置をずらし、張り詰めたセシルの性器に自分のそれを擦りつける。セシルの手を導き、一緒に握り込んだ。

「そのまま、手を添えていろ。……そう、上手だ」

セシルが手筒を作った上にサディアスが手を添え、ゆっくりと腰を動かす。

裏筋が擦れ、手筒がカリ首を刺激するので思っていた以上の刺激があった。互いの鈴口《すずぐち》からこぼれる先走りで滑り、快感はいっそう強くなる。

「あ、ん……、タッド、これ……」

「いいか？」

こくこくと何度もうなずくと、男臭い美貌が艶やかな笑みを浮かべた。

いつも厳めしく冷徹に見えるのに、こんな色っぽい表情もできるのだ。そう思うと胸の奥がキュンと甘く疼《うず》き、興奮がさらに高まる。

「ん、あ……」

波が押し寄せてきて、セシルは縋る目でサディアスを見た。彼はクスッと笑う。

「早いな」

「うるさ……あ、もぅ……」

サディアスの大きな手が、追い上げるように亀頭を強く扱《しご》く。同時に腰を振り、セシルの唇を貪った。

初めて与えられる快感はどれも強すぎて、セシルには耐えられない。

「あ、あっ、タッド」

「我慢せずにいきなさい。私ももう、達してしまいそうだ」

掠《かす》れた声に囁かれ、目がくらむような快感が駆け抜けた。

身体が快感のあまり軽くのけぞり、息を詰めながら達した。それとほとんど同時に、サディアスも射精する。

セシルの精が二人の手を濡らしたが、サディアスの巨根からこぼれるそれは、量も多かった。赤黒い性器がびくびくと震えながら大量の精を吐き出した後、間を置いてまた吐精する。

サディアスが軽く眉根を寄せて目をつぶっている姿も、色っぽくていやらしかった。

そんな彼の様子を見ていると、射精したばかりなのに興奮がぶり返してくる。

「若いからか。まだ硬いな」

荒く熱い息を吐きながら、サディアスが笑った。そう言った彼の性器も硬く反ったままだ。

セシルがうなずいて潤んだ目を向けると、甘いキスが降りてくる。

そのキスに応えながら、ゆっくりと手を上下させると、サディアスも軽く腰を揺すり始めた。

先ほどよりはまだ少し、セシルも余裕がある。サディアスも戯《たわむ》れるようにセシルの頬や額、こめかみにキスを降らせて、二人はゆっくりと二度目の行為を楽しんだ。

五

「セシル。今夜また、時間を取ってくれるか」

翌日になって、サディアスが言った。

昼食のテーブルの席である。アーサーがセシルの向かいの席で、嬉しそうにプチトマトを頬張っていた。甘みと酸味のあるプチトマトは、ブラッドフィールド邸の家庭菜園で採れたもので、アーサーのお気に入りの一つだ。

彼の前髪はまだ長いままだが、最近は使用人が左右に分けてセットしていて、はっきりと目元が見えるようになっていた。最初は少し気にしていたが、もう慣れてしまったようで、目が合っても無邪気ににっこりする。

「昨日聞かされた話の続きがしたい。対策も練らねばならないしな」

今夜という響きにちょっとドキッとしたものの、真面目な話だとわかり、セシルは慌てて居住まいを正した。

物語についてサディアスに打ち明けたけれど、それでどうするか、という話はまだしていなかった。

「わ……わかった。昨日と同じ時間でいいかな」

するのは話の続きで、行為の続きではない。言い聞かせたが、ドキドキしてしまう。サディアスはいつもとまったく様子が変わらなくて、それが悔しかった。

「ああ。それで構わない」

アーサーの見ていないところで、薄く笑って見せたのはわざとだろう。

その微笑みがまた色っぽくて、癪《しゃく》に障《さわ》る。自分ばかりどぎまぎしている気がする。

昨夜は行為の後、サディアスの寝室でそのまま眠った。

快楽の余韻に浸りながら、サディアスの腕に抱かれて眠るのは最高に幸せだったのだけど、朝起きるとサディアスはもういなかった。

セシルが寝坊したのだが、疲れているようだからと、そのまま寝かされたらしい。

自分のベッドにセシルがいることを使用人に伝えておいたようで、サディアスの部屋付きの使用人は素知らぬ顔で、セシルの身支度を手伝ってくれた。

成人した養子が養父と同じベッドで寝ることに、思うところもあっただろう。ローガンの耳にも入っているはずだが、遅く起きてきたセシルに対して、彼の態度は少しも変わったところがなかった。

遅い朝と、サディアスの寝室で目覚めたこと以外、普段と変わらない。

夢だったのかなと思ったが、昼食の席で昨夜ぶりに顔を合わせたサディアスが、甘く艶のある微笑みと共に、「身体は大丈夫か」と尋ねてきたので、現実だと実感した。

身体も心もまったく問題ない。というか、絶好調という感じだ。ぐっすり眠って身体はいつになく軽かったし、心は浮かれている。

片想いの人と両想いになりました、と大声で叫びたい気分だが、そう浮かれてばかりもいられなかった。

サディアスが言ったとおり、今後のために対策を練らなければならない。

「アーサー。お前にもそろそろ、家庭教師をつけよう」

ご機嫌で山盛りのプチトマトを食べていたアーサーが、名前を呼ばれてハッと顔を上げた。サディアスは相変わらず厳めしいが、アーサーはもう彼に怯えたりはしない。怖いのは顔だけ、ということをよく理解したようだ。

「かてい、きょうし?」

でも、聞き慣れない単語を聞いてちょっとだけ、不安そうにする。セシルをちらりと見るので、大丈夫だよとにっこり笑った。

「俺もこの家に来てすぐ、家庭教師の先生についてもらったんだ。先生に習って、勉強をするんだよ」

「べんきょう……」

「まずは字の勉強かな。字が読めたら、図書室の本もいっぱい読めるようになるよ」

アーサーは読み書きができなかった。まだ五歳だし、平民の子ならそれが当たり前だ。

でも彼は上級貴族の子供で、通常ならばこれくらいの年から読み書きを習うはずだった。文字が少しも読めないのは、祖父の家で一度も習わなかったかららしい。本を読んでもらった記憶もないそうだ。

今後、アーサーがどのような方向に進むにせよ、教育は必要だ。今から読み書きの勉強を始めても、早すぎるということはないだろう。

「お前も貴族の子供だから、学ぶことはたくさんある。一度には無理だから、少しずつ学んでいく。剣の稽古や馬の稽古もある」

「お馬さんにのれるの？」

馬と聞いた途端、アーサーの目が輝いた。

「ああ。まずは子供用の小さな馬からな。大事にできると約束するなら、馬を買ってやる。お前だけの馬だ」

「それって、名前もつけれる？」

「ああ。お前の馬だからな。その代わり、他の勉強もしなければいけないぞ」

「する！　べんきょうします！　お馬さんも、ぜったいだいじにする」

大きな声で返事をするのに、サディアスとセシルは、顔を見合わせて笑った。それを見たアーサーも、ふふっと笑う。

ブラッドフィールド邸は今日も穏やかで平和だ。この平和をいつまでも守りたいと思う。

いや、守るのだ。サディアスも自分も死なないし、アーサーを苦しめたりもしない。

セシルは改めて決意を固め、日中はバリバリと仕事をこなし、寝坊した分を巻き返した。合間にローガンと相談し、アーサーの家庭教師の手配も進める。

夜になり、いつものように絵本を読んでアーサーを寝かしつけた。

「このご本も、自分で読めるようになるかな」

お気に入りの物語をセシルに読んでもらった後、アーサーはそんなことを言っていたから、勉強にも抵抗なく入れるだろう。

「もちろん、読めるようになるよ。まだ読んだことのないお話もたくさん。俺の予想では、アーサーは勉強が得意だと思うな」

物語のアーサーは厳格な養父の下、膨大な量の詰め込み教育が施されたらしい。苦痛な少年時代だったとのことだが、その詰め込み教育をすべて吸収し、十五で家出をした時にはすでに、大学生程度の知識を得ていたらしい。語学にも堪能で分野を問わず知識が豊富だった。主人公らしく、彼こそがチート能力の持ち主だったのである。

嫌々勉強してもそれほどできるのだから、楽しく学べばより良い成果が出るだろう。まあ別に、出なくてもいいのだ。ただ幸せな人生が歩めれば。

「お馬さん来るの、いつだろう。名前は何がいいかなあ」

ゴロゴロとベッドの上を転がるので、もうちょっと先だよと上掛けを被《かぶ》せた。

「おりこうに目をつぶったら、お馬さんが早く来るかもしれないよ」

言うと、アーサーは慌てて目をつぶった。セシルは笑って彼の額にキスをする。

セシルが横に付いていてやると、しばらく薄目を開けたりクスクス笑ったりしていたが、じきに本物の寝息を立て始めた。

上掛けを肩までかけてやり、部屋を出る。そのままサディアスの部屋へ向かった。昨夜も通ったのに、今夜は妙にドキドキしてしまう。

浮かれた気分が半分、不安な気持ちが半分のドキドキだった。

二人きりでサディアスと会ったら、どんな顔をすればいいのだろう。昨夜のことは彼の出来心だったりしたら、どうしよう……などと、あり得ないことまで考えてしまう。

サディアスが一時の迷いなんかで手をだすはずがないのに。

部屋の前に辿り着き、頭を振って気持ちを入れ替えた。恋愛は脇に置いておかねば。今夜は真面目な話をするのだ。

深呼吸して扉をノックした。すぐに応《いら》えがあって中に入ると、サディアスは昨夜と同じくゆったりとした部屋着姿で長椅子に座っていた。

しかし、セシルが中に入ると席を立ち、中央の丸テーブルに移動する。

そちらにはすでにお茶の用意がしてあり、さらに昨夜セシルが渡した冊子が置かれていた。

「あちらに座ると、落ち着かない気分になるだろう……お互いに」

セシルが長椅子をちらりと見ると、サディアスは意味深な微笑みを浮かべてそんなことを言った。

その微笑みがまた色っぽく、セシルはすでに落ち着かない気分になっていた。

「まあ、そうだね」

真面目な話、真面目な話と心の中で唱える。顔が熱くなるのがわかった。

サディアスを見ないようにして席に着こうとしたのに、彼はクスッと楽しそうに笑ってセシルの頬を軽く撫でる。

「何するんだよ。せっかくこっちが意識しないようにしてるのに」

「すまんな。触りたくなったんだ」

さらりと言われて、さらに顔が赤くなる。セシルは相手を睨んだ。

「何かさ、キャラ変わってない？」

「キャラ?」

「前まで、冗談を言う人じゃなかったってこと」

それなりに長い付き合いの中で、サディアスの無表情の中にも感情があることはわかってきた。しかし、今夜は誰が見ても上機嫌だとわかるだろう。

楽しそうなのは結構だが、あまり色気を振りまかれるとこちらが平静でいられなくなる。

「エリオットが昔、浮かれて惚気《のろけ》ていたわけがわかった。当時はくだらないと思ったが、誰しもああなるものなのだな」

情熱的な言葉をさらりと口にする。こちらがへどもどしているのを見ると、愉快そうに笑って席を勧めた。自分も向かいに座る。

「さあ、ここからは真面目な話だ」

「人を振り回して、勝手な人だよ」

セシルは悪態をつきながら腰を下ろした。サディアスはやっぱり笑っている。ふん、と鼻を鳴らして用意されたお茶をカップに注いだ。

そこで気づいたのだが、テーブルに置かれたセシルの冊子に、いくつも栞《しおり》が挟んであった。あれからまた読み込んだのだろうか。

「今日の日中、人を手配した。ザラ姫の娘の消息について、これから探らせる」

その冊子を手元に引き寄せながら、サディアスが言う。さすがに仕事が速い。

「私の名前でザラ様の嫁ぎ先に手紙を送るのが早いが、そうするとエオルゼ王室にこちらの動きが知られてしまうからな。遠回りになるが、人を使って探らせるほうがいい」

国王は、前王の血を正しく受け継ぐ姪《めい》っ子、ザラの娘を疎《うと》ましく思っている。物語では娘の命さえ狙っていたから、こちらが消息を追っていることは気取《けど》られない方がいいだろう。

「消息がわかったら、どうするつもり？」

「できれば、こちらで保護する。宮廷には内緒でな。国王陛下にはすでに王子も王女もおられる。王位の奪還は容易ではないというか、今の段階では現実的とは思えない。しかし将来、アーサーの家出を阻止するなら、彼女は孤立無援になるのだろう？　今のうちに保護しておくのが得策だ」

「どうしたって、物語通りにはいかないよね。少女が奪還するはずの王位については、ひとまず置いておくってことか」

前王の血を引いてなかろうと、今の国王は正式に王だと認められている。国政についても目立った混乱はなく、先の戦争についての判断を除けば、悪政を敷いているとまでは言えない。

ここで前王妃の不義を持ち出し、異国に嫁いだ王妹の子が王位の正統性を主張すれば、国内にいらぬ混乱をもたらしかねない。物語の中でも、少女とアーサーが立ち上がることで内乱の一歩手前まで騒ぎが起こっていた。

「そう、様子見だな。どのみち物語でも、王位を奪還するのは十数年後なのだろう。少女を見つけて、その資質を確かめてみないことには。お前が知っている外伝とやらも、せいぜい二十年以内の未来までだ。その後、少女の治世がうまくいくという保証はない」

これは現実で、外伝が終わって真の黒幕が死んだ後も、国は続いていく。その後のことは書かれていないし、セシルも知らない。

王位を奪還した少女の治世が平和とは限らないのだ。サディアスに言われて、初めてその現実に気がついた。

「サディアスってすごいね。俺、そこまで考えてなかった」

物語のシナリオをどう変えるか、目先のことにばかり集中していた。王位なんて簡単に言うけれど、その下にはエオルゼ全国民の暮らしがかかっているのだ。

物語の筋書きを知って、それでも現実的に考えられるサディアスはすごいと思った。

「現実に宮廷政治に関わって身近に感じている、というだけだ。その宮廷について、お前にも事情を知っておいてもらわねばならない。できれば中央とは切り離しておきたかったのだがな」

サディアスはそこで少し、苦い顔になった。

セシルはブラッドフィールド家の養子に入ってから今日まで、ほとんどを領地で過ごしてきた。領地経営を手伝うだけで、王都にも出向かず、宮廷に上がることもない。

最初に王都の学院に行かせなかったのは、階級主義の学院で幼いセシルがいじめられたり、サディアスの唯一の息子ということで危険な目に遭うのを恐れたからだった。

最初の予定では、一通りの礼儀作法などが身についたら、頃合いを見て王立学院に行かせるつもりだったらしい。

しかし、セシルが家庭教師について十分な学習成果を見せたため、このまま領地で養育されることになった。

一定の学業を修めた後は、セシルを王都に連れて行き宮廷にも関わらせるつもりだったそうだ。ゆくゆくはサディアスの後継者、ブラッドフィールド家次期当主として宮廷政治に関わらせる予定だったのだろう。社交界デビューもさせようとしていたらしい。

辺境の戦争が始まり、サディアスがそちらに手を取られて遅れた。

さらにマッギル邸事件があり、毒の後遺症で体調を崩しがちになって、サディアスはセシルを中央に関わらせることを諦めたのだ。

それはすなわち、後継者の資格を失うというわけではないけれど、跡取りとしては微妙だ。跡取りが引きこもりだと、現当主のサディアスもちょっと困った立場になるだろう。

でもサディアスは、セシルの身体と心を守るために、瑕疵《かし》を引き受ける道を選んだ。

サディアスはこれまでそういうことは一切口にしなかったから、セシルは諸々《もろもろ》の事情をすべてローガンから聞き出したのだった。

「あなたが俺のために、いろいろと考えてくれたり、諦めたりしてくれたのは知ってる。でももう、大丈夫だよ。俺たちのためにもアーサーのためにも、未来を変えたい。ドロドロの宮廷事情も、ぜひ知っておきたいね」

サディアスばかり戦わせて、自分は何もしないのは嫌だ。一緒に戦いたい。

「そういえば、お前は見た目に反して強《したた》かで根性があるんだった。八つで私と対等に渡り合ったのだからな」

渡り合った、というのかどうかはあやしいが、自分でもわりと根性はあると思う。

「うん。俺、しぶといからね。この人生で二度も死にかけたのに、死ななかったんだから。だから安心して」

にやりと笑って見せると、サディアスも笑った。そうだな、とつぶやく。

「お前はもう、守られるだけの子供じゃない。私も迷うのはやめた」

微笑んだサディアスの瞳は力強く、本当に迷いを払拭《ふっしょく》したようだった。

「話を戻そう。我々の目標は家族を守ること。ブラッドフィールド家とその領地の安寧だ。そのためには力を尽くすが、宮廷での発言権を高めようとか、野心は持っていない」

セシルはうなずいた。家族みんなで穏やかに暮らしたい。領地も平和であってほしい。

「しかし現実問題、我々は以前から、ブラッドフィールド家を脅威と見なす者たちに狙われてきた」

「サディアスの派兵に許可が下りなかったり、マッギル邸事件しかり、先日のアーサー誘拐未遂事件もその一つだよね」

「そうだ。ブラッドフィールド家を疎んじている貴族は大勢いるが、その中でも我が家の力を削ごうと積極的に動いている一派がいる。これまでの一連の事件の犯人は皆、同じ勢力だと私は考えている。今までそれが誰と誰なのか、最後まで絞り込めなかったが、昨夜これを読んでようやく、点と点が繋がった」

言ってサディアスは、冊子に挟んだ栞のページを開いてみせた。

外伝の黒幕の似顔絵が描かれたページだ。何度見ても絵が稚拙で恥ずかしい。しかしそう言えば、昨夜もサディアスはこれを熱心に見つめていた。

「この人も、実在したんだ」

サディアスとアーサーが実在するのだから、当然この男も存在するのだろうが、なんだか不思議な気分だった。

「まだ『無駄に立派で偉そうな口髭』は生えていないがな。子供の落書きみたいな絵だが、特徴はよく捉えている」

「一言余計だよ」

楽しそうに言うサディアスを、セシルは軽く睨んだ。

「稚拙な絵ですみませんね。この外伝の黒幕が、今回の犯人?」

「その一味、だな。この男一人では無理だ。今の彼は侯爵ではないし、『何とか大臣』の地位にもついていない。ここに書かれている権力を、まだ一つも手にしていない」

外伝が始まるのは、今から十数年後だ。顎割れ男はまだ髭を生やしておらず、外伝にあるような権力も持っていない。

「彼の名は、ウィリアム・ウィッグ」

セシルは首を傾《かし》げた。名前を聞いてもピンとこない。

「ごめん、名前は憶えてないんだ。ウィッグって、子爵家だっけ」

現世で読んだ貴族年鑑の内容しか思い出せない。そのことを素直に告白すると、サディアスはなぜか、興味深そうにセシルの瞳を覗きこんだ。

「では、この名前は？　ウィリアム・サーモンド」

「ウィリアム……サーモンド」

頭の中で、閉ざされていた最後の扉の鍵が、かちりと開いた気がした。

「サーモンド侯爵。サーモンド行政大臣。彼の手足となって動く愛人がいる。愛人の名前は確か……ハート夫人。ダブル不倫なんだ」

忘れていた記憶が連なって流れてくる。そう、あの髭の顎割れ男は、行政大臣だった。この国での行政大臣というのは、前世でいう内閣総理大臣のような位置にある。

「ハート……ハート男爵家だったか。こちらも調べてみよう。だが……なるほどな」

サディアスは愉快そうに喉の奥で笑った。彼の中で、何か得心するものがあったらしい。

「ウィリアムは今、ウィッグ子爵だ。サーモンド家当主、セオドリック・サーモンド侯爵の秘書を十年ほど務めている」

「秘書……侯爵の息子とかじゃないの？」

頭の中にある、貴族年鑑の情報を懸命に思い出す。セオドリック・サーモンド侯爵は、だいぶ高齢だったはずだ。

「セオドリック・サーモンド侯爵に息子はいない。年がいってからできた愛娘《まなむすめ》が一人いるだけだ。今現在その娘は、十六、七だったかな」

「……そうか。娘婿」

頭の中にひらめいた言葉を口にした。サディアスがうなずく。

「ウィリアム・ウィッグが将来、サーモンド侯爵を名乗るとすれば、サーモンドの一人娘と結婚する以外に考えられない」

「今はまだ、結婚してないってことか」

「それどころか、婚約すらしていない。老サーモンドは自分の目の黒いうちに、後継者に相応しい男を愛娘と添わせようとしている。有力候補が数名いるが、ウィリアム・ウィッグはその中に入っていない」

「候補者ですらないんだ」

顎割れウィリアムは、十数年後の外伝では結構なおじさんだから、サディアスと同じくらいか、もっと年上だ。今、三十代だとしても、十六、七の娘とはだいぶ年の差がある。

「ウィリアムは秘書だが、老サーモンドの腹心の部下というわけではない。頭はキレると評判だし、そこそこ二枚目でもある。ただ遊び人でな。女にはモテるが、大事な一人娘をやろうとは思えない相手だ」

「でも、物語ではサーモンドの一人娘と結婚して、爵位を継ぐ。おまけに行政大臣になるし」

「そこが興味深い点だ。ちなみに老サーモンドは穏健派で、我が侯爵家とも所縁があり、私ともそこそこの友好関係を築いている。彼の立場で私を狙うことは、まずあり得ない」

「つまり、今のサーモンドさんは犯人の一派じゃない、と」

「私を潰したところで、何の利益にもならないからな」

「老サーモンドは一連の事件に加担していない。でも、彼の秘書であるウィリアムは加担している。でもって、ウィリアムだけでは力不足。だから仲間がいる」

サディアスは大きくうなずいた。

「ところで、ウィリアムは女たらしの遊び人で、夜の社交場によく出入りしている。王都には、貴族たちが夜な夜な賭博や情事に耽る場所がいくつかあるんだが、彼が頻繁に出入りしている場所はだいたい決まっている。とある伯爵夫人の別邸だが」

王都には、放蕩《ほうとう》貴族たちが夜な夜な集まる場所があるのだそうだ。どこかの店ではなく、同じ貴族の屋敷や別邸が溜《た》まり場になっているのだとか。

夜の社交場がどんなものか、ピンとこないセシルのためにサディアスが教えてくれた。

「サディアスも、そういう場所に出入りしたことがあるの？」

それは素朴な疑問だった。特に他意はなかったのに、サディアスはちょっと気まずそうな顔をした。

「昔、一、二度だけ。エリオットに連れられて仕方なくだ。今は行っていない。先ほどの情報は、王都にいる諜報部員から聞いたものだ」

言い訳めいた早口だったので、セシルは笑ってしまった。

「わかってるよ。あなたに遊び歩く暇なんかないもの」

仕事のし過ぎで倒れたくらいなのだ。

「ごめん、話がそれた。そのウィリアムが出入りしてるっていう社交場に、彼の仲間がいるってことだね」

「話が早くて助かる。そう、表立って仲良くしているわけではないが、同じ社交場に出入りしている貴族の中に、私が犯人ではないかと目星をつけていた男がいる。レクター・スミス伯爵という」

前世の物語の記憶に、そういう名前はなかった。あるのは現世の情報だけだ。

「スミス伯爵って、もしかして『船のスミス家』？　名前だけ知ってる」

「ああ。海運業で財を成し、のし上がった家だ。私の祖父が鉄道事業を起こすまで、国内外の輸送の多くを担っていた」

そのブラッドフィールド家が起こした鉄道事業は、輸送革命でもあった。陸路での大量輸送が実現するようになり、国内輸送は一気に船から鉄道に取って変わったのである。

まだ国外への輸送シェアはスミス家が大半を占めているが、国内シェアのほとんどはブラッドフィールド家に奪われてしまった。

「因縁の相手なんだね」

「積年の恨みがあるんだろうな。それに加えて代々の当主は野心家だ。中央政治にも食い込んでいる。我が家の鉄道事業を国外に輸出する計画があったが、事前に十分な根回しをしたにもかかわらず許可が下りなかったのは、先代スミス伯爵の横槍《よこやり》が入ったせいだ」

国外に鉄道が延びれば、スミス家の海運業はますますお株を奪われる。一度は阻止できたが、ブラッドフィールド家の鉄道事業はスミス家にとって脅威だ。

「現スミス伯爵とウィリアムが結託して、我が家を追い落とそうとしてるわけか」

「ちなみにお前が先ほど言っていた、不倫とやら」

「ハート夫人との、ダブル不倫」

「そのハート男爵は我が家の家臣だ。ハート家の本邸はここ、トウィルアレイにある」

我が家の家臣と言っても、代々そこに住んでいる家臣の家柄というだけだ。直接仕官でもしていない限り、忠義心などは期待できない。

しかし、サディアスのその言葉のおかげで、セシルの中でも点と点が繋がった。

「ハート夫人との不倫は未来の話じゃなくて、今も関係があるってことか。いや、少なくともマッギル邸事件の時点から」

「ああ。ウィリアムはハート夫人を通して、ブラッドフィールド家の情報を引き出すことができた。このトウィルアレイで堂々と誘拐が行えたのも、土地勘がある人間が仲間にいたからだな」

「スミス家は、ウィリアムが持ってくる情報をもとに、ブラッドフィールドの後継者たちを亡きものにしようとした、ってことか」

「その代わりに、スミスがウィリアムの後ろ盾になってサーモンドの娘との結婚を後押しする、という算段ではないかな。あの老サーモンドが簡単に後継者を挿《す》げ替えるとは思えないが、未来で政治の要職に就くことを考えると、ウィリアムはうまくやったのだろうな。スミスの協力がある以上、結婚さえしてしまえば、さっさと老サーモンドを消して、侯爵家を自分の思い通りにできる」

でも今はまだ、ウィリアムは結婚していない。彼はまだウィッグ子爵のままだ。

「それなら何としても、ウィリアムが婿になるのを阻止するべきだよね？」

「ああ。今頃はウィリアムがすでに、愛娘を誑《たら》し込んでいる頃かもしれん。その辺りはすぐに王都の諜報部に探らせるが、私はこれから王都に向かい、老サーモンドと話をしてみようと思う。会って彼にウィリアムには注意するよう忠告する。手紙より直接会う方が信用してもらえるだろう」

未来でサディアスの殺害に繋がる芽だ。攻勢をかけるなら早い方がいい。

「いつ出発する？」

セシルの問いに、サディアスは「準備ができ次第、すぐ」と答えた。それから改まった表情でセシルを見つめる。

「王都には、お前にもついてきてほしい」

その提案には少し驚いた。セシルが王都に連れて行ってもらったのは、マッギル邸以前、辺境の戦争が始まる以前に数回だけだ。

あれから一緒に行こうとは言われなかったから、セシルも何となく、自分は領地で留守を守っているべきなのだという認識ができていた。

「老サーモンドを正面から訪ねたら、ウィリアムにこちらの動きが筒抜けだ。偶然を装って接触したい。そのためには、お前を社交の場に連れて行くのが一番自然なんだ」

セシルはそろそろ成人を迎える年齢だ。成人式前のお披露目ということで王都の社交界に連れて行くのは、確かに自然な流れだった。

「アーサーも一緒に連れて行く。離れている間、お前たちに何か起こらないかとやきもきするより、手の届く場所にいてくれた方が安心できる。今まで王都からお前を遠ざけていたが、今後はあちらの仕事も覚えてもらいたいしな」

それを聞いた時、一連の事件はサディアスにも深い傷をもたらしていたのだと、唐突に理解した。

大切に育てた養子が乱暴されかけ、毒殺されかけた。その後も後遺症で体調を崩し、新しい養子は来てすぐに、誘拐未遂事件に巻き込まれている。

セシルやアーサーに対して、罪悪感を覚えていただけではない。彼の中にも事件や犯人を恐れる気持ちがあった。

考えてみれば当然なのだ。大切な家族が被害に遭ったのだから。

セシルの体調を慮《おもんぱか》る気持ちもあったが、国中の貴族が集まる王都に行かせるのが怖かったのかもしれない。

「わかった。俺たちも連れてって。社交は苦手だけど、頑張るよ。それで早急に、ウィリアムの思惑を潰す。俺たちが王都にいる間、ローガンに頼んで、ハート男爵夫人と関わりのある使用人を洗ってもらおう。スミス伯爵に我が家の情報が漏れなければ、あちらもそうそう手は出せないでしょ」

ウィリアムを自由にさせていたために、一連の事件は起こった。これ以上、彼を好きにさせてはならない。

セシルができることはそれほど多くないが、可能な限りサディアスの後方支援をしたい。

「本当に優秀に育ったな。頼もしい限りだ」

サディアスは意気込むセシルを見て、眩しそうに目を細めた。

「体調だって、もうずいぶんいいんだよ。アーサーを迎えた日に倒れたのは、前世の記憶が戻ってびっくりしたからだし。それ以降は熱も出してないでしょう」

強がりではなく、本当にずいぶん回復したのだ。

「だからもう、俺のことは心配しないで。サディアスの方がだいぶ年上なんだから、これからは俺があなたの体調を気にかける番だよ」

サディアスに頼もしいと言われたのが嬉しい。セシルは勢い込んだ。

「もっと、遠慮なく頼ってほしい」

そこでサディアスは「そうか」とつぶやき、小さくうなずいた。瞳の奥に油断ならない光が灯《とも》る。

「ならばさっそく、頼みごとをするとしよう」

言うなり立ち上がり、こちらに近づいてきたので、セシルは「えっ」と慄《おのの》いてしまった。

「え、な、何ですか」

いつになく上機嫌で、微笑みさえたたえているのが逆に怖い。慌てている間に、サディアスはセシルの椅子を引き、軽々とその身体を抱き上げていた。

「隣の部屋で、昨夜の復習がしたい」

「復習……」

サディアスの目的がわかって、顔が赤くなった。サディアスはそんなセシルを見て笑う。

「予習もしておかなくてはな。いずれ私の物を受け入れてもらわなくてはならない」

言いながら、足はすでに寝室へ向かっている。

「……サディアスってさ。かなりのむっつりでスケベだったんだね」

それがセシルにできる精いっぱいの反撃だった。サディアスは何も言わず、ちろっとセシルを横目で見る。

彼はむっつりでとびきりスケベで、おまけに意地悪だということを、その夜セシルは嫌というほど思い知らされることになった。


翌日からすぐ、王都に向かう準備を始めた。

サディアスとセシルがいなくても仕事が回るように調整して、ローガンには使用人たちの中から、ハート男爵夫人と通じている者を洗い出すよう頼んで、王都での家族三人分の警護も手配し、合間に荷造りをしなくてはならなかった。なかなか慌ただしい。

一家三人で王都に行くと聞いて、アーサーは不安がっていた。

というのも、アーサーはここに来る以前、王都にある母方の祖父の屋敷にいたからだ。

「ぼく……もとのおうちに帰されちゃうの？」

王都に行くと告げた夜、寝る前にセシルにだけこっそりと、不安そうに尋ねてきた。

「もとのおうちって、アーサーのお祖父様の家のこと？　違うよ。王都のブラッドフィールドのお屋敷に行くんだ。もうアーサーは、この家の子だもの」

ベッドの中でルビー色の瞳を揺らす弟に、セシルは優しく言い聞かせた。アーサーが跳ね起きて抱き付いてきたので、びっくりする。

「ほんと？　ぼく、ここんちの子？　どこにもやったりしない？」

必死の声に、セシルは胸が痛くなった。

もうすっかりこの家に馴染《なじ》んだと思っていたけれど、そう簡単に不安が消えるわけはないのだ。

同じ境遇だったのに、アーサーの不安に気づいてやれなかったことを後悔した。

「もちろん、どこにもやらない。アーサーがどこかに行ったりしたら、俺だって悲しいよ。たった一人の弟だもん」

抱きしめて慰めたけれど、その夜のアーサーはなかなか寝付けなかった。アーサーが眠るまでセシルは隣にいて、王都についていろいろ話して聞かせた。

「俺も王都のお屋敷にはまだ、数えるほどしか行ったことがないんだ。ここほど庭は広くないけど、立派だよ。街にも近いしね。一回くらいは観光に行きたいな」

「かんこー？」

「うん。こないだ街に行った時、アーサーに怖い思いをさせちゃっただろ。だからもう一回、やり直したいなって思って」

アーサーは誘拐未遂事件の後、まだ一度も敷地から出ていない。街に行くと言ったら怖がるかなと心配したが、アーサーは「ぼく、怖くなかったよ」と、セシルを慰めるような口調で言った。

「義父さまが助けてくれたもん。ぼく、怖くなかった」

こちらの不安や心配を敏感に感じ取ったのだろう。まったく怖くなかったわけがない。幼いのに精いっぱい人を思いやる、アーサーが愛《いと》しかった。

「サディアス、かっこよかったよね」

「うん。義父さま、かっこよかった」

そんな話をして、だいぶ遅い時間にようやく眠ってくれた。

アーサーが王都行きを不安がっていたことは、その日のうちにサディアスに伝えた。セシルと同じく、アーサーを思いやれていなかったことを悔やんでいるようだった。

そういうことがあったからだろう。翌日の朝食の席で、サディアスはアーサーに課題を出した。

「王都に行って、この屋敷に戻ってくるまでの間に、名前を決めておきなさい。宿題だ」

唐突に切り出したので、アーサーばかりかセシルもきょとんとしてしまった。

「何のなまえ？」

「お前の馬だ。お前が戻ってきた時に合わせて連れてくるよう、手配する」

馬と聞いた瞬間、アーサーの背筋がぴんと伸びた。

「お馬さん、来るの？」

「三人で王都に行って、帰ってきたらな。だから、旅行の間に名前を決めておきなさい」

アーサーはルビー色の瞳をキラキラさせ、勢いよくうなずいた。セシルを見て、嬉しそうににっこり微笑む。丸い頬が林檎《りんご》色に染まって、セシルも嬉しくなった。

あれこれあって慌ただしかったが、王都行きを決めてからどうにか四日で準備を整えた。

五日後、サディアスとセシル、それにアーサーの三人は、揃ってトウィルアレイを出発した。


セシルが王都に来たのは、五、六年ぶりである。

観光も数回しかしたことがないし、滞在もほんの短い間だけだった。だから久しぶりで懐かしいというより、初めて来たような新鮮さを覚える。

それはアーサーも同様だったようで、二人して馬車の車窓にへばりつき、王都の街並みを感心しながら眺めた。

王都のブラッドフィールド邸はローガンの息子が執事をしていて、温かく迎えてくれた。

「ローガンの息子だよ」

アーサーに紹介すると、ホッとした顔を見せた。アーサーはローガンにも懐いているから、彼の息子だと聞いて安心したのだろう。

すでに三人の部屋は整えられ、使用人たちの手で荷物が運び込まれた。

王都の屋敷は領地と同様、隅々まで手入れと気遣いが行き届いていて、まるでずっとそこで暮らしていたように居心地がいい。

とはいえ、のんびりもしていられない。翌日から忙しかった。

アーサーを子守りに任せ、サディアスとセシルは慌ただしく王都での仕事を始めた。

領地から連れてきた護衛隊と王都の護衛隊を合流させ、綿密な警備計画を立てさせる。セシルはサディアスから王都での執務を教えられ、合間を縫って貴族たちの社交場に顔を出した。

サディアスは社交界とは距離を置いていたし、セシルに至っては王都の社交場に一度も出たことがない。

パーティーから観劇まで、どこに行っても二人は注目されたし、セシルは血の繋がらない養子ということで、値踏みされた。

セシルも一番初めのパーティーでは緊張でガチガチになっていたけれど、二度目以降は開き直った。開き直らざるを得なかった。

何しろサディアスが、公《おおやけ》の場でセシルを甘やかすからである。

その態度は養子を可愛がる養父というより、年若い恋人に脂下《やに》がる中年男といった風だ。

「どういうつもり?」

最初のパーティーの後、セシルは帰りの馬車の中で養父を問い詰めた。それに対し、サディアスが悪びれもせず答えたことには、

「お前が私の弱点だということは、もう敵に知られているんだ。それなら関係を隠すよりいっそ、見せつけた方がいいと思ってな。これで私にもお前にも、縁談を持ち掛けてくる連中はいなくなるだろう」

確かに、パーティーが始まってすぐの時には、周りの人たちから口々に結婚の話をされた。それが途中から、ぱたりと止《や》んで当たり障りのない会話になったのだ。つまり、サディアスとセシルが、恋人同士だと認定されたのだろう。

「私が若い恋人に腑《ふ》抜けていれば、敵も油断する。何につけても好都合だ」

「都合はいいけどさあ」

自分たちの関係が貴族中に知れ渡ってしまう。

「不服か?」

「不服っていうか、恥ずかしい。俺たち付き合ってます! って、公言してるようなものだし」

顔を赤くしながら言うと、サディアスは艶めいた微笑を浮かべた。

「私は可愛い妻を娶《めと》ったと、国中に触れ回りたいがな」

「……っ」

どうしてそういうことを、さらっと言い切れるのだろう。ここが馬車でなかったら、わーっとわめいて転がり回るところだ。

とはいえサディアスの言うことも一理あるので、次に出席した夜会からは、セシルも開き直り、サディアスとあからさまにべったりすることにした。

デレデレしたバカップルを演じるのは、だいぶ道化じみて見えなくもないが、羞恥心《しゅうちしん》さえ捨てれば誠に都合がいい。

おかげでさほど縁談を持ちかけられることがなかったし、サディアスと終始行動を共にできたから、警備の面でも安心できた。

おかしな酔い客がセシルに絡《から》んで来ようとしたら、すぐにサディアスがかばってくれる。

これがただの養子で、しかも正式な後継者だったりしたら、こうはいかなかった。

社交界なんて元から興味がないし、誰に何と思われようと目的さえ達すればいい。半ばやけくそと言えなくもないが、ともあれ予定はつつがなく進んだ。

そして王都に来て一週間が経った夜、ついに真の目的を果たす時がやってきた。

歌劇場の夜の演目を、老サーモンド侯爵が観劇するという情報が入ったのである。

急ぎ貴賓席を押さえ、セシルはサディアスと共に、王都で最も古く権威があるという歌劇場へと向かった。

歌劇場へと出発する直前、アーサーは少しばかりしょんぼりしていた。

連日、養父と義兄がめかしこんで出かけるのに、自分だけお留守番なのだ。大人たちが夜に出かけたら、帰ってくるのはいつもアーサーが寝た後である。

昼も予定が詰まっていて、領地にいる頃より遊んでやれていない。小ローガンにはアーサーよりちょっと年上の息子と娘がいて、二人に遊んでもらうのだけが唯一の楽しみらしい。

「いってらっしゃい。気をつけてね」

今日も立派な衣装に身を包んで出かけるサディアスとセシルを、玄関まで見送りに出てきたけれど、表情はどんより曇っていた。

子守りの話では昨夜、寝る前に寂しいと言って、ちょっとだけ泣いてしまったらしい。

浮かない顔のアーサーを見て、セシルはサディアスと顔を見合わせ、それから二人揃ってアーサーを抱きしめた。

「お留守番ばかりでごめんね」

「寂しい思いをさせてすまない。もう少ししたら時間ができる。その時は三人で過ごそう」

代わる代わる声をかけ、ほっぺやおでこにキスをして、アーサーの表情はようやく明るくなった。

「あのね、お馬さんの名前も考えたの。いくつかあって、迷ってて」

ずっとそのことを相談したかったらしい。サディアスも微笑んだ。

「では明日、お茶の時間を取ろう。その時に私とセシルに教えてくれ」

パッと顔を輝かせたアーサーにまた、代わる代わるキスをして、セシルとサディアスは馬車に乗り込んだ。

「うまく話が運ぶといいね」

馬車の中で、向かいに座るサディアスに話しかけた。

今夜のサディアスは、ほとんど黒に近い灰色の背広に身を包み、銀と青の模様が入ったシルクのタイをしていた。髪型は少し分け目を変えて、前髪が軽く額にかかっている。

ただそれだけなのだが、夜の装いはサディアスを妙に艶めいて見せて、セシルはどうしてもどぎまぎしてしまう。

この一週間、何度もパーティーや観劇には出かけているけれど、見慣れることはなかった。

「サーモンド侯爵は厳格だが、話のわからない方ではない。ここまで来たら、そう悪い方にはいかないだろう。ただ事が早く運ぶように、劇場の状況を見て策を講じようと思う」

「どんな？」

話の流れから当然聞き返したのだが、返ってきたのは、「秘密だ」という答えだった。にやりと笑いのおまけ付きだ。いたずらっぽい表情は、たまらなく魅力的だった。

「タッド。あなたってさあ、ほんとに……」

以前とキャラが違う。でもそれは、セシルと想いを通じ合わせたからだと言う。

もし彼が最初から愛を知って育っていて、しかめっ面《つら》ではなく、今みたいな微笑を普段から浮かべている人だったら、きっととてつもなくモテていただろう。セシルの出る幕なんかなかったはずだ。

「俺には言えない作戦なんだね」

「お前は思っていることがすぐ顔に出る。腹芸ができないからな。言わずにおきたい。少し危険を伴うが、今度は私がお前を必ず守る。……信じてくれるか」

最後の響きは真剣だったので、セシルは軽く肩をすくめてみせた。

「当然だろ。あなたを信じられなくなったら、俺の人生はおしまいだと思ってるよ」

誰より信じている。そんなことを正面から言うのは恥ずかしいので、憎まれ口みたいになってしまった。

でもサディアスにはきちんと通じていて、彼は愛おしそうな眼差しをこちらに向けた。

「お前にキスをしたいが、今はやめておこう。止まらなくなるからな」

こちらは恥ずかし気もなく、そんなセリフをさらりと吐く。

馬車の窓から歌劇場が見えた。

「うまく、罠にかかってくれるといいのだがな。そうすれば、アーサーとお茶だけでなく、街を観光する時間も取れる」

車窓に顔を向けながら、サディアスがつぶやいた。罠にかかるのは、ウィリアムだろうか。考えてみたが、秘密の作戦らしいので尋ねなかった。

歌劇場の前で馬車が停まり、セシルは淑女のようにサディアスに手を取られ、上品ぶって馬車を降りた。

周りは着飾った男女で混雑していた。ブラッドフィールド家の馬車から降りてきた二人に、みんなが注目する。

連日、社交の場でアピールしていた甲斐あって、サディアスとセシルの関係は多くの人の知るところとなっているようだ。

好奇の目でこちらを見ながら、あちこちで噂《うわさ》をし合っているのが見える。

――ご覧になって奥様、あちらが噂の男夫婦よ……とでも言っているのだろうか。

気になるが、気にしても仕方がないと、この一週間で学んだ。サディアスと並んで、澄ました顔で前を向く。

歌劇場の中に入ると、宮殿のように立派なエントランスホールで、上流階級の人々があちこちに話の輪を作っていた。

歌劇場は座席を買う金さえあれば、身分に関係なく入れる。天井桟敷《さじき》には平民も多いそうだが、そちらの座席は入り口も別なので、吹き抜けのエントランスホールにいるのは、着飾っていて裕福そうな人たちしか見当たらなかった。

「こっちだ」

荘厳なホールの装飾に見惚《みと》れていると、サディアスに肩を抱かれた。数歩先に、屋敷から連れてきた侍従がいる。一歩離れて護衛も二人付いていた。

これだけ人の多い歌劇場で、何か仕掛けてくることはないだろうが、ブラッドフィールド家は敵が多い。公の場では護衛が欠かせないのだ。

セシルたちは、緩やかな大理石の階段を三階まで上っていく。吹き抜けなので、階下が見える。

三階まで上り切ったところで、二階のアルコーブが見えた。二階と三階の吹き抜けには柱と柱の間にアルコーブがあって、エントランスを見下ろせる。

どちらの階もすべて、歓談のグループで埋まっていた。

セシルが階段を離れようとした時、二階のアルコーブの一つが何気なく目に入った。

男が一人、こちらを見ていて、セシルと目が合う前に逸らされた。

(ウィリアム……)

現世で、彼の顔を見たことはない。でもすぐにわかった。割れた顎と、いかにも女たらしのクズらしい、二枚目風の容貌が前世の記憶とぴったり合致していたからだ。

彼は何人かの男女と一緒にいた。遊び慣れた風な派手な二、三十代のグループで、その中に若くて初々《ういうい》しい娘が一人、場違いな自分を恥じるようにたたずんでいる。

「セシル、景色を見るのは後だ。おいで」

ことさら甘いサディアスの声がして、セシルはハッとする。慌ててウィリアムから目を逸らした。

「私がいるのに、よそ見をするとはいけない子だな」

「その芝居は、ちょっと臭いかな」

戯れにキスをしようとするから、睨んで押し留める。サディアスは笑って、セシルの頬に音を立ててキスをした。

「……あそこにいる若い娘は、例の愛娘だ」

唇が離れる際、耳元に囁かれた。ウィリアムと一緒にいた若い娘は、老サーモンドの愛娘だというのだ。

セシルが何を見ていたのか、サディアスも気づいていた。

「だからお前には秘密だと言ったんだ」

いたずらっぽく笑うから、セシルも「どうせ、すぐ顔に出るよ」と、不貞腐れて睨み、じゃれるようにサディアスの腰を叩いた。

端からは、男同士のカップルがイチャイチャしているようにしか見えないだろう。

サディアスに促され、三階の自分たちの席へ着いた。舞台の真正面にある貴賓席である。

「隣にサーモンド侯爵がおられる。挨拶をしてこなくては」

外套《がいとう》を侍従に預けると、サディアスが言った。セシルも外套を預け、隣へ向かった。

隣の席の入り口にも、侍従らしき青年が立っていた。サディアスが名乗り、侯爵に挨拶をしたいと申し出ると、中に引っ込んですぐまた現れ、「どうぞ」と、恭《うやうや》しく通してくれた。

「サディアス。珍しいな」

扉をくぐるとすぐ、フロックコートに身を包んだ老人が立っていて、サディアスに親し気な笑みを浮かべた。

がっしりとした体格の老人だ。サディアスが厳格だと言っていた通り、彼に負けず劣らず厳めしい顔をしている。髪は側面を残して禿《は》げあがっているのに、もみ上げはやけに立派だった。

一筋縄ではいかない印象だ。元気そうに見えるが、こちらに近づく時の足取りが、やや覚《おぼ》束《つか》ないようだった。

「王都にいることは知っていたが、珍しく社交三昧《ざんまい》だとか」

ガラガラのダミ声でサディアスに話しかけるサーモンドは、旧知の友と再会したように親しげで嬉しそうだった。

老サーモンドとの関係を、サディアスが「それなりに良好」と言っていたのは謙遜《けんそん》だったらしい。

サディアスも親しげな微笑みを浮かべ、サーモンドと握手をする。

「ええ。上の息子が今年成人するので、一度は王都の社交界に顔見せをと思いまして」

軽く身を捻り、後ろに続くセシルをサーモンドに紹介する。セシルはどんな顔をしようか迷ったが、下手な演技はせずに素のままで行くことにした。

「侯爵閣下、お初にお目もじ仕《つかまつ》ります。セシル・スペンサー・ブラッドフィールドです」

「君が例の息子か」

おお、と大袈裟に目を見開き、セシルが差し出した手を握る。手もがっしりとしているが、貴族らしい柔らかい手だった。

例の、という部分を強調したところを見ると、サディアスとの関係はとっくにサーモンドの耳に入っているらしい。

「お目もじ、ときたか。立派な青年だな。なるほど。いや、うちが一人娘でなかったら、サディアス、君かご子息のところに嫁にやりたいと思っていたんだ。しかし、どのみち叶《かな》わぬ夢だったな」

「残念ながら、私も彼も結婚はしないと決めておりますので」

サディアスが表情を変えずにしれっと言うと、サーモンドはガハハと豪快に笑った。気難しそうに見えて、養父と養子の常ならぬ関係にも理解があるようだ。

サディアスも微笑んでいたが、やがて表情を改めた。

「今、息子の社交のためと申しましたが、実は今夜この場に出向いたのは、サーモンド卿、あなたに折り入ってお話ししたいことがあったからなのです」

ほう、とサーモンドが目を見開く。

「手紙の一つでも寄越してくれれば、いくらでも時間を作ったものを。訳ありのようだな」

その時、貴賓席の扉が開き、先ほど二階にいた娘が入ってきた。

娘は中に見知らぬ男が二人いるのを見て、ハッと怯《ひる》んだ。父親が「いい所に来た」と手招きをする。

「私の娘だ。トレイシー、ブラッドフィールド卿だ。幼い頃に一度、会ったことがあるな？こちらはブラッドフィールド卿のご子息だ」

サディアスとセシルは、トレイシー・サーモンドと礼儀正しい挨拶を交わした。

「サーモンド卿。そちらの美しいご令嬢と、私の息子が二人で話をするのをお許しいただけますか」

サディアスがすかさず申し出る。サーモンドが「ああ、構わない」と、鷹揚《おうよう》にうなずくので、セシルは自分の役割を悟った。

「ありがとうございます、閣下。トレイシー嬢、参りましょう」

セシルはにこやかに言って、戸惑っているトレイシーの手を取り、半ば強引にサーモンドの貴賓席を出た。

ウィリアムが娘を口説《くど》いて結婚しようとしている、などという話を本人に聞かせるわけにはいかない。

トレイシーは先ほどまで、ウィリアムと一緒にいた。ウィリアムが今夜、この劇場に現れたことにどういう意図があるのかわからないが、すでにトレイシーを口説きにかかっていると見て間違いないだろう。

「隣がちょうど我々の席なんです。芝居が始まるまでまだ時間がありますから、こちらでお話しさせていただけませんか。もちろん、侍女の方もご一緒に」

女性の扱い方などてんでわからないが、領地で習った礼儀作法通りに、まるで慣れた風を装って、自分たちの貴賓席に誘導する。

貴賓席の入り口に侍女らしき女性が控えていたので、その女性も一緒に連れてきた。

平民ならともかく、貴族の未婚の男女が二人きりになるのは外聞が悪い。

「実は王都に来るのは久しぶりなんです。今度、弟と王都を観光しようと思うのですが、どんなところがいいでしょうね」

トレイシーが物静かな女性なので、セシルはなけなしの社交力を動員し、頑張って話しかけた。

初々しい見かけ通り、トレイシーは素直でやや自信なげで流されやすく、気弱な性格のようだった。

これは女たらしの手にかかったら、ひとたまりもないかもしれない。そんなことを内心で考えていたら、トレイシーが珍しく自分から口を開いた。

「あの、実は……ブラッドフィールド卿とあなたの噂を耳にしたのですけど……」

言っている途中で顔が赤くなり、口ごもってしまう。顔を手の平で覆って、「申し訳ありません」「はしたないことを」などとモゴモゴ言う。セシルは苦笑した。

「どんな噂か存じませんが、私もタッドもこれから一生、独身を貫く約束をしています。この国では、同性同士が結婚する法律はありませんので」

「まあ」

侯爵令嬢の瞳に、きらりと喜びの色が宿る。素敵、と言いたげな表情だった。セシルは、腐女子かな、と内心でつぶやきつつ、表向きはにっこりした。

「ではこれは、縁談の話ではないのですね」

なるほど、先ほどの流れでは、そう感じるのも無理はない。

「ええ、もちろん。父がサーモンド卿にお会いするのは久しぶりですから、積もる話があるのでしょう」

セシルが言うと、令嬢はホッと胸を撫で下ろした。

「良かった。あんなことがあって、あまりに早すぎると思ったんです」

「あんなこと？」

思わず聞き返してしまい、トレイシーは怯んだように口元を押さえた。

「何でもありません。こんなこと、むやみに口にすることではなかったわ」

話すのをやめてしまったが、そんなところで終えられたらとても気になる。

「トレイシー嬢には、何人か婚約者候補がいらっしゃると伺いました。閣下が侯爵家の後継者にふさわしいと判断した方々だと」

セシルは話の前後と事前の情報からおおよその当たりを付け、水を向けてみる。

「その方々に、何かありましたか」

そこまで言われて観念したのか、それとも誰かに話したかったのか、トレイシーは小さく息を吐き、おずおずとうなずいた。

「三人、おりました」

婚約者候補が、ということだ。

「いずれも父の仕事の関係者なのですけど」

トレイシーの声はとても小さく、さらに途中で何度も話を止めるので、最後まで聞き出すのに苦労した。

彼女によれば、老サーモンドが後継者候補と目する男が三人いたが、そのうちの二人はすでに脱落しているという。

一人目は、人気の娼婦に入れあげていることが発覚し、候補から外された。二人目も同じく女性関係で、トレイシーより若い貴族の女性に手を出して孕《はら》ませたのだとか。

一人目と二人目については公にしておらず、当人たちも後継者から外されたことを知らない。老サーモンドとトレイシーだけが承知していることだそうだ。

そして三人目、最後に残った後継者候補が先日、事故に遭った。重体だったが、一週間ほど前に息を引き取ったという。

事故はサーモンド家の領地で起こったと言い、こちらも公にはしていないらしい。

トレイシーの婿候補の三人が、次々に脱落した。とても偶然だとは思えない。

ブラッドフィールド家の諜報部から報告が上がってきていないところを見ると、老サーモンドが情報を秘匿しているのかもしれない。彼も何か気づいているのではないか。

瞬時にそんな思考が頭を駆け巡ったが、表情には出さなかった。

「それは大変でしたね。トレイシー嬢は、その方々と親しくされていたのですか」

「いいえ。ほとんど話もしませんでした。でも、この一年の間に立て続けにそんなことがあって。最後に残った方も亡くなられたんです。私はもう結婚できないかもしれません」

ずいぶん悲観的だ。しかし、これが陰謀だと知らない令嬢には、度重なる不幸が降りかかっていると感じるのかもしれない。

セシルは、アーサーをあやす時の感覚を思い出し、「大丈夫ですよ」と笑って見せた。

「トレイシー嬢はお若いんです。まだまだこれから素敵なお相手が現れるはずですよ」

令嬢は怯んだように息を詰めてから、さっと視線を逸らした。「そうでしょうか」と、ボソボソつぶやく。

「ええ。ですからお気を強くお持ちください。しょんぼりしてはいけません。世の中には女性が傷心の時に、それに付け込もうと寄ってくる男がいますからね」

ウィリアムのことを「素敵なお相手」だと勘違いしないよう、やんわり釘《くぎ》を刺しておく。

「傷心の時に限らず、甘い言葉で寄ってくる二枚目風の男は要注意です。亡くなった生母が言ってました。第一印象で遊んでそうだな、って思う男はたいがい本当に遊び人で、付き合っても絶対に浮気をするって」

死んだ母はそんなことは言わない。方便である。トレイシーは「まあ」と、戸惑った声を上げた。

「お母様はご苦労されたのですね」

「いえ……結婚前の話です。失恋して傷心のところを、財産目当ての二枚目に言い寄られて、ぐらっと来たんだとか。相手も同じ貴族だったから、すっかり信用したそうです」

トレイシーはもう一度、「まあ」とつぶやいた。今度は思うところがありそうな「まあ」だった。今の話で、少しでもウィリアムのことが頭を過《よぎ》ったのなら、ありがたい。

そんな話をしていたら、開幕の時間になった。トレイシーを隣の席に連れて行き、入れ替わりにサディアスと合流する。

「話はできた？」

尋ねてみたが、結果は聞かなくてもわかる気がした。無表情の中に、わずかに明るい色が滲んでいる。

「ああ。それと、面白い話を聞いた」

「俺もトレイシー嬢から、興味深い話を聞いたよ」

「同じ話かもしれんな」

それ以上の話はしなかった。詳しい擦《す》り合わせは、屋敷に戻ってからでいい。

舞台の幕が上がり、歌劇が始まる。長い芝居の合間に何度か休憩があり、サディアスに言われて休憩のたび、トレイシーの相手をした。

「なるべく目立ってこい」

サディアスから耳打ちをされたので、トレイシーとロビーに出て、親しげに会話をした。

最初は物怖《ものお》じしていたトレイシーも、何度か話をしているうちに少しだけ緊張を解いてくれたようだ。

最後の休憩の時には、だいぶ会話も弾んでいた。

あの後、ウィリアムの姿を見かけることは一度もなかった。

公演は無事に終わり、最後にサーモンドとトレイシーと挨拶をして別れた。

時刻は真夜中に差し掛かろうとしていた。


帰りの馬車に乗り込む時、行きと護衛の編成が異なるのに気がついた。

セシルたちと共に乗り込むのは侍従ではなく、侍従の服を着た護衛兵だ。御者も護衛部隊と交替していた。それなのに、前後についていた護衛兵の数は少ない。

馬車内の警備は行きより強固だが、全体として手薄になって見える。

これが行きがけにサディアスが言っていた、罠なのだろうか。

しかし、お前はすぐ顔に出るという彼の言葉を思い出し、素知らぬふりで馬車に乗った。

馬車が発進し、歌劇場の前の車寄せを出るとすぐ、侍従姿の護衛がサディアスに何かを渡していた。短身の銃だった。

「うまく引っかかってくれるかな」

護衛を手薄に見せかけ、敵の襲撃を陽動したのだ。しかし、夜中とはいえ王都のど真ん中である。のこのこと襲ってきたりするだろうか。

セシルが不安の眼差しを向けると、サディアスは唇の端を歪めて悪辣《あくらつ》に笑った。

「スミスとウィリアムは、私がこの時期に王都に来たことが気になっているだろう。アーサーとお前も同行していると聞いて、ずっと機会をうかがっていたはずだ。それに、私の領地で襲うより、王都の方が比較的足がつきにくい。王都には様々な策謀が渦巻いているものだから」

サディアスは言って、ちらりと窓の外を見た。セシルもつられて窓を見る。

王都の馬車通りはガス灯がぽつぽつと並び、夜の闇にほんのりと薄明かりが浮かんでいた。

不意に、セシルの隣にいた侍従服の護衛兵が振り返った。

背面にある御者台との仕切り窓を数回、叩く。御者台の護衛兵がちらりと脇を見てから、同じように窓を叩いた。

護衛はサディアスに向き直り、「敵が近づいています」と報告した。

「構成は？」

「劇場からやや離れて尾行していた馬車が一台おりました。先ほどこれに、馬に乗った男たちが五……六名、合流しました」

「向こうも事前に準備をしていたようだな」

「我々もすぐ、別動隊と合流します」

護衛兵の声に被さって、馬車のすぐ後方で声がした。窓の外を見ると、馬車にぴったり付いていた護衛の騎兵二名が、同じく馬に乗った賊と馬上で切り結んでいるのが見えた。

馬車は速度を上げて遠ざかり、彼らはすぐ薄闇の向こうに消えたので、どうなったのかわからない。

しかしすぐ、馬に乗った別の賊たちが馬車を追いかけてきた。並走しながら左右と後方を囲む。

「セシル、こっちへ」

サディアスに言われ、彼の隣に席を移った。サディアスは銃を持っていない方の手でセシルの肩を抱く。

馬車はものすごい速度で走り続けたが、やがて前方に橋が見えると、その手前で停まった。

布で目から下半分を覆った男が、セシルが座る席の窓を破った。サディアスが咄嗟に庇い、身を反転させる。

男は破った窓から、剣を突き立てようとしていた。けれど振り上げるその一瞬の間に、大きな破裂音がして動きが止まる。

銃を構えたサディアスから火薬の匂《にお》いがした。賊は目を見開いたまま、車窓の向こうで落馬し、見えなくなった。

反対方向では侍従姿の護衛兵が、前方では同じく御者に扮した護衛兵が賊たちと対峙《たいじ》していた。その間に、劇場から尾行していたという馬車が追い付いたようだ。

橋の街灯に照らされた薄闇の中、粗末な馬車から数人の男が剣を持って近づいてくるのが、後方の車窓からうかがえた。

「大丈夫だ。すぐすむ」

身を硬くしたのが伝わったのだろう。サディアスが銃の弾丸を再装塡《さいそうてん》しながら、励ますように囁いた。

彼がそう言うなら、大丈夫だ。セシルは力強くうなずいた。

馬車の外で、わっと大勢の人の声が聞こえたのは、そのすぐ後のことだ。

どこからか大勢の護衛兵が現れて、こちらの加勢に加わった。馬車から降りたばかりの賊を取り囲み、騎乗の賊たちを引きずり下ろそうとする。

瞬く間に形勢は逆転した。

護衛兵たちの合図で、サディアスとセシルは馬車を降りる。いつの間にか、前方の橋の前にもブラッドフィールド家の護衛隊が居並んでいた。

こうして、こちらの陽動に乗ってセシルたちを襲った賊は、あっという間に制圧されたのだった。


実行犯を捕まえても、真犯人に辿り着けるとは限らない。

これまでの事件でたびたび、セシルは苦い現実を見てきたが、今回は展開が違った。

賊たちは捕らえられた後、王国直轄の王立警察に引き渡された。

その後、ブラッドフィールド家の領警察と合同捜査が行われ、実行犯たちは間もなく、依頼を受けて馬車を襲ったと自供した。

依頼した人物は、サディアスたちが王都にいる間に、セシルとアーサーを殺害するよう命じていた。前金の他、一人殺害するごとに成功報酬が決められていた。もしもサディアスを殺害できた場合、倍の成功報酬が約束されていたそうだ。

依頼主はウィリアムだった。身元は偽っていたが、賊が自供した依頼主の風貌《ふうぼう》から、ウィリアムに辿り着いた。

その他、依頼主が賊に渡した前金と、ウィリアムが直前に銀行から引き出した金額が一致したこと、賊が持っていた貨幣に、ウィリアムが利用する銀行の刻印が押されていたことから、ウィリアムは主犯として逮捕された。

はじめは犯行を否認していたが、別件での逮捕が確定するや、襲撃事件についても罪を認めた。

別件とは、トレイシーの婿候補が事故死した件である。

サーモンド侯爵が密かに自領の警察に探らせていたそうで、捜査の結果、サーモンド領警察は事故ではなく事件だったと断定した。

ウィリアムが犯行に関わっていたという証拠も、サーモンド領で発見された。

もしサディアスの陽動に乗って賊が襲撃していなければ、そしてウィリアムが王立警察に拘束されていなかったら、この事故に装った事件についての証拠は、隠滅されていたのではないか。

セシルはそう推測する。

物語の世界では、そうやって証拠を隠滅し、事件は事故として処理され、ウィリアムはトレイシーの夫となる。邪魔な老サーモンドは殺されてしまったに違いない。

とはいえこれは、ただの推測だ。現実の、セシルたちが生きるこの世界では起こらなかった未来の話である。

「これでやっと、領地に戻れるな」

サディアスが酒杯を片手に満足そうに言う。

ここ、王都のブラッドフィールド邸では、今日の昼、ウィリアムが犯行を認めたという一報を受けていた。

襲撃事件からすでに、半月が経っている。

あの翌日、事後処理でバタバタしつつ、どうにかアーサーとのお茶の時間を取った。

久しぶりに三人で過ごしたおかげでアーサーは喜び、馬の名前も決まった。

ただ、事件が一段落するまで領地には戻れなくなってしまい、アーサーからたびたび「ルビーに会えるの、いつかな」と、期待に満ちた目で尋ねられることになった。

ルビーというのが、アーサーが決めた馬の名前だった。もちろん、彼の瞳の色から取ったものだ。

セシルたちが忙しくしている間、アーサーは小ローガンの子供たちをはじめ、同じ年頃の使用人の子供たちと遊ぶようになった。

彼らはアーサーの瞳の色を恐れたり嫌がったりしないので、だいぶコンプレックスが薄れたようである。

領地に戻ったら、そろそろ前髪を切らせてくれるかもしれない。

「よかった。俺もこれで、アーサーの『いつ帰るの攻撃』から逃れられる。さっきも、馬の想像図を見せられたんだよ」

寝る前に、自分で描いたというルビーの絵を見せられた。弟の馬に対する期待がひしひしと伝わってきて、なだめるのに苦労した。

「私も昼に見せられた。お前より絵心があるようだ」

楽しそうに揶揄《やゆ》するので、セシルは怒った顔を作ってサディアスの腹を小突く真似をした。

サディアスは笑いながらその手を取り、もう片方の腕で腰を引き寄せる。

「ん……」

唇を吸われ、舌を絡められて陶然となった。

サディアスの部屋で、こうして就寝前にいちゃつくのも、ベッドに行って身体を重ねるのも慣れてきた。

まだ挿入には至っていないが、そんなことは大したことではないと思えるほど、挿入以外の行為はいろいろとやっていると思う。

「ウィリアムはどうなるんだろう」

キスの合間にふと思い出し、セシルはつぶやいた。サディアスはキスを中断され、ちょっと面白くない、というように片眉を引き上げる。

セシルが真面目な顔をしているのを見て、ため息をついて自分の前髪をかきあげた。

「後継者候補の殺害と、我々の殺害未遂に加え、二つの侯爵家を敵に回した。よくて終身刑だな」

極刑もあり得るということだ。何度も殺されかけたことを思うと、同情はできなかった。

「ウィリアムはよくて終身刑、でもスミス家はお咎めなしか」

今回の事件でも、ウィリアムとスミス伯爵家の繋がりは立証されていない。

襲撃事件のウィリアムの犯行動機について、王立警察は、ウィリアムがセシルをトレイシーの婿候補だと思い込み、排除するために襲撃したためだとしていた。

他に説明がつかないのだろう。背後にスミス家がいるとブラッドフィールド家が訴えたとしても、証拠がなければただの言いがかりになる。王立警察は、貴族間の対立に巻き込まれるのを嫌うからだ。

「これから裁判が始まる。それまでにウィリアムが、自らスミス家の繋がりを自供するかもしれんな」

「でもどうせ、うやむやになるんだろ」

これまでのことを考えると、力を持たないウィリアムと違い、由緒正しく財力もあるスミス伯爵家を追及するのは難しい。

「くそー、すっきりしないなあ」

セシルたちを害そうとした張本人はスミス家なのだから、彼らにも罰を与えてほしい。

「そちらも考えている。早急には無理だが、じき彼らにも報復を与えるつもりだ」

どんな、と聞こうとしたが、キスで搦《から》め捕《と》られてしまった。

「ちょっと。まだ話の途中」

「後日のお楽しみだ。とりあえず事件は解決した」

抵抗しようとしたら、抱き上げられてサディアスの膝の上に乗せられてしまった。

「早く解決するために、私も連日頑張った」

頬や首筋にキスを落としながら、珍しくサディアスが主張する。自分から、「頑張った」なんて言うのは珍しい。

「う、うん。確かに」

サディアスはいつだって頑張っているが、今回もウィリアムの早急な逮捕に繋がるよう、忙しく動いていた。

「お疲れ様」

家族のために頑張ってくれたのだ。セシルはアーサーにするように、サディアスのプラチナブロンドをかき混ぜた。サディアスがくすぐったそうに笑う。

「褒美をもらってもいいか」

笑いの中にわずかな真剣さを含んで、サディアスがこちらを覗き込んでくる。はだけた胸元を、チュッと音を立ててついばまれた。

「えっ、褒美」

何を言い出すのだろう。予測がつかなくてオロオロしていたら、ぐっと腰を抱かれた。尻の下に硬い物が当たる。

「今夜、最後までしたいんだが」

合わさった胸の鼓動が、いつもより速かった。サディアスがすでに興奮しているのだと悟り、セシルもにわかに身体の奥が熱くなる。

それまで意識していなかった、後ろの窄《すぼ》まりがきゅんと疼いた。

そこはサディアスと心を通じ合わせてから、毎晩のように弄《いじ》られている場所だった。

初めのうち、慣らさないとと言われていたが、今では何も言わなくても愛撫されるのが当然になっていた。

「そろそろお前のここも、私の物を受け入れられるはずだ」

言いながら後ろに手が伸び、指先で窄まりの辺りを突《つつ》かれる。性的な意思を含んだ手つきに、我知らず呼吸が浅くなった。

「嫌か？」

追い打ちをかけるように、艶めいた上目遣いでセシルを見る。年上の男の手管に抗えるほど、セシルは場慣れしてはいなかった。

「嫌じゃない。恥ずかしいだけです」

言わせないでよ、とつぶやいて、サディアスの肩口に顔をうずめた。甘やかな笑い声が耳元で響く。

「では、行こうか」

セシルを膝から下ろし、立ち上がる。セシルは差し出された手を取り、共にサディアスの寝室へと移った。


セシルをベッドに横たえ、サディアスは「不安か」と尋ねた。セシルが不安ではないと答えると、いつもの夜と同じように愛撫をし、衣服を脱がせてからまた、「怖いか」と尋ねる。

これまでにいったい何度、こうして尋ねられただろう。幾夜も共に過ごしてきたが、サディアスはいつも慎重すぎるくらい慎重だった。

セシルが嫌だと言えば、サディアスは無理強いしなかった。ゆっくり進んでいくのが少しもどかしくて、でもそのもどかしさを、二人ともどこかで楽しんでいた気がする。

「大丈夫。それよりさ、たまには俺にさせてよ」

自分もそろそろ、恥ずかしがるばかりでなくて、一緒に楽しむ頃合いではないだろうか。

まだ羞恥心は捨てきれないが、勇気をふるって上体を起こした。目の前にある、サディアスの屹立《きつりつ》した性器に触れる。サディアスの身体がぴくりと動いた。

「無理はしなくていい」

「無理じゃない。俺がしたいの」

いつもしてもらうばかりなのだ。たまにはサディアスを悦《よろこ》ばせたい。

「では、私にもさせてくれ」

サディアスは目を細めて微笑み、ベッドの上に横たわった。背中を向けたセシルを跨《また》がせ、尻を抱えた。

「これ……」

尻にサディアスの吐息がかかる。目の前には太い性器が脈打っていて、羞恥と興奮を同時に呼び起こした。

「嫌か？」

そう問いかけた声は、セシルの反応を面白がっているようだった。

セシルは背後を振り返ってひと睨みすると、突きつけられたサディアスの性器を握った。

赤黒く勃起したそれは、セシルが触れると鈴口から蜜を滴《したた》らせる。セシルは口を開け、エラの張った亀頭を含んだ。

「ふ……」

唇と舌で愛撫すると、サディアスが思わず、というように吐息を漏らす。感じているのだとわかり、セシルは気をよくした。

サディアスのそれは大きくて口に入りきらないので、手を使って竿《さお》を扱く。音を立てて出し入れした。

「……んっ」

サディアスも負けじとばかりに、セシルの性器を握りこんだ。同時に尻の窄まりに熱くぬめったものが差し込まれ、思わず口を離してしまった。

「や、タッド、それは……」

ぬこぬこと舌を出し入れされているとわかって、羞恥に腰を浮かせかけた。しかしサディアスは、セシルの腰を引き寄せて逃がしてはくれない。

「や、やだ、恥ずかし……」

セシルが声を上げると、手の中でサディアスの性器が脈打った。透明の先走りが勢いよく吹き出す。

「あ、あ……」

性器と後ろとを同時に愛撫され、セシルはあっという間に達してしまった。

「ん……」

びくびくと射精しながら震えるセシルを、サディアスは優しく抱き起こす。

自分と入れ替えにセシルを横たえ、あやすようにまぶたや唇にキスをした。

「入るぞ」

「待っ……」

まだ、射精の余韻が残っていた。セシルが待ってと訴えるより前に、快感でひくつく窄まりに、ひたりと熱い亀頭が押し当てられる。

「ん、ぅ……っ」

軽い衝撃が頭にまで響いた時には、もうサディアスの巨根が埋め込まれていた。

「は……入ったの？」

「まだ半分だがな」

サディアスは言って、軽く腰を揺する。ずぶずぶと根元まで押し込まれる感覚に、セシルは甘い悲鳴を上げてわなないた。

「う……」

サディアスもまた、快楽を堪能するように目を閉じ、ぶるりと身を震わせる。

「毎晩慣らして柔らかくなったが、奥はまだきついな。苦しいか？」

セシルは言葉もなく、ただ黙ってかぶりを振った。

苦しくないと言えば嘘になる。けれどつらいわけではなく、むしろサディアスの熱と昂《たかぶ》りが圧迫感と共に全身に伝わって、心は興奮していた。

「平気。嬉しい」

やっと最後までできた。その感激を短い言葉で表すと、サディアスも微笑んだ。柔らかな優しい笑顔だ。

サディアスは覆いかぶさるようにしながら、セシルを強く抱きしめた。

「私も嬉しい。お前とこうして愛し合えた」

真摯《しんし》な声がじん、と胸に響く。二人は何度もキスをして、喜びを伝え合った。

やがて、サディアスがゆっくりと動き始める。

「ん……」

慣れない感覚に息を詰めると、またキスをされ、性器を握りこまれた。

腰を揺すりながら、セシルのそれを扱き上げる。

「あ……っ」

幾度かの注挿《ちゅうそう》を経て浅い部分を突かれた時、甘い衝撃が走って、思わず声を上げた。

こちらを見下ろす美貌が、目を細めて笑う。次の瞬間、衝撃を感じた浅い部分を、激しく突き上げられていた。

「あ、や、ぁ……っ」

強い快感が次々に押し寄せ、まともに考えられなくなる。

夜毎サディアスと身体を重ね、たくさんの愛撫を受けてきたのに、まだこんなにも激しい快楽があった。

こらえきれず、セシルはサディアスの腰に足を絡め、二度目の精を噴き上げていた。

「ふ……」

サディアスが小さく呻き、セシルの中で彼の男根が震えた。奥深くに射精されるのを、陶然と受け止める。

ずいぶん長い間、サディアスは息を詰めてセシルの中に放っていた。

「……セシル」

ようやく射精が終わると、耳元で名前を呼ばれ、強く抱きしめられた。何度もこめかみや頬にキスをしてくるのが、何だか甘えられているようだと思う。

汗と体液で身体がべたついていたが、サディアスはなかなか身体を離してくれなかった。

こちらから離れようとすると、しがみつくように抱きしめてくるので、上体を起こすこともままならない。

「……タッド、大丈夫？」

心配になったのだが、返ってきたのは彼らしくもない、甘えた声音だった。

「まだ足りない」

セシルは思わず笑ってしまい、サディアスの髪を撫でながらうなずいた。

「うん。俺も」

全身がサディアスを欲している。たまには時間なんて気にせず、求め合う日があってもいいではないか。

サディアスがじゃれるように愛撫を始めた。セシルもサディアスの身体のあちこちに唇を滑らせる。

二人の甘やかな時間は、窓の外が白む頃まで続いた。

終章

その日、トウィルアレイはよく晴れていた。

庭でお茶をするのにうってつけの日和《ひより》だ。

穏やかな風が芝生を揺らす秋の午後、セシルは鼻歌交じりにポットのお茶をカップに注いでいた。

「上機嫌だな」

向かいではサディアスがゆったり足を組んで座り、新聞を読んでいる。

「そりゃあ機嫌も良くなるでしょう。こうやって家族でゆっくりできるんだから」

サディアスと午後に庭先でお茶をするなんて、本当に久々だった。

春の終わりに一家揃って王都に出かけ、ウィリアムの逮捕があり、結局夏の半ばまで王都にいた。

領都に戻っても休む間もなく、留守の間に溜まった仕事を二人で片付け、その他にもいろいろゴタゴタあって、サディアスは王都とトウィルアレイを行ったり来たりしていた。

それがようやく片付いて、今こうして一息ついている。サディアスもセシルも、しばらくはゆっくりできる予定だ。

「また増刷だそうだ」

セシルからお茶を受け取ったサディアスが、代わりに読んでいた新聞を寄越した。

王都の新聞だ。サディアスが示した記事を見ると、「好色男ウィッグ元子爵の自伝・また も増刷」という文字が躍っていた。

「すごいね。ウィリアムは秘書時代より、獄中にいる方が儲《もう》かってるんじゃない?」

ややゴシップめいた見出しだが、大手新聞社の記事である。それだけ、王都の人々の注目度が高いのだろう。

襲撃事件でウィリアムが逮捕され、セシルたちが王都にいる間に裁判が始まった。

それまでスミス家の名前を出したことのなかったウィリアムだったが、裁判が始まるや、ブラッドフィールド襲撃事件はスミス伯爵家にそそのかされてやったと告白した。

逮捕後にスミス家からの助けがなく、協力関係が決裂したためだ。

実はブラッドフィールド家では、勾留中のウィリアムがスミス家に暗殺されたりしないように、裏から手を回して身柄の保全に努めていたのだが、恐らく当人は知らない。

ウィリアムは事実を自分に都合のいいように歪め、スミス家に利用されて様々な犯罪に手を染めたのだと涙ながらに語った。

裁判は混乱し、傍聴していた人々は大騒ぎだった。新聞も賑《にぎ》わせた。

スミス家はすぐさま公に反論をし、身の潔白を訴えた。スミス家が関わったという証拠は見つからず、主犯はウィリアムのみとして終身刑を言い渡された。

民衆はスミス家の名前が挙がったことなど忘れたが、ウィリアムは獄中で「犯行の真実」なる手記を書き上げ、王都の出版社の協力を経て、自伝を出版した。

そこにはスミス家と結託し、様々な犯行に及ぶまでの過程が、緻密《ちみつ》で赤裸々に語られていた。ブラッドフィールド家に対する一連の事件についてもだ。

特に、マッギル邸事件の真相が、辺境の戦争への派兵を遅らせるためだったという件《くだり》については、民衆は大いに関心を持った。

国王が関わっているのでは、という疑惑が新聞で取り上げられ、王室が不敬だとしてすぐさま発行を禁止した。国王に対する民衆の疑惑と反発は、かえって大きく膨らんだ。

スミス家は獄中のウィリアムと、自伝を出版した出版社に対して訴訟を起こしているが、まだ判決は出ていない。自伝は装丁を変えて別の本だとして発禁をまぬがれ、王都ばかりか地方にも広がって版を重ねている。

民衆の間では、先の戦争が長引いたのは国王とその一派、スミス家の陰謀である、という説が定着した。

それまで悪者にされていたサディアスの汚名はすすがれ、むしろブラッドフィールド侯爵は友を救おうと奔走したのだと、真実が語られるようになった。

近頃では自伝に追随し、国王やスミス伯爵家の陰謀を唱える本が次々に出版され、どちらも訴訟や発禁処分に躍起になっているそうだ。

騒ぎは当分、収まらないだろう。ことによると、もっと大きくなるかもしれない。

何しろ、王都の出版社に出資しているサディアスは、ウィリアムに自伝の第二弾を書かせる腹づもりなのだから。

しかしともかく、今現在に限って言えば、トウィルアレイは平和である。

王都の騒ぎが収まるまで、ブラッドフィールド家に害をなそうとする者もいるまい。

スミス家も国王も健在だし、すべてが解決したわけでもない。物語のヒロインは目下捜索中だ。

でも、物語の筋書きは確実に変化している。

未来は明るいと、セシルは確信していた。

サディアスはもう、厳めしいだけの侯爵ではない。アーサーは本当の父親のようにサディアスに懐いている。

もし困難が待ち受けていたとしても、セシルはサディアスと共に、全力で未来を切り開く覚悟がある。

「王都の方は順調みたいだけどさ、俺たちは相変わらず忙しいよね。もうちょっと仕事が減るといいんだけど」

少し落ち着いたと言っても、またすぐ忙しくなる。こんなふうにのんびりできるのも、せいぜい一週間くらいだろう。

サディアスは過労で倒れた経験があるし、セシルだって頑健とは言えない。もうちょっと余暇があるといいなと思う。

「やりがいはあるんだけどさ。労働環境としては、超ブラックだよね」

「お前の語彙《ごい》がまだ時々わからないが、言いたいことは理解できる。私も近頃はもう少し、仕事を人に任せるべきだと思っている」

「お、いい傾向だね」

物語は変わったのだし、サディアスにはもう少し、自分の人生を楽しんでほしい。家族として、伴侶としての願いである。

「今後は、私とお前の余暇を作る方向で考えよう。今のままでは、お前とゆっくり身体を重ねる時間も取れない」

「またしれっと、そういうことを言う」

サディアスはいつも唐突に、てらいなく恥ずかしいことを口にするので、セシルは困ってしまう。

「することは、毎晩してると思いますけど」

周りに誰もいないので、セシルはそう返した。

やってることはやってる。セシルが寝るのは決まってサディアスの寝室で、たまにサディアスがセシルの部屋で寝ることもあった。

もう二人が同じ寝室にいても、使用人たちは誰一人驚いたりしない。ただ、アーサーに見つかりそうになるたびに、ひやりとさせられるのだが。

「もっと、時間をかけて楽しみたい」

テーブルの向かいで、サディアスはニヤリと笑う。憎らしいほどカッコいい。

「むっつりすけべ」

セシルが顔を赤くして睨むと、サディアスは目を細めた。相手の手が伸び、テーブルに置かれたセシルの手に指先が絡む。

「こら、だめだよ。もうすぐ……」

アーサーが戻ってくる、と言おうとした時だった。

「義父さま、義兄さま！」

大きな声と共にガサガサと近くの草むらが動いて、中からアーサーがひょこっと姿を現した。サディアスとセシルは、慌てて手を引っ込める。

領地に戻ってからのアーサーは前髪を切り、今はルビー色の瞳がはっきり見えるようになった。今はその目をいっぱいに広げ、何やら慌てた様子である。

「アーサー？　厩舎にいたんじゃなかったのか」

「どうしたの、そんなところから。泥んこじゃないか」

アーサーは厩舎でルビーの手入れをしていたはずだ。ルビーはサディアスにもらったポニーで、今ではアーサーの一番の友達だった。

「たいへんなの、すごく」

どこからか走って来たのか、ハアハアと息を切らしている。何かあったのだろうか。セシルとサディアスは腰を浮かせかけた。

「うさぎの穴が」

「兎《うさぎ》の穴？　この間、庭園に開いてたやつ？」

広大なブラッドフィールド邸には、穴を掘る動物が結構いる。この間、もぐらだか兎だかが花壇に大きな穴をいくつも作っているのが見つかって、庭師が苦労していた。

あの穴が残っているのかと思ったが、アーサーは「ちがうの」と、興奮したように首を横に振った。

「正門の近くのかべ。うさぎの穴があったの。これくらいの」

アーサーが両手で弧を描いて見せる。アーサーくらいの子供が辛うじて通れるくらいの穴らしい。森の中ならともかく、屋敷の壁に穴が開いているというなら、由々しき事態だ。防犯にも支障がある。

しかし、アーサーの話はそれだけではなかった。

「そこから女の子が入ってきちゃったの！」

セシルもサディアスもびっくりした。子供とはいえ、外からの侵入を許してしまったのだ。

「ええっ。それは確かに大変だ。どこの子だろう」

「わかんない。……でもね、かわいい子」

アーサーはそこで、軽くモジモジした。おませさんめ、とセシルはニヤつきそうになる。

でも、人が通れてしまうのはいただけない。

「どうする？　警備係に言って……」

セシルは意見を聞こうとサディアスを振り返り、言葉を止めた。サディアスは何かに驚いて、大きく目を見開いていた。

「アーサー。その女の子は、どんな髪の色をしていた？」

その質問に、セシルもようやく思い出した。

物語のヒーローとヒロインの出会いが、どんなものだったかを。

「えっとね、キラキラしたピンク」

アーサーははにかみながら、すぐに答えた。

「ぼくの目と、色が似てるねって、いわれたの。きれいでしょって」

セリフが少し変わっている。でも、アーサーの心には触れたようだ。

セシルはサディアスを見た。サディアスもセシルを見ていて、二人はうなずき合う。

「ねえ、アーサー。その子はまだ、うちの敷地の中にいるのかな」

「う、うん。お腹がすいてるんだって。だからぼく、お菓子をあげようとおもって」

だめかな、と少し不安げにサディアスとセシルの顔を交互に見る。セシルはにっこり笑ってみせた。

「いいね。せっかくだから、そのお友だちをお茶に招待したら？　ね、タッド」

セシルが言うと、サディアスも澄ました顔でうなずく。

「ああ。このとおり、セシルが用意した茶菓子がたくさんある。三人では食べきれないから、その子を連れてきなさい。みんなでお茶にしよう」

アーサーの顔が、ぱあっと輝いた。

「うんっ。ぼく、つれてくる！　待ってて！」

「転ばないように気をつけて」

勇んで走り出したので、セシルは慌てて声をかけた。はーい、という元気な声が草むらに消えていく。どうやら近道があるらしい。

弟があっという間にいなくなり、セシルはサディアスを振り返って苦笑した。

「見つかったね、お姫様」

「アーサーの未来の嫁か。どんな少女か見てやろう」

サディアスは無表情で言うが、内心で喜んでいるのが窺える。

「気が早いよ。まだ二人が結婚するかどうかは、わからないんだから」

未来は行動次第で変わっていく。アーサーと少女が結ばれるかどうかは、まだ決まっていない。誰かが決めるものでもない。

「だが、お前だって気になるだろう？」

ちらりとセシルを見るから、「まあね」と答えた。息子の彼女と会う、夫婦の会話みたいだ。

「ちょっとドキドキしちゃうな」

「私とベッドにいる時と、どちらが興奮する？」

「そういう話じゃありません」

セシルが睨むと、サディアスは口を開けて笑った。こんな時にふざけて、と思うけど、おかげで緊張がほぐれた。

もうすぐ、アーサーが少女を連れて戻ってくる。

新しい物語が、ここから始まるのだ。

ブラッドフィールド家の夕べ

サディアス・ブラッドフィールドの上の養子、セシル・スペンサー・ブラッドフィールドは、一見すると儚《はかな》げな美青年である。

サディアスが初めて出会った時、彼はまだ八歳で、しかも栄養失調と病気で瀕死の状態だった。立ち上がるのもやっとだったはずなのに、力強くサディアスを呼んだ。

「サディアス様！　ブラッドフィールド侯爵《こうしゃく》閣下！」

決意のこもった凛《りん》とした声だった。天から降ってきたその声に、サディアスは天啓を聞いたような気がしたものだ。

その瞬間、自分の運命が変わったように思えた。後でわかったのだが、その感覚はあながち間違ってはいなかったらしい。

ともかく、それがセシルとの出会いだった。

彼は、子供なのに大人のようだった。始終怯《おび》えているくせに、ここぞという時にははっきりものを言う。

ちぐはぐさに興味を引かれ、話の流れのまま彼を養子にした。

どのみち養子は必要だった。これまでの経験から、自分は跡継ぎを作れない身体《からだ》なのだろうと気づいていて、たとえ妻を持ったとしても、子供は養子を取らねばならないと覚悟していた。

渡りに船だ。セシルが跡継ぎとして不適格なら、また別の養子を取ればいい。

それくらいの軽い気持ちで、セシルを家に迎えた。

だが恐らく、サディアスはその頃すでに、セシルを特別な目で見ていたのだと思う。恋情とか性愛といった意味ではない。けれど今まで出会った誰より、この不思議な少年はサディアスの興味と好奇心を駆り立てた。

これほど一人の人間に興味を覚えるのは、生まれて初めてだったと言っても過言ではないかもしれない。

セシルは努力家でもあった。家庭教師を付けてやると、周りが心配するほど根《こん》を詰めて学問を吸収しようとした。

真面目《まじめ》で、決して驕《おご》らず、養父のサディアスに恩義を感じ、その恩に報いようとする。

最初はただ興味深く思っていたのが、やがてセシルのいる家に帰ると、安息を覚えるようになった。

おかえり、おはよう、おやすみ。何気ない挨拶を彼とできるのが嬉《うれ》しい。

広いだけだと思っていた自分のブラッドフィールド邸を、心から我が家だと思えるようになったのは、セシルがいたからだ。

聡明《そうめい》で義理がたい養子は、健《すこ》やかに、すくすくと育っていった。

サディアスは半年ごとに王都と領地を往復していたが、領都のトウィルアレイに戻ってくるたびに、セシルは成長している。

当たり前だが新鮮で、そして眩《まぶ》しかった。

あどけなく幼かった外見が、次第に大人びた内面に近づいていく。明るいセシルの笑顔に時おり、見惚《みと》れるような艶《つや》やかさが混じるようになって、サディアスの心をざわめかせた。

その心の揺らめきが何なのか、薄《う》っすらと理解はしていたけれど、はっきりさせるつもりはなかった。

セシルはもはや、かけがえのない家族だった。誰よりも大切で、誰にも傷つけさせたくない。いつの日か、養父である自分の手を離れ、彼が自分の家庭を築くまで大事に守り育てる。サディアスは密かに、そんな決意をしていた。

人生は、思うとおりにはいかないものだ。そして想像もしていないことが起こる。それもわりと頻繁に。

自分とセシルの人生に七転八倒するような苦難が待ち構えていて、さらにそれを乗り越えた先に予想外の幸せが転がり込んでくるとは、どうすれば想像できただろう?


「いっしょの部屋でもいいのに。ぼくもあの子も小さいから」

「アーサーが一緒にいたいだけだろ。おませさん」

「おませじゃないもん」

サディアスがその日の仕事を終えて居間に行くと、セシルとアーサーが何やら言い合っていた。

ブラッドフィールド邸の本棟、二階にある一室で、いつからか家族が集まるようになった。セシルが「居間」と呼ぶので、他のみんなもそう呼ぶようになっている。

サディアスが子供の頃は、家族で一つの部屋に集まってくつろぐことなどなかった。食事の時に家族で一緒になるのがせいぜいで、あとはみんな別々に過ごしていた。

王都の学院に通うようになって、それが必ずしも当たり前ではないと知ったけれど、自分の家には無縁だと思っていた。

でも今は時間があれば、あらかじめ約束などしなくても、こうして家族で集まっている。ぜんぶセシルのおかげだ。彼がいてくれたから、この幸せな時間があるのだと、サディアスは思う。

「何を揉《も》めてるんだ？」

声をかけると、アーサーが「義父《とう》さま」と、いち早く駆け寄って抱き付いてきた。領都に戻ってからのアーサーは、甘えん坊になっている。

「お姫様はどうした」

家族が一人、足りなかった。サディアスがどちらにともなく尋ねると、セシルが答えた。

「自分の部屋に行ってる。気に入ってくれたみたいで、そのままベッドで寝ちゃったんだ。で、アーサーはそれが面白くないわけ」

「ぼくといっしょの部屋でいいのに。ぼくの部屋、すっごくひろいよ?」

アーサーは、いつでもお姫様と一緒にいたいらしい。彼女もアーサーが大好きなようだが、自分の部屋がもらえたのも嬉しいのだろう。

ブラッドフィールド家の三人が本棟に部屋を持っているのに対し、彼女はこの家に来て一週間、一人だけ客間のある別棟で寝起きしていたのだ。言葉にはしなかったが、寂しかったに違いない。

「彼女ももう、我が家の一員だ。一人だけ部屋がないのは可哀《かわい》そうだろう」

サディアスはアーサーを抱き上げ、ルビー色の瞳を覗《のぞ》き込んだ。アーサーも思うところがあったのか、ハッと目を瞬《しばたた》かせた。

「……そっか。そうだよね」

つぶやき、納得したようにうなずく。素直だし、優しい子なのだ。前髪を切り揃《そろ》えた今、くっきりとした意志の強そうな眉も露《あら》わになった。亡くなった親友の面影《おもかげ》がある。

男主人公、とセシルは言っていたが、エリオットも美男子だったから、アーサーも大きくなったら逞《たくま》しく見目のいい青年になるだろう。あの少女と並んだら、絵になるに違いない。

「彼女、髪のこともノリノリだったよ」

セシルが笑いながら、サディアスの分のお茶を淹《い》れてくれる。

使用人が淹れるお茶も悪くないが、サディアスはセシルが淹れるお茶が好きだった。

「のりのり？」

「やる気満々だってこと。短くして、アーサーと同じ真っ黒にするってさ」

そう言うセシルも楽しそうだ。

「それは良かった。女の子の髪を切るのは気が引けるが」

「ローガンも同じこと言ってた。でも今は、そういう考えは古いんだよ。もう、そういう時代じゃないの」

アーサーがませた言葉を口にする。サディアスが驚いていると、セシルがクスクス笑いながら教えてくれた。

「サファイア姫の受け売りだよ。彼女、おしゃまだね」

サディアスも口の達者な少女を思い出し、小さく笑った。

一週間前、ブラッドフィールド邸に幼い少女が迷い込んだ。ピンクブロンドの、アーサーと同じ年の子供だ。

母親の名前はザラ。ザラ・エオルゼ。サディアスとセシルが探していた少女である。

少女の母親は亡くなったと言い、はっきりとしたことは口にしなかったが、どうやら刺客から逃げて側近と一緒に故郷を出た後、母の母国であるエオルゼに流れてきたようだ。

その側近も亡くなったため、少女は行く当てもなく異郷の地を彷徨《さまよ》い、食べ物を求めてブラッドフィールド邸に忍び込んだらしい。

この日から、少女はブラッドフィールド家の子供になった。

ただ、その出自が公《おおやけ》になると命を狙われる恐れがある。本当の名前は伏せて、男の子として育てようと、セシルと話し合って決めた。

王都ではすでに、サディアス・ブラッドフィールド侯爵は少年趣味だと言われているから、もう一人養子を迎えたところで、訝《いぶか》しがられることもないだろう。

少女の偽りの名前を、セシルが「サファイア」と付けた。少女の髪色と相対する名前であり、また、サファイアという名の男装のお姫様の物語があるらしい。

そのサファイア姫は、母譲りのピンクブロンドを隠すため、長い髪を切って髪を染めることになった。

サディアスとしては、女の子の髪を切ることにためらいがあったのだが、本人は気にしていないらしい。

セシルの話によると、もともとの筋書きでは、少女とアーサーは協力し合って巨悪に立ち向かい、ついには女王の座に就くというから、豪胆な性格なのかもしれない。

この世界は、前世でセシルが読んだ物語の世界なのだという。

不思議だけれど、サディアスはセシルの話を信じている。どういう因縁やからくりがあるのか知らないが、そういうものだと納得していた。

セシルが奮闘し、サディアスも協力して、物語の筋書きはだいぶ変わったようだ。

未来がどうなるのか、もう誰にもわからない。

不安がまったくないと言えば嘘になるが、セシルと二人で協力し合えば、どんな困難も乗り越えられる気がした。

それに、子供たちもいる。サディアスが温かな気持ちで膝の上のアーサーを見下ろすと、アーサーはなぜだか嬉しそうに、ぺたっとサディアスの腹に抱き付いた。

かと思うと、ハッと身を起こして居間の入り口を振り返る。

「あっ、サファイア」

少女がいつの間にか、扉から顔を覗かせていた。

「起きちゃった？　あれ……どうしたの」

セシルが笑顔で振り返り、すぐに心配そうな表情になる。少女は泣きべそをかいていた。

「こわいゆめ、見た」

それを聞いたアーサーは、すぐさまサディアスの膝から下り、サファイアに駆け寄った。

「二人とも、こちらにおいで。中に入りなさい」

サディアスが手招きし、セシルも「みんなでお茶を飲もう」と声をかける。

「たっぷりミルクを入れて、うんと甘くしてあげる」

アーサーがぐすぐすとべそをかくサファイアを連れて、こちらに戻ってくる。

セシルは子供たちのために、ミルクと砂糖たっぷりのお茶を淹れた。

サファイアはセシルに抱き上げられ、アーサーはサディアスの膝の上に戻ってきて、子供たちはお茶を飲む。

「おいしい」

サファイアが涙を引っ込めたので、アーサーもホッとした顔をした。サディアスとセシルは顔を見合わせ、微笑《ほほえ》み合う。

それが幸せな四人家族の、始まりの夜だった。

あとがき

こんにちは、初めまして。小中大豆と申します。

今回は、異世界転生ものになりました。巷で流行りの異世界転生に、私もどっぷりハマッております。

これに加え、養父×養子という個人的な性癖を書かせていただき、とてもありがたいです。

異世界ものや縦読みコミックでも最近、イケメンお父さんの話をよく見るのですが、主人公とは滅多にくっつかないので焦れ焦れしています。

きっと私のような、イケメンパパ×主人公カプ推し勢が一定数いるはず……という願望を込めて書きました。

美形養父と養子がくっついて、でも次男のアーサーが家を継いでくれるので、ブラッドフィールド家は安泰です。可愛い子孫も生まれて、今後ますます隆盛を極めていくものと思われます。

攻のサディアスはイケおじいちゃんになって、孫を溺愛しそう。甘やかしすぎて、セシルに叱られたりして。

イラストは、亀井高秀先生にご担当いただきました。表紙の絵はラフの段階でいくつか案をいただいていたのですが、どれも美しく優しい世界で、一つに決めるのが惜しかったです。

クールな美貌のサディアスと、凛とした美人のセシル、それに可愛いちびっ子アーサーを描いていただき、本当にありがとうございました。

先生にも担当様にも、今回も多大なご迷惑をおかけしました。

よく拙著を読んでいただく読者様は恐らく、「この人いつも謝ってるな」とお思いかもしれません。恥の多い生涯を送っております。

でも今回も頑張って書いたので、少しでも楽しんでいただけたら幸いです。

ここまで読んでいただき、ありがとうございました。

またどこかでお会いできますように。

✦初出　初恋の義父侯爵は悪役でした……………書き下ろし
ブラッドフィールド家の夕べ……………書き下ろし

小中大豆先生、亀井高秀先生へのお便り、本作品に関するご意見、ご感想などは
〒151-0051 東京都渋谷区千駄ヶ谷 4-9-7
幻冬舎コミックス　ルチル文庫「初恋の義父侯爵は悪役でした」係まで。

幻冬舎ルチル文庫
初恋の義父侯爵は悪役でした

2022年12月20日　第1刷発行

✦著者　小中大豆　こなか だいず
✦発行人　石原正康
✦発行元　株式会社 幻冬舎コミックス
〒151-0051 東京都渋谷区千駄ヶ谷 4-9-7
電話 03(5411)6431 [編集]
✦発売元　株式会社 幻冬舎
〒151-0051 東京都渋谷区千駄ヶ谷 4-9-7
電話 03(5411)6222 [営業]
振替 00120-8-767643
✦印刷・製本所　中央精版印刷株式会社

ISBN978-4-344-85161-0　C0193　Printed in Japan